어휘력·문해력·문장력 세계명작에 있고
영어공부 세계명작 직독직해에 있다

주홍 글씨 ⓢ

너새니얼 호손 지음

주식회사 자유지성사

Preface

College entrance examination up to now have changed for several times, usually it was known as to have changed once in every 5 years. But the new college entrance examination system could be called quite "REVOLUTIONARY".

The early days of focusing on studying English only for grammar no longer exists. Studying English requires the ability of getting knowledge through not only reading broadly, but also reading correctly and rapidly. If you are to face this kind of situation progressively, the first thing you need to do is to read a lot. You have to build your reading skills through fast, careful reading.

The reason I wanted to publish this book was the thought to have a book that is correspondent to such a new entrance system. But it's not the only reason. In fact, most English studying books tend to concentrate on translations of difficult sentences and picking little grammar mistakes. It is because only grammatical knowledge and mechanical interpretation is focused. But grammar is systematizing the use of language that is spoken by ordinary people. They do not use language by distinguishing right from wrong grammatically. In spite of this fact, studying English in this country and also in college entrance examination, grammar has been of greater importance than the true meaning.

Now it has changed. Reading the sentences properly and understanding the meaning correctly are only needed. This is the royal road to learning English. As you read along this book, you will find some part that is difficult or incomprehensible. But you don't need to tangled up with those phrases. At that moment, you might get caught up with it, but as you read along over and over, you will be able to get the meaning.

First, you'll start to read with 'Andersen's Fairy tales' and then read 'The Adventures of Tom Sawyer', 'O Henry's Short Stories' and 'The Adventures of Sherlock Holmes'. And finally, it would be better to read 'The Scarlet Letter'. It has some very difficult sentences, so your effort is

much needed to read through this book.

However, if you keep on trying to feel what it's like to learn English, it won't fail. In other words, it is not hard at all. For both fun and improving English skills, like killing two birds with one stone, I firmly ask you readers to read this book over and over. Good Luck to all the students reading this book!

2024.07

CONTENTS

차 례

The Scarlet Letter 상

CHAPTER 1
The Prison-Door

A throng of bearded men, in sad-colored garments, and gray, steeple-crowned hats, intermixed with women, some wearing hoods and others bareheaded, was assembled in front of a wooden edifice, the door of which was heavily timbered with oak, and studded with iron spikes.

The founders of a new colony, whatever Utopia of human virtue and happiness they might originally project, have invariably recognized it among their earliest practical necessities to allot a portion of the virgin soil as a

---

throng:모여들다, 군중, 인파 intermix:혼합하다 edifice:건물, 대저택
timber:재목, 판재, 참나무 stud:~에 장식징을 박다 allot:할당하다 virgin:처
녀, 순결한

주홍 글씨 ⓢ

제 1 장
감옥문

색이 칙칙한 옷을 입고 끝이 뾰족한 회색 모자를 쓰고 긴 수
염을 가진 한 무리의 남자들이 두건을 쓰거나 맨머리를 한 여
자들과 함께 목조 건물 앞에 모여 있었다. 건물의 문은 참나무
로 육중하게 짜여 있고 쇠못이 점점이 박혀 있었다.

원래 계획했던 인간의 행복과 도덕의 이상향이 무엇이었든
간에 개척자들은 미개척지 중의 일부는 공동 묘지로, 그리고
또 다른 일부는 감옥으로 만들어야 한다는 초기의 실용적 필요
성을 항상 인식하고 있었다.

이상향:이상적이고 완전한 사회, 유토피아

cemetery, and another portion as the site of a prison.

In accordance with this rule, it may safely be assumed that the forefathers of Boston had built the first prison-house somewhere in the vicinity of Cornhill, almost as seasonably as they marked out the first burial-ground, on Isaac Johnson's lot, and round about his grave, which subsequently became the nucleus of all the congregated sepulchres in the old churchyard of King's Chapel.

Certain it is, that, some fifteen or twenty years after the settlement of the town, the wooden jail was already marked with weather-stains and other indications of age, which gave a yet darker aspect to its beetle-browned and gloomy front. The rust on the ponderous iron-work of its oaken door looked more antique than anything else in the New World. Like all that pertains to crime, it seemed never to have known a youthful era Before this ugly edifice, and between it and the wheel-track of the street, was a grass-plot, much overgrown with burdock, pigweed, apple-peru, and such unsightly vegetation, which evidently found something congenial in the soil that had so early borne the black flower of civilized society, a prison.

But, on one side of the portal, and rooted almost at the threshold, was a wild rose-bush, covered, in this month of

---

vicinity:근처, 근접 Isaac Johnson:Boston의 식민지화를 가능케한 1630년의 부호 이주민 sepulchre:무덤 ponderous:묵직한, 육중한 pertain:속하다, 관계하다 congenial:같은 성질의, 적합한 threshold:문지방, 입구, 발단

이런 관례에 따라 보스턴에 처음 상륙했던 그들의 조상들도 최초의 매장을 위한 장소로써 아이작 존슨의 영지를 선택했을 무렵, 콘힐 부근 어딘가에 처음으로 감옥을 세웠다고 할 수 있겠다. 그리고 이후 아이작 존슨의 묘지 주변은 오래된 킹스 채플 교회 묘지의 구심점이 되었다.

이리하여 도시가 정착된 후 약 15년에서 20여 년이 지나 그 목조 감옥은 이미 비바람에 찌든 흔적과 세월의 흐름을 암시했고 이것은 인상을 찌푸린 듯하고 음울해 보이는 건물의 정면을 더욱 침울하게 만들고 있었다. 묵직한 참나무 문의 철제 장식물에 생긴 녹은 새로운 세상의 다른 어떤 것들보다 훨씬 고풍스럽게 보였다. 범죄와 관련된 모든 것이 그러하듯이, 이 문 또한 젊은 시절이라고는 전혀 모르고 지낸 듯싶었다. 이처럼 우중충한 건물과 바퀴자국이 나 있는 거리 사이에는 우엉, 명아주, 나팔꽃, 그리고 다른 볼품 없는 잡초들이 무성하게 자라 있었다. 그것들은 명백히 일찍이 문명화된 사회의 검은 꽃인 '감옥'이란 제도를 낳은 풍토와 통하는 무언가가 있는 것처럼 보였다.

그러나 지금과 같은 6월에는, 감옥 정문 옆 한쪽에서 거의 아래까지 뿌리박은 장미덩굴이, 감옥에 들어오는 죄수나 형 집

음울:음침하고 텁텁함
침울:마음에 근심스러운 일이 있어 쾌활하지 못함

June, with its delicate gems, which might be imagined to offer their fragrance and fragile beauty to the prisoner as he went in, and to the condemned criminal as he came forth to his doom, in token that the deep heart of Nature could pity and be kind to him.

This rose-bush, by a strange chance, has been kept alive in history; but whether it had merely survived out of the stern old wilderness, so long after the fall of the gigantic pines and oaks that originally over-shadowed it,—or whether, as there is fair authority for believing, it had sprung up under the footsteps of the sainted Anne Hutchinson, as she entered the prison-door,—we shall not take upon us to determine. Finding it so directly on the threshold of our narrative, which is now about to issue from that inauspicious portal, we could hardly do other-wise than pluck one of its flowers, and present it to the reader. It may serve, let us hope, to symbolize some sweet moral blossom, that may be found along the track, or relieve the darkening close of a tale of human frailty and sorrow.

---

fragrance:향기, 방향 fragile:연약한 condemned:유죄 선고를 받은 gigantic:거대한 Anne Hutchinson(1591~1643) 영국태생인 미국의 성직자 inauspicious:불길한 pluck:뜯다, 잡아당김 symbolize:나타내다, 상징화하다 frailty:연약, 단점, 약점

행을 받으러 가는 사형수에게도 동정과 친절을 보여 주는 자연의 깊은 마음의 표시로 향기와 연약한 아름다움을 선사하려는 듯 고운 꽃망울들로 장식되어 있었다.

이 장미는 기묘한 우연으로 인하여 역사 속에 지켜졌었다. 하지만 한때 그 위를 덮고 있던 거대한 소나무와 참나무가 쓰러져 버린 훨씬 뒤에도 오랫동안 가혹한 황무지에서 어렵게 생존해 남은 것에 불과한지 아니면 꽤 신빙성 있는 이야기대로 성자(聖者)로 칭송되던 앤 허친슨이 감옥의 문을 열고 들어갈 때 그녀의 발자국에서 장미 덩굴의 싹이 텄는지는 단정할 수 없다. 어쨌든, 그 불길한 그림자가 깃든 옥문(獄門)에서부터 시작되려 하는 우리의 이야기의 발단에서 장미 덩굴을 발견한 우리로서는 기껏해야 그 장미 한 송이를 꺾어 독자들에게 바칠 수밖에 없을 것이다. 그 꽃이 이야기 속에서 찾아볼 수 있는 도덕의 꽃을 상징하거나 혹은 인간의 나약함과 슬픔에 관한 이야기의 암울한 결말을 조금이라도 누그러지게 해주었으면 하는 지은이의 바람이 간절하다.

성자:성인, 온갖 번뇌를 끊고 올바른 도리를 깨달은 사람
암울:어둡고 우울함

CHAPTER 2
The Market-Place

The grass-plot before the jail, in Prison Lane, on a certain summer morning, not less than two centuries ago, was occupied by a pretty large number of the inhabitants of Boston, all with their eyes intently fastened on the iron clamped oaken door. Amongst any other population, or at a later period in the history of New England, the grim rigidity that petrified the bearded physiognomies of these good people would have augured some awful business in hand. It could have betokened nothing short of the anticipated execution of some noted culprit, on whom the sentence of a legal tribunal had but confirmed the verdict of public sentiment.

But, in that early severity of the Puritan character, an inference of this kind could not so indubitably be drawn. It might be that a sluggish bond-servant, or an undutiful child, whom his parents had given over to the civil authority, was to be corrected at the whipping-post. It might be, that an Antinomian, a Quaker, or other heterodox religionist was to be scourged out of the town, or an idle and

---

intently:몰두하여 clamp:꺾쇠등으로 죄다 grim:냉혹한, 완강한 rigidity:강직, 엄격 petrify:굳어지게 하다 physiognomy:인상 augure:점 awful:두려운 betoken:~을 나타내다 culprit:죄인 tribunal:재판소 Antinomian:신앙지상주의자 Quaker:퀘이커교도 heterodox: 이단의 scourge:채찍, 고난

제 2 장
광장(廣場)

약 200년 전쯤의 어느 여름 날 프린슨 레인이라는 감옥 앞의 그 풀밭에는 참나무 감옥 문의 쇠 빗장을 뚫어지게 바라보고 있는 수많은 보스톤의 주민들이 모여 있었다. 다른 고장의 사람들이거나 뉴 잉글랜드 역사의 나중 부분에서였다면, 수염이 무성한 이 사람들의 선량한 얼굴을 돌처럼 굳게 만들어 버린 냉혹한 엄숙함은, 이미 일어나고 있는 중대한 일들의 징조를 나타내는 것으로 보였을지도 모른다. 법정의 평결은 이미 대중의 여론 평결을 입증하는데 불과하였고, 누군가 유명한 죄수의 처형을 예고하고 있는 듯이 보였을 것이다.

그러나 초기 청교도의 엄중한 성격에서 이런 종류의 추정은 확신을 갖고 나타낼 수는 없었을 것이다. 왜냐하면 그것은 관리의 손에 넘겨진 게으름뱅이 하인이나 불효막심한 자식놈이 형장에서 곤장을 맞는 장면일 수도 있고, 퀘이커 교도들 같은 도덕 폐기론자들이나 다른 이단 종교인들을 마을 밖으로 쫓아 버리거나, 백인들의 독한 술을 마시고 거리에서 비틀거리며 지껄이는, 빈둥대고 방랑하는 인디언들을 숲속의 그늘로 채찍을

평결:서로 의견을 교환하여 결정함
추정:추측하여 판정함

vagrant Indian, whom the white man's fire-water had made riotous about the streets, was to be driven with stripes into the shadow of the forest. It might be, too, that a witch, like old Mistress Hibbins, the bitter-tempered widow of the magistrate, was to die upon the gallows. In either case, there was very much the same solemnity of demeanor on the part of the spectators; as befitted a people amongst whom religion and law were almost identical, and in whose character both were so thoroughly inter-fused, that the mildest and the severest acts of public discipline were alike made venerable and awful. Meagre, indeed, and cold was the sympathy that a transgressor might look for from such by-standers, at the scaffold. On the other hand, a penalty, which, in our days, would infer a-degree of mocking infamy and ridicule, might then be invested with almost as stern a dignity as the punishment of death itself.

It was a circumstance to be noted, on the summer morning when our story begins its course, that the women, of whom there were several in the crowd, appeared to take a peculiar interest in whatever penal infliction might be expected to ensue. The age had not so much refinement, that any sense of impropriety restrained the wearers of

---

vagrant:방랑하는 riotous:폭동의 magistrate: 치안판사 gallow:교수대
solemnity:장중 demeanor: 행실 discipline: 훈련, 규율 venerable: 존경할 만한
meagre:불충분한 transgressor:위반, 범칙자 scaffold:교수대   mock:조롱하다
penal:형벌의 ensue:계속하여 일어나다 impropriety:부적당, 온당치 않음

써서 몰아내는 일일 수도 있었다. 또한 늙은 치안 판사의 냉혹한 성질의 미망인이었던 히빈스 부인 같은 마녀가 교수대의 이슬로 사라지려는 장면일지도 모른다.

어느 경우에나 구경꾼들의 태도에는 동일한 엄숙함이 있었다. 종교와 법률이 거의 같고 그 두 성격이 철저히 섞여 있는 그들에게는 가볍든 무겁든 간에 다 같이 존경스럽고 두려운 일이었다. 죄인이 단두대 위에서 구경꾼들로부터 바랄지도 모르는 동정은 실로 차갑고 보잘것 없었다. 반면 우리 시대에는 비웃음과 조롱을 받을 만한 형벌이 그 시대엔 사형 제도에 못지않은 준엄한 위엄을 지녔던 것일 수도 있었다.

우리들의 이야기가 시작되는 그 여름날의 아침, 군중들 틈에 있는 몇몇 여인들이 어떠한 형벌이 가해질지에 특별한 관심을 가지고 있는 것에 대해 언급해야겠다. 그 시대는 그다지 세련되지 못해서 처형이 있는 날 대중 속으로, 그리고 교수대 주변의 인파 속으로 허약하지 않은 사람들을 밀어제치고 들어서는, 때로는 사형이 집행되는 처형대 바로 앞까지 들어서는 페티코트나 파팅게일을 입은 여성들은 그러한 상스러움에 대한 어떤 감정도 억제시키지 못했다.

준엄:매우 엄격함

petticoat and farthingale from stepping forth into the public ways, and wedging their not unsubstantial persons, if occasion were; into the throng nearest to the scaffold at an execution.

Morally, as well as materially, there was a coarser fibre in those wives and maidens of old English birth and breeding, than in their fair descendants, separated from them by a series of six or seven generations; for, throughout that chain of ancestry, every successive mother has transmitted to her child a fainter bloom, a more delicate and briefer beauty, and a slighter physical frame, if not a character of less force and solidity, than her own. The women who were now standing about the prison-door stood within less than half a century of the period when the man-like Elizabeth had been the not altogether unsuitable representative of the sex. They were her countrywomen; and the beef and ale of their native land, with a moral diet not a whit more refined, entered largely into their composition. The bright morning sun, therefore, shone on broad shoulders and well-developed busts, and on round and ruddy cheeks, that had ripened in the far-off island, and had hardly yet grown paler or thinner in the atmosphere of New England. There was, moreover, a

---

wedge:밀어젖히고 나아가다 unsubstantial:비현실적인 coarse:거친 ancestry:
선조, 가문 transmit:보내다, 전하다 ruddy:불그스름한, 혈색이 좋은

도덕적으로나 신체적으로 보았을 때, 옛 영국에서 태어나 자란 부인들과 처녀들은 그들보다 육칠 세대 후에 태어난 자손에 비해 보다 도덕적으로나 신체적으로 더 거칠고 우악스러운데가 있었다. 그것은 몇대를 거쳐 내려오는 동안 훨씬 부드러운 혈통과 보다 섬세하고 나약한 아름다움과 약한 골격이 물려졌기 때문이다. 대부분의 어머니들이 그들의 자녀에게 한층 더 섬세한 아름다움과 더 연약한 체격을, 비록 힘과 견고함에서 떨어지지 않지만, 물려졌기 때문이다. 지금 감옥 문 앞에 서 있는 그 여자들은, 저 남성같은 엘리자베스 여왕이 여성의 상징처럼 여겨지던 시대로부터 불과 50년도 안 되는 시대에 살고 있었다. 그들은 엘리자베스 여왕과 같이 영국 출신이었고, 영국 고유의 소고기와 에일 맥주, 그리고 그보다 조금도 더 나은 것 없는 정신적 양식이 그녀들의 기질에 많은 영향을 미치고 있었다. 그러기에 밝은 아침 햇살은 그들의 넓은 어깨와 잘 발달된 가슴 위로, 그리고 아득히 먼 섬나라에서 원숙해진 둥글고 불그스레한 뺨 위로 쏟아졌고, 뉴 잉글랜드의 환경 속에서 여전히 창백하거나 연약하게 보이지는 않았다. 그 밖에도 이 결혼한 여인네들의 대담하고 우렁찬 말투는, 대부분의 여성들은 결혼한 것처럼 보였는데 그 내용과 목소리의 크기로 현재를 사는

원숙:빈틈없이 능숙함

boldness and rotundity of speech among these matrons, as most of them seemed to be, that would startle us at the present day, whether in respect to its purport or its volume of tone.

"Goodwives," said a hard-featured dame of fifty, "I'll tell ye a piece of my mind. It would be greatly for the public behoof, if we women, being of mature age and church-members in good repute, should have the handling of such malefactresses as this Hester Prynne. What think ye, gossips? If the hussy stood up for judgment before us five, that are now here in a knot together, would she come off with such a sentence as the worshipful magistrates have awarded? Marry, I trow not!"

"People say," said another, 'that the Reverend Master Dimmesdale, her godly pastor, takes it very grievously to heart that such a scandal should have come upon his congregation."

"The magistrates are God-fearing gentlemen, but merciful overmuch,—that is a truth," added a third autumnal matron. "At the very least, they should have put the brand of a hot iron on Hester Prynne's forehead. Madam Hester would have winced at that, I warrant me. But she,— the naughty baggage,— little will she care what they put upon

---

rotundity:낭랑한 목소리 matron:(품위 있는)기혼 여자 dame:주부, 귀부인 behoof:이익 mature:성숙한 repute:평판, 명성 malefactresses:악인 hussy:말괄 량이, 바람둥이 처녀 worshipful:존경할 만한 godly:믿음이 깊은 pastor:목사 winc:주춤하다 maughty:장난의, 음탕한

우리들은 깜짝 놀라고 말 것이다.

"부인들," 인상이 험악해 보이는 50세 가량의 귀부인이 말했다. "내가 생각하고 있는 것을 당신들에게 말해 주겠습니다. 만약 우리가 분별력이 있고 평판이 좋은 교회에 다니는 여인들이라면, 이 헤스터 프린 같은 못된 여자를 처벌하는 것은 우리를 위해서도 상당한 도움이 될 것입니다. 어떻게들 생각해요? 만약 지금 이렇게 모여 있는 우리 다섯 명 앞에 한 바람둥이 처녀가 판결을 받기 위해 서 있다면, 과연 판사님이 내린 벌만 받고 끝날 수 있나요? 저런! 저는 그렇게 생각 안 해요."

"사람들이 그러는데요," 또 다른 여자가 말했다. "그 여자의 목사님이신 딤즈데일님 말이예요, 이런 추문이 자기 교구의 신자중에서 생겼기 때문에 몹시 가슴 아파하신다고 그래요."

"판사님들은 신앙심이 깊어서 너무 자비스러움이 과다했죠, 그건 사실입니다." 세 번째로 중년의 한 여인이 덧붙였다.

"정말이지 최소한 헤스터 프린의 이마에 뜨거워서 빨갛게 달아 오른 쇠의 낙인을 찍어버렸어야 했어요. 그래야 헤스터가 겁에 질려 움찔했을 텐데요. 장담할 수 있다고요. 그년은 아주 말못할 잡년이니까요, 옷 앞가슴에 뭘 붙여 주었다 하더라도 꿈쩍도 하지 않을 거예요! 두고 봐요. 분명히 그년은 브로치나

추문:아름답지 못한 소문
낙인:불에 달구어 찍는 쇠도장

the bodice of her gown! Why, look you, she may cover it with a brooch, or such like heathenish adornment, and so walk the streets as brave as ever!"

"Ah, but," interposed, more softly, a young wife, holding a child by the hand, "let her cover the mark as she will, the pang of it will be always in her heart."

"What do we talk of marks and brands, whether on the bodice of her gown, or the flesh of her forehead?" cried another female, the ugliest as well as the most pitiless of these self-constituted judges. "This woman has brought shame upon us all, and ought to die. Is there not law for it? Truly, there is, both in the Scripture and the statute book. Then let the magistrates, who have made it of no effect, thank themselves if their own wives and daughters go astray!"

"Mercy on us, goodwife," exclaimed a man in the crowd, "is there no virtue in woman? That is the hardest word yet! Hush, now, gossips! for the lock is turning in the prison-door, and here comes Mistress Prynne herself."

The door of the jail being flung open from within, there appeared, in the first place, like a black shadow emerging into sunshine, the grim and grisly presence of the town-beadle, with a sword by his side, and his staff of office in

---

bodice:여성용 조끼 adornment:장식품 interpose:삽입하다 중재하다 pang:마음의 괴로움 the Scripture:the Bible go astray:타락하다, 빗나가다 Mercy on us:하나님 맙소사, 저런 virtue:미덕, 장점 grim:냉혹한, 무시무시한 grisly:기분 나쁜, 음산한 staff:부원, 부대

이교도의 표시 같은 것으로 가리고 여전히 뻔뻔스럽게 거리를 활보할 테니까요." "오! 그렇지만." 손으로 아이를 잡고 있는 젊은 부인이 훨씬 부드럽게 끼어 들었다.

"그녀의 의지대로 낙인을 감출 수 있게 내버려 두어도 그녀는 그 살을 에는 듯한 고통을 평생 가슴에 지고 살아야 할 거예요."

"앞가슴 위든 이마 위든 표적이나 낙인 따위가 무슨 소용 있겠어요?" 스스로 판사들이 된 듯한 이들 중 제일 못 생기고 또한 가장 매정한 한 여자가 울부짖듯 말했다. "이 여자는 우리 모두에게 수치를 주었으니 죽어 마땅해요. 그것을 위한 법이 없나요? 사실 성경과 법령 책에 있어요. 그렇다면 그러한 법들을 무효로 만들어버린 그 판사들은 제 부인과 딸이 타락의 구렁텅이로 빠진다 해도 아무 할 말이 없을 거예요."

"저런! 부인." 군중 속의 한 사내가 외쳤다. "여자들에게는 어떠한 미덕도 존재하지 않는 것이오? 그건 지금까지의 어떤 것보다 가장 냉혹한 말이었소. 이제는 진정들 하시오. 이제 감옥 문이 열리고 프린 부인이 나올 거요."

감옥 문이 안에서부터 활짝 열렸다. 그리고 첫 번째로 검은 그림자가 밝은 햇살 아래에 나타난 것처럼, ·험악스럽고 소름

활보:거드럭거리며 걷는 걸음

his hand. This personage prefigured and represented in his aspect the whole dismal severity of the Puritanic code of law, which it was his business to administer in its final and closest application to the offender. Stretching forth the official staff in his left hand, he laid his right upon the shoulder of a young woman, whom he thus drew forward; until, on the threshold of the prison-door, she repelled him, by an action marked with natural dignity and force of character, and stepped into the open air, as if by her own free will. she bore in her arms a child, a baby of some three months old, who winked and turned aside its little face from the too vivid light of day; because its existence, heretofore, had brought it acquainted only with the gray twilight of a dungeon, or other darksome apartment of the prison.

When the young woman— the mother of this child— stood fully revealed before the crowd, it seemed to be her first impulse to clasp the infant closely to her bosom; not so much by an impulse of motherly affection, as that she might thereby conceal a certain token, which was wrought or fastened into her dress. In a moment, however, wisely judging that one token of her shame would but poorly serve to hide another, she took the baby on her arm, and,

---

personage:명사, 사람 prefigure:예상하다 dismal:음산한, 비참한 of the Puritanic code of law:청교도의 법전 dignity:위엄, 품위 vivid:생생한, 발랄한 dungeon:지하 감옥 clasp:꼭 잡다 infant:미성년자, 초기의 bosom:가슴, 애정 thereby:그것에 관하여

끼치는 형리(形吏)가 허리에는 칼을 차고 손에 곤봉을 든 채 나타났다. 이와 같은 모습은 청교도 관례법의 모든 무시무시한 엄정성에 대한 관점을 예상케 하고 표현하는 것이었다. 또한 그의 임무는 범죄자들에게 법률을 철저하게 적용하는 것이었다. 왼손에 곤봉을 쳐든 그는 오른손으로 젊은 여인의 어깨를 붙잡고 밀면서 나오고 있었다. 감옥 문의 문지방 위에 이르자 그녀는 타고난 위엄과 성격을 나타내는 행동으로써 그를 뿌리쳤고, 마치 그녀 자신의 의지로 걸어 나온 듯 맑은 공기와 접했다.

그녀는, 3달 남짓 된 작은 갓난 아이를 품에 안고 있었다. 지금까지의 지하 감옥의 회색빛이나 혹은 감옥의 어두움에만 길들여져 있었던 터라 대낮의 너무나도 밝은 햇빛을 피하려 한쪽 눈을 찌푸리고 그 작은 얼굴을 옆으로 돌린, 이 아이의 어머니인 그 젊은 여인이 군중들 앞에 완전히 모습을 나타내었을 때 그녀는 맨 처음 충동적으로 한 것은 갓난 아기를 꼭 껴안으려는 것이었다. 그것은 단지 모성애적 충동에서가 아니라 그녀의 옷에 수놓아졌거나 매달려 있는 어떤 표식을 감추려는 것처럼 보였다. 그러나 그 다음 순간, 치욕의 증거를 감추려 해봤자 또 다른 증거인 어린 아이를 감출 수 없음을 지혜롭게도 알아차렸

형리:형을 집행하는 관리

with a burning blush, and yet a haughty smile, and a glance that would not be abashed, looked around at her townspeople and neighbors. On the breast of her gown, in fine red cloth, surrounded with an elaborate embroidery and fantastic flourishes of gold-thread, appeared the letter A. It was so artistically done, and with so much fertility and gorgeous luxuriance of fancy, that it had all the effect of a last and fitting decoration to the apparel which she wore; and which was of a splendor in accordance with the taste of the age, but greatly beyond what was allowed by the sumptuary regulations of the colony.

The young woman was tall, with a figure of perfect elegance on a large scale. She had dark and abundant hair, so glossy that it threw off the sunshine with a gleam, and a face which, besides being beautiful from regularity of feature and richness of complexion, had the impressiveness belonging to a marked brow and deep black eyes. she was lady-like, too, after the manner of the feminine gentility of those days; characterized by a certain state and dignity, rather than by the delicate, evanescent, and indescribable grace, which is now recognized as its indication. And never had Hester Prynne appeared more lady-like, in the antique interpretation of the term, than as she issued from

---

abash: 부끄럽게 하다 elaborate:공들인, 정교한 embroidery:장식, 수놓기 flourish:장식글자 fertility:생산력, 풍부 gorgeous:화려한 in accordance with: 에 따라 sumptuary:사치를 금지하는 glossy:광택있는, 윤이 나는 after the manner:~답게 feminine gentility:고귀한 가문의 부녀자

는지 얼굴을 붉히면서도 여전히 도도한 미소와 부끄러워하지 않는 눈길로 그녀의 앞에 모인 마을 사람들과 군중들을 둘러보았다. 그녀의 가슴 위에는 붉은 천 위에 금실로 정교하게 수를 놓아 환상적인 화려함을 돋운 A자(字)가 붙어 있었다. 그것은 예술과도 같았고, 그녀가 입고 있는 복장에 가장 잘 어울리는 효과를 갖고 있는, 창의성이 풍부하고 장식 면에 있어 호화 찬란한 것이었다. 물론 그것은 그 시대의 취향에 맞게 화려했으나 식민 시대의 사치를 규제하는 법령에서 허용하는 기준을 훨씬 초과하는 것이었다.

큰 키에 몸집도 큰 그녀는 완벽하게 우아한 모습을 지녔고, 검고 숱이 많은 그녀의 머리카락은 햇빛이 반사되어 번득일 정도로 윤기가 흘렀다. 얼굴은 균형 잡혀 있고 윤기가 흐르며 훤한 이마와 검고 깊어 보이는 그녀의 눈동자는 매력이 있었다. 게다가 그녀는 요즘과 같이 연약하고 꺼질 것 같은 막연한 우아함이 아닌, 그 당시의 상류 여성다운 품위의 특성을 잘 나타내는 우아함과 품위가 있었다. 그러한 고전적 표현에 따르면, 헤스터 프린은 감옥 문을 나올 때처럼 기품이 있어 보인 적이 없었다. 그녀를 예전부터 알고 있었던 사람들은 불행한 구름에 의하여 그녀가 의기소침해 보이리라 예상했으나 그녀를 감싸

취향:취미가 쏠리는 방향
의기소침:의기가 쇠하여 사라짐

the prison. Those who had before known her, and had expected to behold her dimmed and obscured by a disastrous cloud, were astonished, and even startled, to perceive how her beauty shone out, and made a halo of the misfortune and ignominy in which she was enveloped. It may be true, that, to a sensitive observer, there was something exquisitely painful in it. Her attire, which, indeed, she had wrought for the occasion, in prison, and had modelled much after her own fancy, seemed to express the attitude of her spirit, the desperate-recklessness of her mood, by its wild and picturesque peculiarity. But the point which drew all eyes, and, as it were, transfigured the wearer,-so that both men and women, who had been familiarly acquainted with Hester Prynne, were now impressed as if they beheld her for the first time was that SCARLET LETTER, so fantastically embroidered and illuminated upon her bosom. It had the effect of a spell, taking her out of the ordinary relations with humanity, and enclosing her in a sphere by herself.

"She hath good skill at her needle, that's certain," remarked one of her female spectators; "but did ever a woman, before this brazen hussy, contrive such a way of showing it! Why, gossips, what is it but to laugh in the

---

disastrous:재난의, 불운한 halo:후광으로 두르다   after her own fancy:자신의 기분에 맞게 transfigure:모습을 바꾸다, 미화하다 picturesque:그림 같은 peculiarity:특색 transfigured:모습을 바꾸다, 미화하다 acquaint:알리다, 알게 하다 illuminate:밝게 하다 embroider:꾸미다, 수놓다 sphere:범위, 영역

고 있었던 불명예와 불행이 후광처럼 그녀의 아름다움을 빛나게 해준 데 대하여 무척 놀라워하였다. 그러나 조금 예민한 사람들은 그 안에 어떤 엄청난 고통이 있다는 것을 알아차렸다. 그리고 그녀가 감방 안에서 특별한 이 날을 위해 자신의 취향에 맞게 만든 그 옷은 강렬하고 아름다운 특성으로 인하여 그녀의 절망적이고 자포자기한 심리상태와 정신적 자세를 표현하려 하는 듯했다. 그러나 사람들의 눈을 끌 정도로 그 옷을 입은 그녀를 완전하게 달라 보이게 한 것은— 지금까지 헤스터 프린과 친하게 지내오던 사람들까지도 그녀를 처음 대하는 것 같은 인상을 받게 되었는데— 그 이상스런 자수로 가슴을 장식한 주홍글씨였다. 그것은 그녀를 평범한 인간 관계로부터 격리된 세계에 가두는 주문과 같은 효과를 내고 있었다.

"바느질 하는 솜씨 하나는 훌륭하군." 구경꾼들 속의 한 여자가 말했다. "그렇지만, 이 뻔뻔스러운 바람둥이 말고 이런 식으로 자신의 솜씨를 뽐내는 여자는 없어! 사실 말이지, 우리들의 경건한 판사님들을 코앞에서 비웃으며, 그 훌륭한 분들이 내린 형벌에 대해 자부심을 갖고 있는 것 같아요."

"정말이야." 그 여자들 중 가장 험악하게 생긴 한 여자가 중얼거렸다.

후광:어떤 사물을 더욱 빛나게 하는 배경이 되는 현상

faces of our godly magistrates, and make a pride out of what they, worthy gentlemen, meant for a punishment?"

"It were well," muttered the most iron-visage-of the old dames.

"Oh, peace, neighbors, peace!" whispered their youngest companion; "do not let her hear you! Not a stitch in that embroidered letter, but she has felt it in her heart."

The grim beadle now made a gesture with his staff.

"Make way, good people, make way, in the King's name!" cried he. "Open a passage; and, I promise ye, Mistress Prynne shall be set where man, woman, and child may have a fair sight of her brave apparel, from this time till an hour past meridian. A blessing on the righteous Colony of the Massachusetts, where iniquity is dragged out into the sunshine! Come along, Madam Hester, and show your scarlet letter in the market-place!"

A lane was forthwith opened through the crowd of spectators. Preceded by the beadle, and attended by an irregular procession of stern-browed men and unkindly visaged women, Hester Prynne set forth towards the place appointed for her punishment. A crowd of eager and curious school-boys, understanding little of the matter in

---

visage:얼굴 모습 iron-visage:냉혹한 얼굴의 stitch:한땀 grim:냉혹한, 완강한 beadly:교구 직원 apparel:입히다, 복장 past meridian:오후(P.M) righteous:정의의, 공정한 the Massachusetts(Bay Company):메스츄세츠(만) 식민회사를 가리킴 iniquity:부정, 부정행위 forthwith:at once in hand:진행 중에 있는

"아, 좀 조용히 해요." 가장 젊어 보이는 한 여인이 속삭였다.

"그녀가 듣지 않게 하세요. 저 수놓은 바늘땀이 그녀의 가슴을 결코 편치 않게 했을 거에요."

그때 형리(形吏)가 곤봉을 휘두르며 외쳤다.

"국왕의 이름으로 말씀드립니다. 여러분, 길을 비키시오." 그가 외쳤다. "통로를 만드시오! 그리고 프린 부인을 지금부터 오후 1시 까지 남녀노소 모두가 그녀의 당돌한 옷차림을 모두 볼 수 있도록 세워 놓을 것을 당신들에게 약속하오. 부정은 백일하에 드러나기 마련이고 정의의 고장 메사츄세츠에 축복이 있기를! 자, 헤스터 부인, 앞으로 나와 당신의 주홍 글씨를 광장에 모이신 여러분들께 보여 주시오!"

구경꾼들 사이로 곧 길이 트였다. 형리가 앞장을 서고 그 뒤를 눈살을 찌푸린 사내들과 매정스럽게 보이는 여인들이 불규칙한 행렬로 뒤쫓는 가운데, 헤스터 프린은 그녀의 형장 쪽으로 나아갔다. 지금 벌어지는 사건 덕분에 학교가 일찍 끝났다는 사실 외에는 아무것도 모르는 장난꾸러기 아이들은 그녀를 앞서 계속 뛰어가며 헤스터의 얼굴과 그녀 품에 안기어 눈을 깜빡이는 갓난 아기, 그리고 그녀 가슴 위의 불명예스러운 글자를 번갈아 쳐다보았다.

백일:대낮
형장:형을 집행하는 장소

hand, except that it gave them a half-holiday, ran before her progress, turning their heads continually to stare into her face, and at the winking baby in her arms, and at the ignominious letter on her breast.

It was no great distance, in those days, from the prison-door to the market-place. Measured by the prisoner's experience, however, it might be reckoned a journey of some length; for, haughty as her demeanor was, she perchance underwent an agony from every footstep of those that thronged to see her, as if her heart had been flung into the street for them all to spurn and trample upon. In our nature, however, there is a provision, alike marvellous and merciful, that the sufferer should never know the intensity of what he endures by its present torture, but chiefly by the pang that rankles after it. With almost a serene deportment, therefore, Hester Prynne passed through this portion of her ordeal, and came to a sort of scaffold, at the western extremity of the marketplace. It stood nearly beneath the eaves of Boston's earliest church, and appeared to be a fixture there.

In fact, this scaffold constituted a portion of a penal machine, which now, for two or three generations past, has been merely historical and traditionary among us, but

---

reckon:간주하다, 생각하다 haughty:오만한, 건방진 demeanor:행실, 태도
perchance:perhaps underwent:experienced spurn:일축하다 trample:무시하다
torture:고통 rankle:끊임없이 괴롭히다 serene:고요한, 침착한 ordeal:고통스
런 시련 eaves:집의 처마, 차양 fixture:부속물, 정착물 penal:형벌의, 형법의

그 시대에는 감옥의 문부터 광장까지는 그리 먼 거리가 아니었다. 하지만, 죄수의 생각에는 어쩌면 그것은 마치 짧은 여행과도 같았을 것이다. 그녀의 태도가 그렇듯 당당해 보였으나, 그녀는 자기를 보기 위해 모여든 사람들의 발길에 마치 그녀의 심장이 거리에 내팽겨져 짓밟히고 유린당하는 듯한 찢어지는 고통을 느꼈기 때문이다. 그러나 우리 인간의 본성에는 고통받는 자가 지금 당하고 있는 고통의 정도를 깨닫지 못하고 대개는 훨씬 그 뒤에 마음에 사무친 고통을 느끼게 되는 신비롭고 자비로운 하나님의 배려가 있다. 그러므로 헤스터는 매우 침착한 모습으로, 그녀의 시련의 한 부분을 지나 광장 서쪽 끝에 있는 처형대에 다다랐다. 그 처형대는 보스턴에서 가장 오래된 교회의 처마 바로 아래에 세워져 있어서 마치 교회의 부속 건물처럼 보였다.

사실, 이 처형대는 형구(形具)의 한 부분이 되어 있었다. 그때부터 두어 세대 이후의 현대인에게는 역사적이고 전설적인 유물이 되어 버렸지만, 그 당시에만 해도 프랑스 혁명 당시의 폭도들에게 단두대가 미친 영향과 마찬가지로 선민(善民) 교육을 위한 아주 효과적인 도구였다. 간단히 말하자면, 그것은 목과 손을 널빤지 사이에 끼우는 칼이 있는 단(壇)으로서, 그 위

유린:함부로 짓밟음, 압제를 가하여 자유를 속박함
형구:형벌을 주는 기구

was held, in the old time, to be as effectual an agent, in the promotion of good citizenship, as ever was the guillotine among the terrorists of France. It was, in short, the platform of the pillory; and above it rose the framework of that instrument of discipline, so fashioned as to confine the human head in its tight grasp, and thus holding it up to the public gaze. The very ideal of ignominy was embodied and made manifest in this contrivance of wood and iron.

There can be no outrage, methinks, against our common nature,—whatever be the delinquencies of the individual,— no outrage more flagrant than to forbid the culprit to hide his face for shame; as it was the essence of this punishment to do. In Hester Prynne's instance, however, as not unfrequently in other cases, her sentence bore, that she should stand a certain time upon the platform, but without undergoing that gripe about the neck and confinement of the head, the proneness to which was the most devilish characteristic of this ugly engine. Knowing well her part, she ascended a flight of wooden steps, and was thus displayed to the surrounding multitude, at about the height of a man's shoulders above the street.

Had there been a Papist among the crowd of Puritans,

---

agent:대리인, 힘(power) promotion:촉진, 선동 pillory:죄인의 목과 손목을 끼워 놓는 형틀 contrivance:고안물, 장치 outrage:불법, 난폭 methinks:생각되다 delinquency:태만, 과실, 범죄 culprit:죄인, 피의자 gripe:괴롭히다, 흠잡다, 불평을 말하다 the proneness to which:그렇게 하는것이 a Papist(경멸)카톨릭 교도

에는 사람의 머리를 꽉 조이게 가두어서 사람의 눈길을 피할 수 없게 만드는 징벌의 형틀이 있었다. 수치심을 주기에 매우 이상적인 이 장치는 쇠와 나무로 만들어져 있었다.

그 사람의 과실이 무엇이건 간에 우리들의 일반적인 인간성에 비추어 볼 때 부끄러워 얼굴을 가리는 것을 막는 것보다 더 가혹한 학대는 없을 것이라 생각된다. 그러나 이것은 이 형벌의 중요한 목적이었다. 그렇지만 다른 경우에서도 흔히 있는 일로서 헤스터 프린은 일정한 시간 만을 그 형대(刑臺) 위에서 서 있기만 하면 되었고 특히 죄인들이 싫어하는 수갑을 채운다거나 칼을 씌우는 형벌을 받지 않아도 되었다. 자기가 할 일을 잘 알고 있는 헤스터 프린은 나무로 만든 계단 위를 올라가 양쪽 길바닥에 서 있는 남자의 어깨 높이 정도의 형벌대에 서서 그녀를 둘러싼 군중들에게 공개되었다.

만일 그 군중들 중에 천주교도가 있었더라면 가슴에 갓난 아기를 안고 있는 화려한 옷차림의 자태를 한 이 아름다운 여인 속에서, 유명한 화가들이 그렇게도 그려보려고 앞다투던 성모의 모습을 연상했을지도 모른다. 그 아기에게는 이 세상을 구원해 줄 죄없는 모성(母性)의 성스런 이미지를—비록 대조적인

형대:형을 집행하는 높게 만는 곳

he might have seen in this beautiful woman, so pic-
turesque in her attire and mien, and with the infant at her
bosom, an object to remind him of the image of Divine
Maternity,— which so many illustrious painters have vied
with one another to represent; something which should
remind him, indeed, but only by contrast, of that sacred
image of sinless motherhood, whose infant was to redeem
the world. Here, there was the taint of deepest sin in the
most sacred quality of human life, working such effect,
that the world was only the darker for this woman's beau-
ty, and the more lost for the infant that she had borne.

The scene was not without a mixture of awe, such as
must always invest the spectacle of guilt and shame in a
fellow-creature, before society shall have grown corrupt
enough to smile, instead of shuddering, at it. The witness-
es of Hester Prynne's disgrace had not yet passed beyond
their simplicity. They were stem enough to look upon her
death, had that been the sentence, without a murmur at its
severity. Even had there been a position to turn the matter
into ridicule, it must have been repressed and overpow-
ered by the solemn presence of men no less dignified than
the Governor, and several of his counsellors, a judge, a
general, and the ministers of the town; all of whom sat or

---

mien:태도, 모습 Divine Maternity:성모마리아 vied with one another:서로 경
쟁하다 redeem:구원하다 corrupt:부정한, 타락한 simplicity:간단, 순진, 우직
murmur:불평 solemn:근엄한, 중대한

것이지만—연상시켜 주는 무엇인가가 있었던 것이다. 그럼에도 불구하고 헤스터의 경우에는 인간의 인생에 있어 가장 신성한 미(美)에서 극악의 죄에 대한 더러움이 있었고, 결과적으로 이 여인의 아름다움 때문에 세상은 더욱 어두워지고 그녀가 낳은 갓난 아기 때문에 세상은 더욱 더 타락했다는 것이다.

이 장면에는 사람들의 마음을 숙연케 하는 그 무엇이 있었다. 죄와 치욕으로 몸을 떠는 한 인간의 모습을 보고서도, 두려움은커녕 웃어 넘길 만큼 사회가 타락하지 않는 한, 그것은 이러한 때 으레 외경감을 자아낸다. 헤스터 프린의 치욕을 목격한 그들도 아직 이런 소박한 성품을 지니고 있던 사람들이었다. 그들은 만약 그녀가 사형 판결을 받았다 하더라도, 그 잔혹함에 대해 술렁거림 없이 그녀의 죽음을 지켜볼 수 있을 정도로 충분히 엄준한 사람들이었다. 설사 이런 처벌을 웃음거리로 생각하는 자들이 있었더라도, 그것은 분명히 자리잡고 있는 여러 명의 위엄 있어 보이는 총독이나 그의 고문들, 판사, 장군, 목사들의 엄숙함에 짓눌리고 압도되었을 것이다.

그 엄숙한 분들은 그 처형대가 내려다보이는 공회당의 발코니 위에 앉거나 서 있었다. 그들 같은 유명 인사들이, 그들의 지위나 직책의 위엄과 존엄성을 손상시키지 않은 채, 그 형장

외경감:공경하고 두려워하는 마음
엄준한:엄격한

stood in a balcony of the meeting-house, looking down upon the platform.

When such personages could constitute a part of the spectacle, without risking the majesty or reverence of rank and office, it was safely to be inferred that the infliction of a legal sentence would have an earnest and effectual meaning. Accordingly, the crowd was sombre and grave. The unhappy culprit sustained herself as best a woman might, under the heavy weight of a thousand unrelenting eyes, all fastened upon her, and concentrated at her bosom. It was almost intolerable to be borne. Of an impulsive and passionate nature, she had fortified herself to encounter the stings and venomous stabs of public contumely, wreaking itself in every variety of insult; but there was a quality so much more terrible in the solemn mood of the popular mind, that she longed rather to behold all those rigid countenances contorted with scornful merriment, and herself the object. Had a roar of laughter burst from the multitude,— each man, each woman, each little shrill-voiced child, contributing their individual parts,— Hester Prynne might have repaid them all with a bitter and disdainful smile. But, under the leaden inflictions which it was her doom to endure, she felt, at moments, as if she

---

majesty:존엄 infliction:형벌 sombre:음침한 as best a woman might:여자로서 할 수 있는 한 unrelenting:가차없는 impulsive:충동적인 venomous:악의에 찬, 독이 있는 stab:찔린 상처 contumely:오만함, 모욕 rigid:엄격한, 강직한 scornful:경멸하다 disdainful:거만한 shriek:날카로운 소리를 내다

의 일부를 이루고 있었을 때, 적법한 판결의 형벌은 진지하고 효과적인 의미가 있다는 느낌을 주는 것이다. 따라서 그 군중들은 근엄하고 엄숙했다. 이 불행한 죄인은 자신을, 특히 자기 자신의 가슴을 집중적으로 뚫어지게 쳐다보고 있는 수많은 사람들의 무자비한 시선들의 중압감 아래에서도 그녀가 할 수 있는 최대한으로 견디어 냈다. 그것은 도저히 참아 낼 수 없을 정도였다. 충동적이고 격렬한 성격의 헤스터는 온갖 모욕의 방법을 동원한 군중들의 악의에 찬 비꿈과 고통에 대항할 굳은 각오가 되어 있었다. 그러나 구경꾼들의 엄숙함은 더 가혹한 것이어서 차라리 경멸의 대상이 된 자신을 향한 조소로 일그러진 얼굴들로 바라보는 것이 나을 성싶었다. 만일 군중들이 나름대로 웃어 대는 어린애들의 날카로운 목소리와 남자들, 여자들의 와 하는 웃음소리가 터져 나왔다면 차라리 헤스터 프린은 비통하고 멸시적인 미소로 그들에게 답해 줬을 것이다. 그러나 이 납덩이 같은 무거운 형벌이 견디 내야 할 운명이라는 것을 알게 된 그녀는 있는 힘을 다해 울부짖으며 처형대 위에서 몸을 던지거나 하지 않는다면 그대로 미쳐 버릴 것만 같았다.

그런데도 그녀가 가장 적나라한 구경거리가 되고 있는 광경 전체가 눈앞에서 사라져 버리는 것 같기도 하고, 형태가 뚜렷

조소:비웃는 웃음
적나라한:아무 가림이 없이 있는 그대로 드러남

must needs shriek out with the full power of her lungs, and cast herself from the scaffold down upon the ground, or else go mad at once.

Yet there were internals when the whole scene, in which she was the most conspicuous object. seemed to vanish from her eyes, or, at least, glimmered indistinctly before them, like a mass of imperfectly shaped and spectral images. Her mind, and especially her memory, was preternaturally active, and kept bringing up other scenes than this roughly hewn street of a little town, on the edge of the Western wilderness; other faces than were lowering upon her from beneath the brims of those steeple-crowned hats. Reminiscences the most trifling and immaterial, passages of infancy and schooldays, sports, childish quarrels, and the little domestic traits of her maiden years, came swarming back upon her, intermingled with recollections of whatever was gravest in her subsequent life; one picture precisely as vivid as another; as if all were of similar importance, or all alike a play. Possibly, it was an instinctive device of her spirit, to relieve itself, by the exhibition of these phantasmagoric forms, from the cruel weight and hardness of the reality.

Be that as it might, the scaffold of the pillory was a

---

internal:내용,본질 conspicuous:눈에 잘 띄는 glimmer:어렴풋한 preternaturally: 불가사의하게 brim:가장자리 Reminiscences:remembered experiences trait:특징 intermingle:혼합되다 subsequent:그 후의 phantasmagoric:주마등 같이 변하는 광경의

하지 않은 꿈이나 환상처럼 흐릿하게 어른거리기도 하였다. 머리의 움직임은, 특히 그녀의 기억력은 불가사이할 만큼 활발해졌다. 이 서쪽 황무지 끝에서 거칠게 다듬어진 거리와는 다른 장소들이, 그리고 저 뾰족한 모자들 밑에서 그녀를 바라보고 있는 수많은 얼굴과는 다른 얼굴들이 그녀의 뇌리에 끊임없이 떠올랐다. 가장 사소하고도 하찮은 추억들인, 어린시절과 학교 생활, 운동, 어린애다운 싸움질, 처녀 시절에 있었던 하찮은 집안의 일들이, 그 후의 의미심장한 사건들과 뒤섞여 주마등처럼 그녀의 눈 앞을 스쳐 지나갔다. 한 장면 한 장면이 다른 것들과 똑같이 생생했고, 모든 것이 똑같이 중요한 것 같기도 하고 똑같이 보잘것 없는 연극 같기도 했다. 이러한 과거의 주마등 같은 환영들을 그려봄으로써 현실의 잔인한 무게와 가혹함으로부터 벗어나려 하는 그녀의 본능적인 지혜이었을지도 모른다.

어쨌든 그 처형대는 헤스터 프린에게 행복했던 어린 시절 부터의 모든 자취를 남긴없이 보여준 고난의 전망대이었다. 그 비참한 고대(高臺)위에 서서 그녀는 그리운 영국에 있는 아버지의 집을 보았다. 가난에 찌든 듯한 모습과 회색 돌이 무너져 가는 듯한 모습이었지만 그 현관에는 유서 깊은 귀족의 표시

주마등:사물이 빨리 변하여 돌아감을 비유함
고대:높게 쌓아서 주변보다 높게 만든 곳

point of view that revealed to Hester Prynne the entire track along which she had been treading since her happy infancy. Standing on that miserable eminence, she saw again her native village, in Old England and her paternal home; a decayed house of gray stone, with a poverty-stricken aspect, but retaining a half-obliterated shield of arms over the portal, in token of antique gentility. She saw her father's face, with its bald brow, and reverend white beard, that flowed over the old-fashioned Elizabethan ruff;her mother's, too, with the look of heedful and anx-ious love which it always wore in her remembrance, and which, even since her death, had so often laid the impedi-ment of a gentle remonstrance in her daughter's pathway. She saw her own face, glowing with girlish beauty, and illuminating all the interior of the dusky mirror in which she had been wont to gaze at it. There she beheld another countenance, of a man well stricken in years, a pale, thin, scholar-like visage, with eyes dim and bleared by the lamplight that had served them to pore over many ponder-ous books. Yet those same bleared optics had a strange, penetrating power, when it was their owner's purpose to read the human soul. This figure of the study and the cloister, as Hester Prynne's womanly fancy failed not to

---

eminence:높은 곳, 고지, 고대 obliterate:지우다(erase) heedful:조심성이 많은
remonstrance:충고, 간언, 항의 dusky:희미한 optics:눈 pore over:~에 몰두하다
penetrate:간파하다, 꿰뚫다 blear:눈을 흐리게 하다, 침침한 optic:시력의

인, 그리고 반쯤은 지워진 문장(紋章)이 아직도 걸려 있었다. 벗겨진 이마와 엘리자베스 시절의 구식 주름깃 위로 흰 수염을 휘날리던 아버지의 얼굴을 보았다. 그리고 그녀의 기억에 언제나 자상하고 열성적인 사랑을 가졌으며, 죽은 후에도 딸이 걷는 인생 행로에 부드러운 충고를 해주는 어머니의 얼굴이 떠올랐다. 그녀가 뚫어지게 응시하곤 했던, 흐릿한 거울 속까지도 밝게 만들던, 소녀같이 빛나던 자신의 얼굴을 그녀는 보았다. 그녀는 그 수많은 지루한 책들을 열심히 읽을 수 있게 비추어 주던 등불 빛에 의해 흐릿하고 침침한 눈을 가진 창백하고, 연약하고, 그리고 학자처럼 보이는 곱게 늙은 한 사내의 얼굴을 그 거울 속에서 보았다. 그러나 그 약한 시력도 인간의 영혼을 읽으려 할 때에는 신비로운 통찰력을 가졌다. 왼쪽 어깨가 오른쪽보다 조금 올라간 듯한 그 남자의 다소 일그러진 형체도 헤스터 프린의 여자다운 상상력으로 기억해 냈다. 그 기억의 화랑(畵廊) 속에서 그 다음으로 떠오른 것은 유럽 어느 도시의 좁고 복잡하게 얽힌 거리, 회색의 큰 집들, 거대한 사원, 그리고 시대적으로 오래 되었고 기이한 건축 양식의 공공 건물들이었다.

스쳐 가는 이런 풍경들을 대신하여 마지막으로 나타난 것은

recall, was slightly deformed, with the left shoulder a trifle higher than the right. Next rose before her, in memory's picture-gallery, the intricate and narrow thoroughfares, the tall, gray houses, the huge cathedrals, and the public edifices, ancient in date and quaint in architecture, of a Continental city.

Lastly, in lieu of these shifting scenes, came back the rude marketplace of the Puritan settlement, with all the townspeople assembled and levelling their stern regards at Hester Prynne,-yes, at herself,-who stood on the scaffold of the pillory, an infant on her arm, and the letter A, in scarlet, fantastically embroidered with gold-thread, upon her bosom!

Could it be true? She clutched the child so fiercely to her breast, that it sent forth a cry; she turned her eyes downward at the scarlet letter, and even touched it with her finger, to assure herself that the infant and the shame were real. Yes,—these were her realities,—all else had vanished!

---

intricate:복잡한, 번잡한 quaint:예스럽고 아취있는 in lieu of:~대신에(instead of) scarlet:주홍, 진홍색 clutch:~을 꽉 쥐다

가슴 위에 금실로 별나게 수 놓아진 주홍빛 글씨 'A'를 달고 그 가슴에 갓난 아기를 안고 처형대 위에 서 있는 바로 그녀를 모든 마을 사람들이 모여 엄격히 비난하고 있는 청교도 식민지의 보잘것 없는 광장이었다.

이것이 사실일 수 있을까? 그녀는 가슴속 깊숙이 아기를 꼭 껴안자 아기는 곧 울음을 터뜨렸다. 그리고 그녀는 아기와 치욕이 현실이라는 것을 확인이라도 하려는 듯이 눈을 아래로 돌려 그 주홍 글씨를 내려다보았고 손가락으로 그것을 만지기까지 하였다. 그랬다, 이것이 그녀의 현실이었고 다른 것들은 모두 사라지고 말았던 것이다!

CHAPTER 3
The Recognition

From this intense consciousness of being the object of severe and universal observation, the wearer of the scarlet letter was at length relieved, by discerning, on the outskirts of the crowd, a figure which irresistibly took possession of her thoughts. An Indian, in his native garb, was standing there; but the red men were not so infrequent visitors of the English settlements, that one of them would have attracted any notice from Hester Prynne at such a time. By the Indian's side, and evidently sustaining a companionship with him, stood a white man, clad in a strange disarray of civilized and savage costume.

He was small in stature, with a furrowed visage, which, as yet, could hardly be termed aged. There was a remarkable intelligence in his features, as of a person who had so cultivated his mental part that it could not fail to would the physical to itself, and become manifest by unmistakable tokens. Although, by a seemingly careless arrangement of his heterogeneous garb, he had endeavored to conceal or abate the peculiarity, it was sufficiently evident to Hester Prynne that one of this man's shoulders rose

---

outskirts:변두리, 교외 take posession of:소유하다 garb:복장, 의상 red men:North-American Indians disarray:혼란, 무질서 furrow:주름진 visage:얼굴 seemingly:겉으로는, 보기엔 heterogeneous garb:문명과 야만이 혼합된 의상 abate:줄이다, 감하다

제 3 장
알아낸 사실

이 주홍글씨의 여인은 군중 틈에서 불현듯 마음을 사로잡는 어떤 인물을 발견하자, 자기가 지금 비난에 찬 군중들에게 둘러싸여 구경거리가 되고 있다는 강렬한 의식에서부터 마침내 해방될 수 있었다. 그 곳에는 고유의 의상을 입은 한 인디언이 있었다. 당시 인디언들은 영국 식민 정착지에 흔히 나타났고 그들 중의 한 사람이 이런 때에 헤스터 프린의 주의를 끌 리는 없었다. 더구나 그녀의 머릿속에는 그 밖의 모든 것이 말끔히 사라지지는 않았을 것이다. 그 인디언 옆에는, 아무래도 그의 친구로 보이는 한 백인이 문명인인지 야만인인지 모를 이상한 옷차림으로 서 있었다.

그는 키가 작았고 얼굴에는 주름살이 깊게 패어 있었지만 그것으로 그가 늙었다고 보기에는 어려웠다. 그의 이목구비에는 놀랄만한 지성이 풍기고 있었는데, 정신 영역의 계발로 인해 육체 또한 저절로 그 영향을 받아 용모가 형성된 그런 얼굴을 지니고 있었다. 겉보기에는 아무렇게나 입은 것 같지만, 사실은 그의 이상스러운 의상이 그의 어떤 신체적 특징을 감추거나 아

이목구비:귀, 눈, 입, 코, 즉 인물

higher than the other. Again, at the first instant of perceiving that thin visage, and the slight deformity of the figure, she pressed her infant to her bosom with so convulsive a force that the poor babe uttered another cry of pain. But the mother did not seem to hear it.

At his arrival in the market-place, and some time before she saw him, the stranger had bent his eyes on Hester Prynne. It was carelessly, at first, like a man chiefly accustomed to look inward, and to whom external matters are of little value and import, unless they bear relation to something within his mind. Very soon, however, his look became keen and penetrative. A writhing horror twisted itself across his features, like a snake gliding swiftly over them, and making one little pause, with all its wreathed intervolutions in open sight. His face darkened with some powerful emotion, which, nevertheless, he so instantaneously controlled by an effort of his will, that, save at a single moment, its expression might have passed for calmness. After a brief space, the convulsion grew almost imperceptible, and finally subsided into the depths of his nature. When he found the eyes of Hester Prynne fastened on his own, and saw that she appeared to recognize him, he slowly and calmly raised his finger, made a gesture

---

deformity:기형, 보기 흉함 convulsive:발작적인, 격동적인 bent his eyes on:~에 시선을 향했다 external:외부의 penetrative:투입력 있는, 예민한 a writhing horror:몸서리쳐지는 공포감 pause:중지 calmness:평온, 침착 imperceptible:미세한 subside:가라앉다, 침묵하다 fasten on:(시선 따위를) 보내다

니면 눈에 띄지 않도록 하려고 한 것이었다. 그럼에도 불구하고, 헤스터 프린은 이 사나이의 한쪽 어깨가 조금 높다는 사실을 알아 차렸다. 그 사람의 여윈 얼굴과 약간 불구인 그 모습을 본 순간 그녀는 갓난아기를 다시 한번 가슴속 깊숙이 발작적인 힘으로 끌어 안았고, 어린 아기는 그 고통으로 인해 또 다시 울음을 터뜨렸으나 그녀는 그 소리를 듣지 못하는 것 같았다.

그녀가 그를 발견하기 전, 그가 처음 광장에 도착했을 때부터 그의 눈은 그녀를 응시하고 있었다. 내면을 들여다 보는데 익숙해져 있었던 그는 자기 마음속의 어떤 것과는 관계가 없는 외부적인 일들은 그렇게 중요하지도 않고 가치도 없다고 생각하는 사람이어서인지 처음에는 무관심해 했었다. 그러나 바로 그의 눈은 날카롭고 꿰뚫어 보는 눈초리로 변했다. 마치 그의 이목구비 사이로 빠르게 미끄러져 지나가던 뱀이 멈춰서 똬리를 트는 것을 본 듯한 공포가 그의 얼굴에 엄습했다. 그의 얼굴은 어떤 격렬한 감정으로 인하여 어두워졌으나, 곧 그의 의지의 노력으로 그 감정을 억눌러 버렸으므로 한 순간을 제외하고는 곧 침착한 표정을 유지했다. 잠시 후 그 감정이 거의 사라지자 헤스터 프린의 시선이 자기에게 쏠리고 있는 것을 알고

똬리:짐을 일때 머리에 받치는 모양의 물건

with it in the air, and laid it on his lips.

Then, touching the shoulder of a townsman who stood next to him, he addressed him, in a formal and courteous manner.

"I pray you, good Sir," said he, "who is this woman? and wherefore is she here set up to public shame?"

"You must needs be a stranger in this region, friend," answered the townsman, looking curiously at the questioner and his savage companion, "else you would surely have heard of Mistress Hester Prynne, and her evil doings. She hath raised a great scandal, I promise you, in godly Master Dimmesdale's church."

"You say truly," replied the other. "I am a stranger, Will it please you, therefore, to tell me of Hester Prynne's,— have I her name rightly?—of this woman's offences, and what has brought her to yonder scaffold?"

"Truly, friend; and methinks it must gladden your heart, after your troubles and sojourn in the wilderness," said the townsman, "to find yourself, at length, in a land where iniquity is searched out, and punished in the sight of rulers and people, as here in our godly New England. Yonder woman, Sir, you must know, was the wife of a certain learned man, English by birth, but who had long dwelt in

---

courteous:예의바른 set up to public shame:공개적으로 모욕을 당하게 하다
savage:잔혹한, 격노한 redeem:되찾다, 상환하다. captivity:사로잡힌, 감금
yonder:저쪽에 methinks:생각되다 sojourn:머무르다

또한 그녀가 자기를 알아보는 것을 느끼자 그도 천천히 손가락을 치켜 들고 공중으로 움직여 보이고는 입술에다 갖다 대었다.

그리고 나서 그의 옆에 서 있던 마을 남자의 어깨에 손을 얹고 의례적이며 정중한 태도로 말했다.

"실례합니다, 선생님. 저 여자는 누구입니까? 그리고 무슨 연고로 이렇게 대중 앞에서 창피를 당하고 있는 것입니까?"

"당신은 분명 이곳에 처음인 분이로군요." 그와 그의 인디언 친구를 호기심 어린 눈길로 바라보며 그 사나이가 말했다. "그렇지 않다면 당신은 분명 헤스터 프린 부인과 그녀가 저지른 탈선에 대해 들었을 텐데요. 그녀는 딤즈 목사님 교회에서 대단히 불미스러운 일을 저질렀습니다."

"아, 그랬군요." 그는 말했다. "저는 이 고장이 처음입니다. 그러니 헤스터 프린, 제가 그녀의 이름을 제대로 알고 있는 건가요? 그녀의 죄명과 왜 그녀가 저기에 있는 처형대 위에 서게 되었는지 말씀해 주시겠습니까?"

"물론 해드리죠." 마을 남자가 말했다. "난 당신이 황야에서 그렇게 고생하신 끝에 부정을 저지르면 그것이 곧 발견되고 으레 지체 높으신 분들과 시민들 앞에서 처벌받고야 마는 이 신

탈선 : 말이나 행실이 정상 규범에서 벗어남

Amsterdam, whence, some good time agone, he was minded to cross over and cast in his lot with us of the Massachusetts. To this purpose, he sent his wife before him, remaining himself to look after some necessary affairs.

In some two years, or less, that the woman has been a dweller here in Boston, no tidings have come of this learned gentleman, Master Prynne; and his young wife, look you, being left to her own misguidance"

"Ah! aha! I conceive you," said the stranger with a bitter smile. "So learned a man as you speak of should have learned this too in his books. And who, by your favor, Sir, may be the father of yonder babe— it is some three or four months old, I should judge— which Mistress Prynne is holding in her arms?"

"Of a truth, friend, that matter remaineth a Addle; and the Daniel who shall expound it is yet a-wanting," answered the townsman. "Madam Hester absolutely refuseth to speak, and the magistrates have laid their heads together in vain. Peradventure the guilty one stands looking on at this sad spectacle, unknown of man, and forgetting that God sees him."

"The learned man," observed the stranger, with another

---

some good time agone:~얼마전에 'agone' =ago cast in his lot with: ~와 운명을 같이 하다 misguidance:그릇된 지도 I conceive you:알았습니다 by your favor:실례입니다만

성한 뉴 잉글랜드 고장에 오신 것을 기뻐하실 거라고 생각합니다. 이건 알아야 돼요. 저기 있는 여자는 영국 태생으로 암스텔담에서 오랫동안 살았던 어느 학자의 부인이랍니다. 그 남자는 오래 전에 이 메사추세츠에서 우리와 함께 운명을 같이 하려 했고 바다를 건너보려고 했지요. 그래서 그의 부인을 먼저 보내고 자신은 뒷처리를 위해 남아 있었죠. 하지만, 아, 그런데 그녀가 보스턴에서 2년 정도를 살아 왔을 때까지 그 학자로부터 연락이 끊겨 버렸죠. 그래서 그의 젊은 부인 헤스터 프린은 잘못된 길에 빠진거지요."

"그랬군요." 나그네는 쓴웃음을 지으며 말했다 "당신이 이야기한 그 학자는 책 속에서 이런 것들에 대해서 배웠어야 했습니다. 그리고 선생님, 제 생각에는 저 아기가 삼사 개월은 된 것 같은데, 당신은 누가 저 아기의 아버지라고 생각하십니까?"

"글쎄요, 그 문제는 아직도 수수께끼로 남아 있습니다. 그리고 이것을 재판할 수 있는 다니엘과 같은 명 재판관이 아직 나타나지 않았고요." 마을 남자가 대답하였다. "헤스터 부인은 끝내 말하려 하지 않았고 판사들이 머리를 맞대고 고민했지만 수포로 돌아가고 말았지요. 아마, 그 사내는 하나님이 자신을 내려다 보고 있다는 것을 알지 못한 채 이 슬픈 광경을 지켜보고

smile, "should come himself, to look into the mystery."

"It behooves him well, if he be still in life," responded the townsman. "Now, good Sir, our Massachusetts magistracy, bethinking themselves that this woman is youthful and fair, and doubtless was strongly tempted to her fall,— and that, moreover, as is most likely, her husband may be at the bottom of the sea, they have not been bold to put in force the extremity of our righteous law against her. The penalty thereof is death. But in their great mercy and tenderness of heart, they have doomed Mistress Prynne to stand only a space of three hours on the platform of the pillory, and then and thereafter, for the remainder of her natural life, to wear a mark of shame upon her bosom."

"A wise sentence!" remarked the stranger, gravely bowing his head. "Thus she will be a living sermon against sin, until the ignominious letter be engraved upon her tombstone. It irks me, nevertheless, that the partner of her iniquity should not, at least, stand on the scaffold by her side. But he will be known!—he will be known!—he will be known!"

He bowed courteously to the communicative townsman, and, whispering a few words to his Indian attendant, they both made their way through the crowd.

---

behoove:~에게 있어서의 의무이다 put in force:(법률을)시행하다 penalty:벌, 벌금, thereof:거기서부터 tenderness:유연 engrave:새기다, 명심하다 tombstone:묘석, 묘비 irk:넌더리나게 하다

있을지도 모르죠."

"그 학자가 이 수수께끼를 풀기 위해 마땅히 와야겠군요." 나그네가 미소를 지으며 말했다.

"그가 아직 살아 있다면 그렇게 하는 것이 당연하겠죠." 마을 남자가 대답하였다. "지금 이 메사츄세츠의 재판관들은 그녀가 젊고 아름다웠기 때문에 유혹이 많았었을 것이고 게다가 그의 남편은 아마도 분명 바다 밑에 죽어 있을 것이라고 생각을 했었기 때문에 그녀가 우리의 정의로운 법에 의해 극형을 받을 만큼 대담하지 못했죠. 그것에 대한 형벌은 사형이지요. 그러나 재판관들의 자비와 동정의 마음은 헤스터 프린을 저 처형대 위에서 단지 세 시간만 서 있게 하고, 그 후에는 그녀의 남은 일생 동안 가슴 위의 저 치욕의 징표를 달도록 하는 형을 내렸죠."

"훌륭한 판결입니다!" 정중하게 머리를 숙이며 나그네가 말했다. "그렇다면 저 여자는 저 불명예스러운 글자들이 그녀의 묘비명에 새겨질 그 날까지 죄에 대한 교훈이 되겠군요. 그럼에도 불구하고 그녀가 지은 죄의 공범이, 최소한, 저 처형대 위의 그녀 옆에 함께 서 있지 못하는 사실이 저를 화나게 하는군요. 그러나 그는 밝혀질 겁니다……. 그렇고 말고요."

징표:다른 사물과 구별되는 의식

While this passed, Hester Prynne had been standing on her pedestal, still with a fixed gaze towards the stranger; so fixed a gaze, that, at moments of intense absorption, all other objects in the visible world seemed to vanish, leaving only him and her. It was better to stand thus, with so many betwixt him and her, than to greet him, face to face, they two alone. She fled for refuge, as it were, to the public exposure, and dreaded the moment when its protection should be withdrawn from her. Involved in these thoughts, she scarcely heard a voice behind her, until it had repeated her name more than once, in a loud and solemn tone, audible to the whole multitude.

"Hearken unto me, Hester Prynne!" said the voice.

It has already been noticed, that directly over the platform on which Hester Prynne stood was a kind of balcony, or open gallery, appended to the meeting-house. It was the place whence proclamations were wont to be made, amidst an assemblage of the magistracy, with all the ceremonial that attended such public observances in those days. Here, to witness the scene which we are describing, sat Governor Bellingham himself, with four sergeants about his chair, bearing halberds, as a guard of honor. He wore a dark feather in his hat, a border of embroidery on

---

pedestal:주춧대, 기초 gaze:응시하다 absorption:몰두, 열중 betwixt:between
Hearken unto me:Listen to me   gallery:화랑, 관람석 or open gallery:즉 지붕없
는 복도 append:~을 붙이다 proclamation:선언, 성명서 ceremonial:격식을차
린 sergeant:하사관 halberd:도끼창 a guard of honor:의장병

나그네는 말을 나누던 마을 남자에게 정중하게 머리를 숙이고, 그와 함께 왔던 인디언에게 몇 마디를 속삭이고 나서 군중들 사이를 헤치고 사라졌다.

이런 일들이 있는 동안에도 헤스터 프린은 처형대 위에서 줄곧 그 나그네를 응시하며 서 있었다. 그 강력하게 응시하는 순간, 너무나도 그를 주시하고 있어서 그와 그녀를 제외한 이 세상의 모든 것들이 사라져 버린 것 같았다. 이렇게 수많은 사람들을 사이로 그와 대하는 것이 그와 단 둘이서 얼굴을 맞대고 인사하는 것보다 차라리 나았다. 말하자면, 군중들 앞에 몸을 드러내는 것만으로도 도움을 받는 것이었고, 그 도움의 손길이 사라지는 순간에 대해 두려워 했다. 이러한 생각에 잠겨 있어서 그녀는 그녀 뒤의 모든 군중들이 들을 수 있을 정도의 계속 반복되는 우렁차고 근엄한 소리를 듣지 못하였다.

"듣거라, 헤스터 프린." 그 목소리가 말했다.

이전에 이미 언급한 대로, 헤스터 프린이 서 있는 처형대 바로 위에는 공회당에 붙은, 발코니 같은 지붕이 없는 관람대가 있었다. 당시 군중들이 밀집하는 이런 행사가 있을 때마다 행정관들이 모여 선포를 하던 장소였다. 이곳에는 지금 설명되고 있는 정경들을 보기 위해 벨링햄 총독이 앉아 있었고 그의 주위에는 네 명의 친위병들이 창을 들고 의장대처럼 서 있었다.

his cloak, and a black velvet tunic beneath; a gentleman advanced in years, with a hard experience written in his wrinkles. He was not ill fitted to be the head and representative of a community, which owed its origin and progress, and its present state of development, not to the impulses of youth, but to the stern and tempered energies of manhood, and the sombre sagacity of age; accomplishing so much, precisely because it imagined and hoped so little. The other eminent characters, by whom the chief ruler was surrounded, were distinguised by a dignity of mien, belonging to a period when the forms of authority were felt to possess the sacredness of Divine institutions. They were, doubtless, good men, just and sages But, out of the whole human family, it would not have been easy to select the same number of wise and virtuous persons, who should be less capable of sitting in judgment on an erring woman's heart, and disentangling its mesh of good and evil, than the sages of rigid aspect towards whom Hester Prynne now turned her face. she seemed conscious, indeed, that what ever sympathy she might expect lay in the larger and warmer heart of the multitude; for, as she lifted her eyes towards the balcony, the unhappy woman grew pale and trembled.

---

tunic:겉옷 advanced in years:=very old   sagacity:현명, 영리 precisely:정확하게 eminent:현저한, 뛰어난 sage:=wise virtuous:덕이 있는, 정숙한 rigid:굳은, 엄격한

주름살로 보아 고생의 시간을 알 수 있는, 나이가 지긋한 그는 검은 깃털을 꽂은 모자를 쓰고 검은 우단으로 만든 겉옷 위의 가장자리에 수를 놓은 망토를 걸치고 있었다. 그는 마을의 대표자와 우두머리로서의 위치에 적합한 사람이었다. 왜냐하면 젊은이의 충동적 행동이 아닌, 강직하고 잘 조절된 인성(人性)의 에너지와 노인의 평범한 생활의 지혜로 오늘날의 발전과 진보를 이루었기 때문이다. 젊은이들의 허황된 상상이나 기대가 최대한도로 억제되었기 때문에 오히려 큰 성과를 얻을 수 있게 되었던 것이다. 그리고 그의 주위를 둘러싸고 있는 저명한 인사들의 모습은 품위로 구분되었고, 신의 세계의 숭고함을 지니고 있는 시대에 속해 있던 사람들이었다. 의심할 여지없이 그들은 선(善)한 사람들이었고 공정하고 지혜로운 사람들이었다. 그러나 온 세상의 사람들 중에서, 헤스터 프린이 지금 바라보고 있는 쪽에서 그녀를 굳은 표정으로 바라보고 있는 현자(賢者)들보다, 부정한 여인의 마음을 판결하고 선과 악의 타래를 풀어 낼 수 있는 능력이 없는 사람들을, 같은 수의 지혜롭고 유덕한 인물들 속에서 찾아내기란 그리 쉽지 않을 것이다. 바랄 수 있는 동정은 군중들의 크고 따뜻한 마음속에 있을 수 있다고 생각했기 때문인지 그녀는 눈을 들어 발코니를 바라보았을 때 창백해지고 몸을 떨기 시작하였다.

우단:거죽에 고운 털이 돋게 짠 비단
타래:실,같은 것을 감아 틀어놓은 분량의 단위

The voice which had called her attention was that of the reverend and famous John Wilson, the eldest clergyman of Boston, a great scholar, like most of his contemporaries in the profession, and withal a man of kind and genial spirit. This last attribute, however, had been less carefully developed than his intellectual gifts, and was, in truth, rather a matter of shame than self-congratulation with him. There he stood, with a border of grizzled locks beneath his skull-cap; while his gray eyes, accustomed to the shaded light of his study, were winking,— like those of Hester's infant, in the unadulterated sunshine. He looked like the darkly engraved portraits which we see prefixed to old volumes of sermons; and had no more right than one of those portraits would have to step forth, as he now did, and meddle with a question of human guilt, passion, and anguish.

"Hester Prynne," said the clergyman, "I have striven with my young brother here, under whose preaching of the word you have been privileged to sit,"— here Mr. Wilson laid his hand on the shoulder of a pale young man beside him,— "I have sought, I say, to persuade this godly youth, that he should deal with you, here in the face of Heaven, and before these wise and upright rulers, and in

---

reverend:존경할 만한 genial:친절한 grizzle:회색으로 되다 locks:=hair
unadulterated sunshine:직사일광 prefix: ~의 앞부분에 붙이다 meddle:간섭하다 anguish:심한 고통 clergyman:목사

그녀의 주의를 끌었던 그 목소리의 주인공은 보스톤에서 제일 나이 많은 성직자이며, 게다가 당시 성직에 있었던 다른 대부분의 사람들과 마찬가지로 훌륭한 학자였고, 친절하고 온화한 성격의 사람이었던 거룩하고 유명한 존 윌슨 목사였다. 그러나 이후에 언급된 그의 온화한 성격은 그의 지적인 천품보다 덜 주의 깊게 계발되어서 솔직히 그에게는 자랑거리라기보다는 수치스러운 것이었다. 모자 밑으로 반백(半白)의 머리털이 보이면서 그는 거기에 서서 순수한 햇빛 밑에서 마치 헤스터 부인의 갓난 아기처럼, 서재의 램프의 어두운 불빛에 익숙한 그의 회색 빛 눈을 찡그렸다. 그의 모습은 마치 옛 설교 책에 새겨져 있는 흐릿한 초상화 같았다. 그런 초상화가 인간의 죄나 열망, 공포와 같은 문제에 간섭할 자격이 없는 것처럼 그는 지금 그런 자격을 갖고 있는 것 같아 보이지는 않았다.

"헤스터 프린." 그 성직자가 말하였다. "나는 당신이 설교를 들어온 이 목사와 지금까지 의논을 했었소." 존슨 씨는 옆에 있던 창백한 젊은 사람의 어깨에 손을 얹었다. "나는 이 신앙심 깊은 청년에게, 여기 하나님 앞에서, 그리고 이 지혜롭고 고결한 통치자들 앞에서, 또 여기 모인 많은 사람들이 듣고 있는 앞에서, 당신이 저지른 죄의 타락과 어두움을 잘 설득해 달라고 했소. 그는 나보다 당신의 타고난 성격을 잘 알고 있을 것

천품:타고난 기품
고결한:성품이 고상하고 순결한

hearing of all the people, as touching the vileness and blackness of your sin. Knowing your natural temper better than I, he could the better judge what arguments to use, whether of tenderness or terror, such as might prevail over your hardness and obstinacy; insomuch that you should no longer hide the name of him who tempted you to this grievous fall. But he opposes to me (with a young man's over-softness, albeit wise beyond his years) that it were wronging the very nature of woman to force her to lay open her heart's secret in such broad daylight, and in the presence of so great a multitude. Truly, as I sought to convince him, the shame lay in the commission of the sin, and not in the showing of it forth. What say you to it, once again, Brother Dimmesdale? Must it be thou, or I, that shall deal with this poor sinner's soul?"

There was a murmur among the dignified and reverend occupants of the balcony; and Governor Bellingham gave expression to its purport, speaking in an authoritative voice, although tempered with respect towards the youthful clergyman whom he addressed.

"Good Master Dimmesdale," said he, "the responsibility of this woman's soul lies greatly with you. It behooves you, theerfore, to exhort her to repentance, and to confes-

---

vileness:타락함 terror:공포 obstinacy:고집, 완고 prevail: 널리 보급되다
insomuch:~정도까지, ~만큼 grievous:한탄스러운, 슬픈 albert=though thou =
you   lay open:폭로하다 purport:요지, 취지, 뜻(meaning) behoof:이익, 위함
behoove:~하는 것은 당연한 의무이다 exhort:권유하다, 훈계하다

이므로 그대의 완강한 고집을 꺾기 위해서 위협을 하든, 또는 부드럽게 달래든, 보다 적절하게 대처할 수 있을 것이고, 그대 또한 그대를 유혹하여 타락시킨 남자의 이름을 밝히고야 말것이라고 생각했기 때문이오. 그러나 그는 나이보다는 현명한 사람이지만 젊은이에게 흔히 있는 수줍음으로 반대하기를, 이와 같이 밝은 대낮에 그리고 이렇게 많은 군중들 앞에서 그녀 가슴속의 비밀을 파헤치려 하는 것은 여성의 마음을 손상시키는 일이라는 것입니다. 그러나 사실 수치라는 것은 죄를 짓는 것이지 그 죄를 고백하는 것이 아니라고 그를 설득시켰다오. 한번 더 묻겠소. 당신의 생각은 어떻습니까? 딤즈데일 목사, 이 불쌍한 죄인의 영혼을 다룰 사람이 당신이겠소? 아니면 나겠소?"

발코니에 자리잡고 있는 근엄하고 위엄 있는 사람들 사이에 술렁거림이 있었다. 그리고 벨링헴 총독은 상대방인 젊은 목사에게 그에 대한 존경의 표시로 다소 부드러워진 듯하지만 다소 명령적인 목소리로 그 술렁거림의 의미를 대변하였다.

"딤즈데일 목사." 그가 말했다. "저 여인의 영혼에 대한 책임은 당신에 있습니다. 그러므로 이 여인을 참회시키고 또 참회한 증거로 고해를 시키는 것이 당신의 의무라고 생각합니다."

고해:세례를 받은 신자가 범한 죄를 뉘우치고 천주나 사제에게 고백하여 용
　　서를 받는 일

sion, as a proof and consequence thereof."

The directness of this appeal drew the eyes of the whole crowd upon the Reverend Mr. Dimmesdale; a young clergyman, who had come from one of the great English universities, bringing all the learning of the age into our wild forest-land. His eloquence and religious fervor had already given the earnest of high eminence in his profession. He was a person of very striking aspect, with a white, lofty, and impending brow, large, brown, melancholy eyes, and mouth which, unless when he forcibly compressed it, was apt to be tremulous, expressing both nervous sensibility and a vast power of self-restraint. Notwithstanding his high native gifts and scholar-like attainments, there was an air about this young minister,-an apprehensive, a startled, a half-frightened look,-as of a being who felt himself quite astray and at a loss in the pathway of human existence, and could only be at ease in some seclusion of his own. Therefore, so far as his duties would permit, he trod in the shadowy by-paths, and thus kept himself simple and childlike; coming forth, when occasion was, with a freshness, and fragrance, and dewy purity of thought, which, as many people said, affected them like the speech of an angel.

---

eloquence:설득력 fervor:열정, 열성 aspect:관점, 국면 melancholy:우울한
forcibly:억지로, 강력하게 tremulous:전율하는 astray:길을 잃은, 잘못한

이 직접적인 호소는 모든 군중의 시선을 딤즈데일 목사에게 로 이끌었다. 그는 영국의 어느 최고의 대학을 나와 당대의 모든 학문을 이 미개척 황무지로 가져왔던 젊은 목사였다. 그의 웅변과 종교적 열정은 이미 목사로서의 앞길을 보장받고 있었다. 그는 희고 훤한 이마, 크고 갈색의 우수가 가득한 눈빛, 그리고 꽉 다물고 있을 때를 제외하고는 감수성과 자제력을 모두 표현하고 있는, 약간 떨고 있는 경향이 있는 입술을 가진 두드러진 모습의 사람이었다. 타고난 비범한 재능과 학자다운 재능에도 불구하고, 그는 인생 경로에서 벗어난 곳에서 길을 잃어 헤매는 것 같았고, 은둔의 생활만이 그를 비로소 침착하게 하는 것같이 보였다. 그의 표정은 불안해 보였고 겁을 먹은 듯한 인상을 풍기었다. 그러므로 그는 목사로서의 임무의 한도 내에서 어두운 샛길을 걸었고 그럼으로써 그 자신을 소박하고 어린 애같이 유지했다. 행사가 있을 때에는 신선함과 향기, 그리고 사상의 이슬 같은 순수함으로 그들 앞에 나섰다. 많은 사람들에게 그것은 천사의 말씀처럼 그들에게 영향을 주었다.

윌슨 목사와 총독은 대중 앞에서 공공연하게 그 젊은이에게, 오염되긴 했지만 여전히 신성한 여인의 비밀을 고백시키라고 명령했던 것이다. 그 난처한 처지가 그의 얼굴에서 핏기를 가

Such was the young man whom the Reverend Mr. Wilson and the Governor had introduced so openly to the public notice, bidding him speak, in the hearing of all men, to that mystery of a woman's soul, so sacred even ill its pollution. The trying nature of his position drove the blood from his cheek, and made his lips tremulous.

"Speak to the woman, my brother," said Mr. Wilson. "It is of moment to her soul, and therefore, as the worshipful Governor, says, momentous to thine own, in whose charge hers is. Exhort her to confess the truth!"

The Reverend Mr. Dimmesdale bent his head, in silent prayer, as it seemed and then came forward.

"Hester Prynne," said he, leaning over the balcony and looking down steadfastly into her eyes, "thou hearest what this good man says, and seest the accountability under which I labor. If thou feelest it to be for thy soul's peace, and that thy earthly punishment will thereby be made more effectual to salvation, I charge thee to speak out the name of thy fellow-sinner and fellow-sufferer! Be not silent from any mistaken pity and tenderness for him; for, believe me, Hester, though he were to step down from a high place, and stand there beside thee, on thy pedestal of shame, yet better were it so, than to hide a guilty heart

---

sacred:신성한, 종교상의 of moment=of importance   steadfastly:확고부동하게
accountability:책임 salvation:구체, 구조 thy:그대의, 당신의

시게 하였고 그의 입술을 떨게 하였다.

"그 여인에게 말을 하시오." 윌슨 목사가 말하였다. "고명하신 총독께서도 말씀하셨듯 그렇게 하는 것이 그녀의 영혼을 위해서도, 그리고 그녀를 책임지고 있는 당신의 영혼을 위해서도 중대한 일입니다. 그녀가 진실을 고백할 수 있도록 타일러 보시오."

딤즈데일 목사는 마치 기도하는 사람과 같이 고개를 숙이고 있었다.

"헤스터 프린." 발코니에 기대어 단호한 눈초리로 그녀의 눈을 바라보며 말했다.

"이분이 말씀하신 것을 당신도 잘 들었지요. 내가 지고 있는 책임에 대해 잘 들었을 것입니다. 만일 그것이 당신의 마음을 편하게 하고 이 세상의 형벌이 그것에 의해 구원을 받기에 좀더 효과적이라고 생각한다면, 나는 당신에게 당신의 공범으로서 당신과 함께 고통을 받고 있는 그 남자의 이름을 말할 것을 바랍니다. 그 남자에 대한 그릇된 동정이나 애정으로 입을 다물지 마십시오. 나를 믿어요, 헤스터. 뿐만 아니라 당신의 침묵이 그에게 죄악 위에 위선(僞善)을 더하라고 유혹하거나 강요하는 것 외에 무슨 소용이 되겠소? 하나님이 당신에게 이렇게

위선:본심에서가 아니라 겉으로만 하는 착한 일

through life. What can thy silence do for him, except it tempt him— yea, compel him, as it were— to add hypocrisy to sin? Heaven hath granted thee an open ignominy, that thereby thou mayest work out an open triumph over the evil within thee, and the sorrow without. Take heed how thou deniest to him— who, perchance, hath not the courage to grasp it for himself— the bitter, but wholesome, cup that is now presented to thy lips!"

The young pastor's voice was tremulously sweet, rich, deep, and broken. The feeling that is so evidently manifested, rather than the direct purport of the words, caused it to vibrate within all hearts, and brought the listeners into one accord of sympathy. Even the poor baby, at Hester's bosom, was affected by the same influence; for it directed its hitherto vacant gaze towards Mr. Dimmesdale, and held up its little arms, with a half-pleased, half-plaintive murmur. So powerful seemed the minister's appeal that the people could not believe but that Hester Prynne would speak out the guilty name; or else that the guilty one himself, in whatever high or lowly place he stood, would be drawn forth by an inward and inevitable necessity, and compelled to ascend the scaffold. Hester shook her head.

---

hypocrisy:위선, 위선 행위 take heed to:~에 주의하다 thou:그대는, 그대가
vibrate:진동하다, 감동하다 hitherto=until now:지금까지 inevitable:피할 수
없는, 필연적인

대중 앞에서 모욕을 당하게 한 것은 당신 안에 있는 죄악과 밖에 있는 슬픔을 딛고 일어나 공개적으로 회개할 수 있는 기회를 주신 것입니다. 지금 당신의 입술 앞에 있는 술잔은 쓸지 모르겠지만 당신의 영혼에는 이로운 술잔이므로 어쩌면 그것을 잡을 용기가 없는 그 사람에게서 그 술잔을 빼앗고 있다는 것을 잊어서는 안 됩니다."

이 젊은 목사의 목소리는 떨리는 듯 달콤했고, 낭랑했고, 가라앉았는데다 띄엄띄엄 흘러 나왔다. 단어 하나하나에 대한 뜻보다는 그 감정이 뚜렷이 전달되었으므로 듣는 이의 모든 가슴을 진동시켰고 그들 모두를 공감의 일치로 이끌었다. 헤스터 부인의 가슴속에 안긴 아기마저도 그 분위기에 영향을 받았는지 지금까지 멍해 있던 눈을 돌려 딤즈데일 목사를 바라보며 조그마한 두 팔을 쳐들고 기뻐하는지 슬퍼하는지 알 수 없는 소리로 웅얼대었다. 목사의 말이 어찌나 강력하게 들렸는지 헤스터 프린이 그 죄인의 이름을 밝히든지 아니면 죄인 스스로, 그 지위의 고하를 막론하고, 마음속으로 어쩔 수 없는 필요성에 이끌려 처형대 위로 올라갈 것만 같았다. 헤스터는 그녀의 머리를 가로저었다.

"여인이여, 하나님의 자비의 한계를 넘지 마시오!" 윌슨 목

회개 : 잘못을 뉘우치고 고침

"Woman, transgress not beyond the limits of Heaven's mercy!" cried the Reverend Mr. Wilson, more harshly than before. "That little babe hath been gifted with a voice, to second and confirm the counsel which thou hast heard. Speak out the name! That, and thy repentance, may avail to take the scarlet letter off thy breast."

"Never!" replied Hester Prynne, looking, not at Mr. Wilson, but into the deep and troubled eyes of the younger clergyman. "It is too deeply branded. Ye cannot take it off. And would that I might endure his agony, as well as mine!"

"Speak, woman!" said another voice, coldly and sternly, proceeding from the crowd about the scaffold. "Speak; and give your child a father!"

"I will not speak!" answered Hester, turning pale as death, but responding to this voice, which— she too surely recognized. "And my child must seek a heavenly Father; she shall never know an earthly one!"

"She will not speak!" murmured Mr. Dimmesdale, who, leaning over the balcony, with his hand upon his heart, had awaited the result of his appeal. He now drew back, with a long respiration. "Wondrous strength and generosity of a woman's heart! She will not speak!"

---

transgress:법률을 어기다 avail:쓸모 있다, 소용되다 sternly:엄격하게, 단호하게 respiration:호흡(작용)

사가 전보다는 더 엄하게 소리쳤다. "그 아기도 목소리의 선물
을 받았기에 당신이 들은 충고에 대해 지지하고 확인하지 않았
오? 이름을 말하시오! 그 이름을 말하고 회개한다면 당신의 가
슴으로부터 그 주홍 글씨를 떼어 낼 수도 있단 말이오."

"절대 그럴 수는 없습니다." 윌슨 목사의 눈이 아니라 깊고
고뇌에 찬 젊은 목사의 눈을 들여다 보며 헤스터 프린은 말하
였다. "이것은 너무나도 깊게 낙인이 찍혀 있으므로 당신은 떼
어 낼 수 없습니다. 그리고 나는 나의 고통만이 아니라 그분의
고통까지도 견디어 낼 것입니다."

"말하라, 여인이여!" 또 하나의 목소리가 처형대 주위에 모
여 있는 군중들 틈에서 들려 왔다. "말하라! 그 아기를 그의
아버지에게 돌려주란 말이다."

"나는 말하지 않을 겁니다!" 마치 죽은 사람처럼 창백해진
헤스터는 확실히 들은 적이 있는 그 목소리에 대해 대답하였
다. "그리고 나의 아기는 하늘에 계신 아버지를 찾아야 합니다.
지상의 아버지는 그녀가 알 필요 없어요."

"그녀는 말하지 않을 겁니다!" 발코니에 기대어 가슴 위에
손을 얹고 자신의 설득의 결과를 기다리던 딤즈데일 목사가 중
얼거렸다. 그는 긴 숨을 들이쉬고는 뒤로 물러났다. "여성의 마

Discerning the impracticable state of the poor culprit's mind, the elder clergyman, who had carefully prepared himself for the occasion, addressed to the multitude a discourse on sin, in all its branches, but with continual reference to the ignominious letter. So forcibly did he dwell upon this symbol, for the hour or more during which his periods were rolling over the people's heads, that it assumed new terrors in their imagination, and seemed to derive its scarlet hue from the flames of the infernal pit. Hester Prynne, meanwhile, kept her place upon the pedestal of shame, with glazed eyes, and an air of weary indifference. She had borne, that morning, all that nature could endure; and as her temperament was not of the order that escapes from too intense suffering by a swoon, her spirit could only shelter itself beneath a stony crust of insensibility, while the faculties of animal life remained entire.

In this state, the voice of the preacher thundered remorselessly, but unavailingly, upon her ears. The infant, during the latter portion of her ordeal, pierced the air with its wailings and screams; she strove to hush it, mechanically, but seemed scarcely to sympathize with its trouble. With the same hard demeanor, she was led back to prison,

---

dwell:장황하게 이야기하다, 거주하다, 살다 infernal:지옥의, 지독한 swoon: 졸도, 기절 stony:돌의, 돌이 많은 crust:껍질 preacher:설교사, 전도사, 목사 remorselessly:후회없게 pierce:찌르다 ordeal:가혹한 시련 wailings:울부짖음 scarcely:거의~아니다

음이란 것이 이토록 관대하고 놀라운 힘을 가지고 있는 것인 가! 그녀는 말하지 않을 것입니다.”

그 가엾은 죄인의 고집을 간파한 나이든 성직자는 그가 이 경우를 위해 조심스럽게 준비해 두었던, 모든 죄악의 종류에 대해, 그러나 이내 주홍 글씨에 대한 계속적인 인용으로 군중 들 앞에서 설교를 하기 시작하였다. 한 시간 이상이나 그 상징 (주홍 글씨)에 대한 이야기에 중점을 두었기 때문에 듣고 있던 많은 군중들의 머릿속에는 그들 상상 속에 새로운 공포가 생겨 났고, 그 주홍 글씨는 지옥의 심연에서 가져온 것 같이 보일 정도로 그들의 머리를 흔들어 놓았다. 그 동안 헤스터 부인은 얼빠진 듯한 눈과 기진맥진하여 무관심한 자세로 그 치욕의 단 상 위에 서 있었다. 이날 아침 그녀는 온 힘을 다해서 견디어 냈다. 그녀는 심한 고통을 받았을 때 기절을 해서 그 고통으로 부터 벗어나려는 그런 기질의 여자는 아니었으므로, 그녀의 정 신만이 돌같이 딱딱한 무감각의 껍데기 밑에 있는 피난처를 찾 았을 뿐 육체적 기능들은 그대로였다.

이런 상태에 빠진 그녀의 귓전에 설교자의 음성이 천둥처럼 울려 퍼졌으나 아무 소용이 없었다. 그녀의 오랜 시련의 후반 에 이르자, 아기의 울음소리가 하늘을 찔렀다. 그녀는 형식적으 로나마 아기를 달래려고 했으나 별로 측은히·여기지는 않는 것

and vanished from the public gaze within its iron-clamped portal. It was whispered, by those who peered after her that the scarlet letter threw a lurid gleam along the dark passage-way of the interior.

CHAPTER 4
The Interview

After her return to the prison, Hester Prynne was found to be in a state of nervous excitement that demanded constant watchfulness lest she should perpetrate violence on herself, or do some half-frenzied mischief to the poor babe. As night approached, it proving impossible to quell her insubordination by rebuke or threats of punishment, Master Brackett, the jailer, thought fit to introduce a physician. He described him as a man of skill in all Christian modes of physical science, and likewise familiar with whatever the savage people could teach, in respect to medicinal herbs and roots that grew in the forest. To say the truth, there was much need of professional assistance, not merely for Hester herself, but still more urgently for

---

peer:응시하다, 뚫어지게 보다 lurid:빛을 발하는 perpetrate:저지르다
frenzied:광적인, 열광한 quell:감정을 가라앉히다 insuberdination:불순종
rebuke:비난하다 Christian:문명의 herb:약초 urgently:긴급하게

처럼 보였다. 아까와 같은 도도한 태도로 그녀가 군중들을 뒤로 하고 쇠빗장이 달린 감옥 문으로 사라지는 모습을 본 사람들은 그녀가 어두운 복도를 지날 때 주홍 글씨가 불타는 듯이 보였다고 수군거렸다.

제 4 장
만남

감옥으로 돌아온 후 헤스터 프린이 자해를 하거나 불쌍한 아이에게 반미치광이 상태에서 해를 입힐지도 모르는 신경질적인 상태가 될까 해서 지속적인 감시를 받았다. 밤이 되자 그녀의 비협조를 꾸짖어 보기도 하고 벌을 준다고도 엄포를 놓기도 했지만 불가능했다. 간수인 블랙킷은 의사를 부르는 것이 좋겠다고 생각했다. 블랙킷에 의하면 그 의사는 새로운 모든 의료법에 능통했고 미개인들이 알고 있는 숲속의 약초 뿌리에 대해서도 조예가 깊었다. 사실 헤스터뿐만 아니라 아기에게도 의사가 필요했다. 어미의 가슴에서 젖을 빠는 아기는 어미의 몸속에 들어 있는 모든 혼란과 고통과 절망을 모두 마셔 버리는 것 같았다. 지금 고통의 경련으로 몸부림치는 이 아기는 낮에 헤

자해:자기 몸을 스스로 해침
조예:학문, 기예 따위가 깊은 지경에 이른 정도

the child; who, drawing its sustenance from the maternal bosom, seemed to have drank in with it all the turmoil, the anguish and despair, which pervaded the mother's system. It now writhed in convulsions of pain, and was a forcible type, in its little frame, of the moral agony which Hester Prynne had borne throughout the day.

Closely following the jailer into the dismal apartment appeared that individual, of singular aspect, whose presence in the crowd had been of such deep interest to the wearer of the scarlet letter. He was lodged in the prison, not as suspected of any offence, but as the most convenient and suitable mode of disposing of him, until the magistrates should have conferred with the Indian sagamores respecting his ransom. His name was announced as Roger Chillingworth. The jailer, after ushering him into the room, remained a moment, marvelling at the comparative quiet that followed his entrance; for Hester Prynne had immediately become as still as death, although the child continued to moan.

"Prithee, friend, leave me alone with my patient," said the practitioner. "Trust me, good jailer, you shall briefly have peace in your house; and, I promise you, Mistress Prynne shall hereafter be more amenable to just authority

---

sustenance:영양물, 음식물 mother's system:어머니의 체내 convulsions:경련 lodged:숙박하다. suitable:적당한, 어울리는 magistrates:치안판사 sagamores: 추장 ransom:배상금 moan:신음하다. Prithee=please practitioner:의사 hereafter:이제부터, 미래의 amenable:순종하는

스터 프린이 겪었던 정신적인 고통을 작은 몸뚱이에 강하게 나타내고 있었다.

간수 뒤를 바짝 따라 음침한 감방에 나타난 자는 낮에 군중들 틈에서 주홍 글씨를 단 여인의 관심거리가 되었던 그 괴상한 사람이었다. 이 사나이는 형무소에 머물고 있었다. 무슨 죄가 있어서가 아니라, 자기의 몸 값에 대해 관리가 인디언과 협의할 때까지 처신하는데 가장 편하고 적당한 곳이 감옥이기 때문이었다. 그의 이름은 로져 칠링워드라 불리웠다. 그를 감방에 데려온 간수는 그가 들어서자마자 감방 안이 조용해진 것을 보고 놀랬다. 아기가 계속 칭얼대는데도 불구하고 헤스터 프린은 갑자기 죽은 듯이 조용해졌다.

"이봐, 친구, 나와 환자 둘만 있게 해주게." 의사가 말했다. "날 믿게, 간수 양반. 감방 안이 금방 평화로워질 것이네. 내 약속하지. 프린 부인이 관리들의 말을 더 잘 듣게 해 주겠소."

"정말 그렇게만 해주신다면" 블랙킷이 대답했다. "최고의 명의라고 인정하지요. 사실 저 여자는 마귀에 씌인 것 같아요. 매를 쳐서 마귀를 내쫓는 일이라면 충분히 그렇게 했을 거예요."

낯선 사나이는 자칭 의사답게 조용히 감방 안으로 들어섰다. 간수가 나가고 그녀와 얼굴을 맞대었을 때도 그의 태도엔 변화

than you may have found her heretofore."

"Nay, if your worship can accomplish that," answered Master Brackett, "I shall own you for a man of skill indeed! Verily, the woman hath been like a possessed one; and there lacks little, that I should take in hand to drive Satan out of her with stripes."

The stranger had entered the room with the characteristic quietude of the profession to which he announced himself as belonging. Nor did his demeanor change, when the withdrawal of the prison-keeper left him face to face with the woman, whose absorbed notice of him, in the crowd, had intimated so close a relation between himself and her. His first care was given to the child; whose cries, indeed, as she lay writhing on the trundle-bed, made it of peremptory necessity to postpone all other business to the task of soothing her. He examined the infant carefully, and then proceeded to unclasp a leathern case, which he took from beneath his dress. It appeared to contain medical preparations, one of which he mingled with a cup of water.

"My old studies in alchemy," observed he, "and my sojourn, for above a year past, among a people well versed in the kindly properties of simples, have made a better physician of me than many that claim the medical

---

heretofore:지금까지의 a possessed one:악마에 홀린 사람 quietude:고요, 평온함 demeanor:행실, 태도 withdrawal:움추려듦, 후퇴 trundle-bed:수레달린 침대 peremptory:단호한, 결정적인 soothing:누그러뜨리는 beneath:~의 바로아래에 mingle:혼합하다 alchemy:연금술 well versed in:~에 정통한

가 없었다. 군중 속에 있던 그 사나이를 유심히 보았던 사실로 미루어 보아 둘의 관계는 가까웠던 것 같다. 그는 아기를 먼저 살펴보았다. 사실 유모차에서 몸부림치며 우는 아기를 보면 만사를 제쳐놓고 돌봐 줄 수밖에 없게끔 되어 있었다. 그는 조심스럽게 아기를 진찰하고 옷밑에서 꺼낸 가죽 가방을 열었다. 그 안엔 약품들이 보였고 그 중 하나를 물컵에 탔다.

"오랫동안 연금술을 배우는 중에" 그가 말을 꺼냈다. "이 약초들의 효능에 정통한 사람들과 일 년 남짓 어울려서 지내다 보니 이젠 나는 박사 운운하는 자들보다 더 나은 의사가 되었소. 자, 여기 있소! 이 아이는 당신 아이지 내 아이는 아니오. 내 목소릴 들어도 내 얼굴을 보아도 제 아비라 생각하진 않을 거요. 당신 손으로 직접 먹이시오."

헤스터는 약을 물리치고 유심히 그의 얼굴을 들여다보았다.

"당신은 죄없는 이 아이에게 복수를 할 작정이예요?" 그녀가 중얼거렸다.

"어리석은 여자 같으니!" 의사가 반은 냉정하게 반은 달래는 식으로 말했다. "무엇 때문에 내가 이 불쌍한 사생아를 해친단 말이오? 이 약은 효능이 아주 좋은 것이오. 그렇소, 당신 자식이자 내 자식이라도 그보다 더 좋은 처방은 할 수 없소."

연금술:중세 유럽에서 구리, 납 따위로 금, 은 등의 귀금속을 만들고 늙지
    않고 오래 사는 약까지 만들려고 했던 화학기술

degree. Here, woman! The child is yours,—she is none of mine,—neither will she recognize my voice or aspect as a father's. Administer this draught, therefore, with thine own hand."

Hester repelled the offered medicine, at the same time gazing with strongly marked apprehension into his face.

"Wouldst thou avenge thyself on the innocent babe?" whispered she.

"Foolish woman!" responded the physician, half coldly, half soothingly. "What should ail me, to harm this misbegotten and miserable babe? The medicine is potent for good; and were it my child-yea, mine own, as well as thine! I could do no better for it."

As she still hesitated, being, in fact, in no reasonable state of mind, he took the infant in his arms, and himself administered the draught. It soon proved its efficacy, and redeemed the leech's pledge. The moans of the little patient subsided; its convulsive tossing gradually ceased; and, in a few moments, as is the custom of young children after relief from pain, it sank into a profound and dewy slumber. The physician, as he had a fair right to be termed, next bestowed his attention on the mother. With calm and intent scrutiny, he felt her pulse, looked into her

---

aspect:외관 repel:불쾌하게 하다 avenge:복수하다 ail:괴롭히다 misbegotten: 사생아의 potent for good:잘 낫는다 draught:밑그림을 그리다 redeem:되찾다 leech:고리대금업자 pledge:보장, 저당물 convulsive tossing:발작적인 몸부림 slumber:가벼운 잠 bestow:주다, 숙박시키다 scrutiny:찬찬히 살펴보기

실상 헤스터는 아직 사리를 분별할 수 있는 상태가 아니었으므로 계속 주저하자 사나이는 손수 아기를 두 팔에 안고 약을 먹였다. 약은 금방 효과를 나타내어 의사의 장담이 증명되었다. 환자의 신음 소리가 이내 가라앉고 뒤치락거리던 경련도 차츰 멎어서 잠시 후에는 괴로움이 사라지면서 의례히 아이들이 그렇듯이 깊은 잠에 빠졌다. 의사라고 불러도 손색이 없을 만한 그 사람은 아이의 어머니를 진찰하기 시작했다. 그는 조용히 정신을 집중하여 그녀의 맥을 짚고 눈을 들여다보았다. 그 눈빛은 그녀의 마음을 움찔하게, 또 떨게도 하였다. 왜냐하면 그의 눈빛은 무척 낯익으면서도 어딘지 이상하고 차가웠기 때문이다. 이윽고 진찰을 마친 사나이는 다른 약을 만들기 시작했다.

"난 레테나 네펜시는 모르지만," 사나이가 말했다. "황무지에서 많은 것을 배웠소. 이것이 그들 중 하나인데, 파라셀서스 때로부터 내려온 내 학문을 가르쳐 준 대가로 인디언들에게 배운 것이오. 어서 마셔요! 괴로움을 가라앉히기엔 결백함보다는 못하지만 나도 그런 결백함을 줄 순 없지만 이 약은 당신의 흥분된 정열을 진정시킬 것이오. 거센 바다에 기름을 끼얹은 것처럼 아주 편안하게 해줄 것이오."

레테:그리이스 신화에 나오는 망각의 강(마시면 과거를 잊어버림)
네펜시:고대 이집트인들이 슬픔을 잊기 위해 사용한 약

eyes,—a gaze that made her heart shrink and shudder, because so familiar, and yet so strange and cold,—and, finally, satisfied with his investigation, proceeded to mingle another draught.

"I know not Lethe nor Nepenthe," remarked he; "but I have learned many new secrets in the wilderness, and here is one of them,—a recipe that an Indian taught me, in requital of some lessons of my own, that were as old as Paracelsus. Drink it! It may be less soothing than a sinless conscience. That I cannot give thee. But it will calm the swell and heaving of thy passion, like oil thrown on the waves of a tempestuous sea."

He presented the cup to Hester, who received it with a slow, earnest look into his face; not precisely a look of fear, yet full of doubt and questioning, as to what his purposes might be. she looked also at her slumbering child.

"I have thought of death," said she,—"have wished for it, —would even have prayed for it, were it fit that such as I should pray for anything. Yet, if death be in this cup, I bid thee think again, ere thou beholdest me quaff it. See! It is even now at my lips."

"Drink, then," replied he, still with the same cold composure. "Dost thou know me so little, Hester Prynne? Are

---

in requital=in return of:~의 보답으로 Paracelsus:(1493~1544)스위스 태생의 의사, 연금술사, 중세와 문예부흥기에 걸친 거인 tempestuous:폭풍우의 slumber:꾸벅꾸벅 졸다 ere=before quaff:단숨에 마시다 composure:냉정, 침착, 평정

사나이가 컵을 내밀자 헤스터는 사나이의 얼굴을 물끄러미 바라보면서 천천히 컵을 받았다. 공포에 떠는 얼굴은 아니지만 의심이 가시지 않은 얼굴이었다. 그리고 그녀는 고이 잠든 아기도 바라보았다.

"죽음도 생각해 봤어요." 그녀가 말했다. "죽기를 바랐어요. 아니, 죽게 해 달라고 기도했어요. 저 같은 것도 기도할 수 있다면 말이예요. 만약 이 컵에 죽음이 담겨 있다면 제가 마시기 전에 다시 한번 생각해 보세요. 자, 봐요. 컵이 제 입술에 닿았어요."

"그렇다면 마셔요." 그는 여전히 냉정하게 대답했다. "그렇게도 나를 모르겠소? 헤스터 프린, 내가 그렇게 소견이 좁던가? 설령 내가 복수의 흉계를 꾸미더라도 목적을 이루기 위해서 당신을 살려 두는 게 낫소. 만병통치약을 그대에게 줄 것이오. 그러면 당신 가슴에서 불타는 그 치욕의 표를 항상 빛낼 수 있으니 말이오!" 그렇게 말하고는 그의 긴 집게손가락으로 주홍 글씨를 집자 마치 뜨겁게 타오르고 있었던 것처럼 헤스터의 가슴을 태우고 들어가는 듯싶었다. 그녀의 놀란 몸짓을 보자 그는 웃음을 지었다. "그러니까 살아야 하오! 모든 사람들의 눈앞에서, 일찍이 당신 남편이었던 사나이 앞에서 당신 아이의 눈앞

my purposes wont to be so shallow? Even if I imagine a scheme of vengeance, what could I do better for my object than to let thee live,—than to give thee medicines against all harm and peril of life,—so that this burning shame may still blaze upon thy bosom?" As he spoke, he laid his long forefinger on the scarlet letter, which forthwith seemed to scorch into Hester's breast, as if it had been red-hot. He noticed her involuntary gesture, and smiled. "Live, therefore, and bear about thy doom with thee, in the eyes of men and women,—in the eyes of him whom thou didst can thy husband,—in the eyes of yonder child! And, that thou mayest live, take off this draught."

Without further expostulation or delay, Hester Prynne drained the cup, and, at the motion of the man of skill, seated herself on the bed where the child was sleeping; while he drew the only chair which the room afforded, and took his own seat beside her. she could not but tremble at these preparations; for she felt that—having now done all that humanity, or principle, or, if so it were, a refined cruelty, impelled him to do, for the relief of physical suffering—he was next to treat with her as the man whom she had most deeply and irreparably injured.

"Hester," said he, "I ask not wherefore, nor how, thou

---

scheme:계획,음모 vengeance:복수 peril:위험 scorch:태우다, 욕하다 involuntary:무의식중의 doom:운명짓다, 선고하다 in the eyes of:~이 보는 앞에서 didst: did thee:그대를 thou:그대는 expostulation:충고 cruelty:잔혹, 확대 for the relief of:~을 덜기 위해 irreparable:회복할 수 없는, 보상할 수 없는

에서 당신과 당신의 운명을 견디어 내란 말이오. 자! 살아 남기 위해 얼른 약을 마셔오!"

헤스터 프린은 단숨에 컵을 비웠다. 그리고 의사가 하라는 대로 아이가 자고 있는 침대 옆에 앉았다. 그러는 동안 그는 방안의 유일한 의자를 그녀 옆에 끌어 놓고 앉았다. 이런 사나이의 그 태도를 본 헤스터는 떨림을 억제할 수 없었다. 왜냐하면 사나이는 인간적인 측면에서 인정이나 무슨 주의, 혹은 세련된 냉정함으로 자신의 육체적 고통을 덜어 주기 위해 할 수 있는 바를 모두 하고 났으니, 다음에는 자기한테 돌이킬 수 없는 깊은 상처를 입은 남편의 입장에서 자신을 대하리라고 느꼈기 때문이었다."

"헤스터," 사나이가 입을 열었다. "난 당신이 그런 구덩이에 빠지게 된 것을, 아니 내가 발견했던 그 치욕의 처형대 위에 서게 된 이유를 알고 싶지 않소. 그 이유를 짐작하기란 어렵지 않소. 내가 어리석었고 당신이 나약했기 때문이오. 나같이 사색을 즐기고 커다란 서재의 책벌레에 지나지 않고 지식에 굶주린 꿈을 채우느라 세월을 소비한 자가 당신같이 젊고 아름다운 자와 무슨 인연이란 말이오! 타고난 병신 주제에 젊은 여인의 눈에 비친 육체적인 불구를 천부적인 지성으로 감추려는 생각으

천부적:선천적으로 타고난

hast fallen into the pit, or say, rather, thou hast ascended to the pedestal of infamy, on which I found thee. The reason is not far to seek. It was my folly, and thy weakness. I,—a man of thought,—the bookworm of great libraries,—a man already in decay, having given my best years to feed the hungry dream of knowledge,—what had I to do with youth and beauty like thine own! Misshapen from my birth-hour, how could I delude myself with the idea that intellectual gifts might veil physical deformity in a younger girl's fantasy! Men call me wise. If sages were ever wise in their own behoof, I might have foreseen all this. I might have known that, as I came out of the vast and dismal forest, and entered this settlement of Christian men, the very first object to meet my eyes would be thyself, Hester Prynne, standing up, a statue of ignominy, before the people. Nay, from the moment when we came down the old church steps together, a married pair, I might have beheld the bale-fire of that scarlet letter blazing at the end of our path!"

"Thou knowest," said Hester,—for, depressed as she was, she could not endure this last quiet stab at the token of her shame,—"thou knowest that I was frank with thee. I felt no love, nor feigned any."

---

or say, rather=or I would rather say ascend:오르다 infamy:불명예, 악명 thine:그대의 것 misshapen:잘못 만든, 기형의 delude:속이다, 현혹하다 deformity:기형, 결함 sage:현명한, 사려깊은 behoof:이익, 위함 dismal:음산한, 비참한 bale-fire:모닥불, 들판의 큰 화톳불 stab:찌르는 말 stab in the back:모략, 험담

로 나 자신을 속이다니! 세상 사람들은 나보고 현명하다고 하지만 현자가 제 자신에 대해서도 현명하다면 나도 미리 알아챌 수 있으련만 광막하고 황량한 숲에서 이 기독교도들의 식민지에 들어섰을 때 처음 본 것은 사람들 앞에서 치욕의 상징처럼 서 있는 당신, 헤스터 프린이란 것도 미리 알아챘을 텐데, 그뿐이겠소? 우리가 한쌍의 부부가 되어 낡은 교회의 계단을 내려서는 순간 우리의 미래의 끝에서 활활 타오르는 주홍 글씨의 불길을 보았을 것을!"

"당신도 알다시피," 헤스터가 말했다. 비록 풀이 죽었을지언정 치욕의 표를 나타낸 마지막 일격에 그녀는 참을 수가 없었던 것이었다. "당신도 아시다시피 전 당신에게 솔직했어요. 당신을 사랑한 적도 없고 사랑하는 체도 안했어요."

"사실이오." 그가 대답했다. "내가 어리석었소! 방금도 말했잖소. 그러나 그날까지 난 인생을 헛되이 살았소. 세상은 도무지 즐거움이라곤 없었소! 내 마음은 많은 손님들을 받아들일 만큼 너그러웠지만 외롭고 싸늘한 커다란 집이나 다름없었소. 나는 뭔가 거기다 불을 켜고 싶었소. 비록 늙고 침울한 성격의 불구자이지만, 사방에 흩어져 있어서 누구나 붙잡을 수 있는 소박한 행복을 나도 잡을 수 있지 않을까 하는 그러한 꿈 말이

현자:세상에 이름이 드러난 사람

"True," replied he. "It was my folly! I have said it. But, up to that epoch of my life, I had lived in vain. The world had been so cheerless! My heart was a habitation large enough for many guests, but lonely and chill, and without a household fire. I longed to kindle one! It seemed not so wild a dream,—old as I was, and sombre as I was, and mis-shapen as I was,—that the simple bliss, which is scattered far and wide, for all mankind to gather up, might yet be mine. And so, Hester, I drew thee into my heart, into its innermost chamber, and sought to warm thee by the warmth which thy presence made there!"

"I have greatly wronged thee," murmured Hester.

"We have wronged each other," answered he. "Mine was the first wrong, when I betrayed thy budding youth into a false and unnatural relation with my decay. Therefore, as a man who has not thought and philoso-phized in vain, I seek no vengeance, plot no evil against thee. Between thee and me, the scale hangs fairly bal-anced. But, Hester, the man lives who has wronged us both! Who is he?"

"Ask me not!" replied Hester Prynne, looking firmly into his face."That thou shalt never know!"

"Never, sayest thou?" rejoined he, with a smile of dark

---

epoch:시대, 획기적인 사건 a habitation:주택, 거주지, 거처 sombre:음침한
bliss:다시 없는 기쁨 thee:그대를 innermost:맨안쪽의 betray:배반하다, 유괴
하다 scale:비늘 벗기다, 떨어지다 shalt:shall의 직설법 2인칭 단수 sayest:say
의 2인칭 단수 직설법 현재

오. 그다지 허왕된 꿈은 아닐 것 같았소. 헤스터, 그래요 나는 내 가슴속 가장 깊은 곳에 당신을 맞아들였소. 당신이 있음으로써 생기는 내 마음의 따뜻함으로 당신을 따뜻하게 해 주고 싶었던 거요!"

"제가 잘못한 거군요." 헤스터가 중얼거렸다.

"서로 마찬가지지." 사나이는 대답했다. "마치 꽃봉오리 같은 젊은 당신을 속여서 늙은 나와 진실 아닌 부자연스런 인연을 맺을 때 이미 나는 못할 짓을 한 셈이지. 지금까지의 사색이나 철학이 헛된 것은 아니었으니 당신에게 복수를 한다거나 흉계를 꾸민다거나 하는 짓은 하지 않겠소. 우리는 서로 잘잘못은 없는 셈이오. 그러나 헤스터, 우리를 망친 그놈은 살아 있겠지! 그게 누구요?"

"그건 묻지 마세요." 헤스터 프린은 도도한 태도로 사나이를 쳐다보았다. "어떤 일이 있어도 당신에게 말할 순 없어요!"

"얘기 안하겠단 말이지?" 그는 침울했지만 자신만만한 미소로 되물었다. "안 가르쳐 주겠다고! 헤스터, 외부 일이건 눈에 보이지 않는 상상의 세계이건 전심전력으로 비밀을 밝혀 내려는 사람의 눈을 피할 순 없소. 당신은 비밀을 캐내길 좋아하는 군중들이나 목사, 혹은 재판관을 속일 수 있을진 모르오. 바로

and self-relying intelligence. "Never know him! Believe me, Hester, there are few things,—whether in the outward world, or, to a certain depth, in the invisible sphere of thought,—few things hidden from the man who devotes himself earnestly and unreservedly to the solution of a mystery. Thou mayest cover up thy secret from the prying multitude. Thou mayest conceal it, too, from the ministers and magistrates, even as thou didst this day, when they sought to wrench the name out of thy heart, and give thee a partner on thy pedestal. But, as for me, I come to the inquest with other senses than they possess. I shall seek this man, as I have sought truth in books; as I have sought gold in alchemy. There is a sympathy that will make me conscious of him. I shall see him tremble. I shall feel myself shudder, suddenly and unawares. Sooner or later, he must needs be mine!"

The eyes of the wrinkled scholar glowed so intensely upon her, that Hester Prynne clasped her hands over her heart, dreading lest he should read the secret there at once.

"Thou wilt not reveal his name? Not the less he is mine," resumed he, with a look of confidence, as if destiny were at one with him. "He bears no letter of infamy wrought into his garment, as thou dost; but I shall read it

---

multitude:다수, 군중 unreservedly:용서없이 wrench:비틀다, 고통 pedestal:단상, 받침대 infamy :불명예 악명 garment:의복, 입히다. wrought:work의 과거, 과거분사의 하나, (노력을 들여)만들어진 dost:do의 2인칭 단수, 직설법 현재

오늘처럼 처형대에 나란히 서야 할 그 남자를 찾아내려 했을 때에도 그랬으니 말이오. 그러나 난 다른 방법으로 그를 찾아낼거요. 책에서 진리를 찾아내려 한 것처럼, 그리고 연금술로 금을 찾을 때처럼. 내겐 그 자를 알아 낼 수 있는 교감력이 있소. 그 자의 떠는 꼴이 눈에 띌 것이고 내 몸이 떨리는 것도 느낄 것이오. 조만간 그놈은 내 손에 들어올 것이오."

주름진 학자의 두 눈이 이글거리며 헤스터 프린을 노려보는 바람에 그녀는 가슴속의 비밀이 탄로날까봐 두려워 두손으로 가슴을 끌어 안았다.

"끝내 그놈의 이름을 말하지 않겠단 말이지? 하지만 내 손에 잡히고 말걸." 하고 사나이는 마치 운명이 자기의 편이 되기나 한 것처럼 자신만만한 표정으로 말했다. "그놈은 당신처럼 치욕의 글씨를 옷에 달진 않았겠지만 내게는 그의 가슴속에 쓰인 글씨가 보일 것이오. 그러나 그 사람을 걱정할 필요는 없소! 하느님이 친히 내리시는 형벌에 참견을 하거나 그놈의 이름을 밝혀서 인간이 마련한 법률의 손으로 몰아넣을 짓을 하리라 생각하진 마시오. 내 자신에 손해가 오니까! 그리고 내가 그 녀석의 생명을 해치려 한다는 등, 혹 그놈이 내 판단대로 명성이 높은 사람이라면 그의 명예를 더럽히려 한다는 따위의 생각은

교감력:서로 접촉하며 느끼는 힘

on his heart. Yet fear not for him! Think not that I shall interfere with Heaven's own method of retribution, or, to my own loss, betray him to the gripe of human law. Neither do thou imagine that I shall contrive aught against his life;no, nor against his fame, if, as I judge, he be a man of fair repute. Let him live! Let him hide himself in outward honor, if he may! Not the less he shall be mine!"

"Thy acts are like mercy," said Hester, bewildered and appalled. "But thy words interpret thee as a terror!"

"One thing, thou that wast my wife, I would enjoin upon thee,"continued the scholar. "Thou hast kept the secret of thy paramour. Keep, likewise, mine! There are none in this land that know me. Breathe not, to any human soul, that thou didst ever call me husband! Here, on this wild outskirt of the earth, I shall pitch my tent;for, elsewhere a wanderer, and isolated from human interests, I find here a woman, a man, a child, amongst whom and myself there exist the closest ligaments. No matter whether of love or hate; no matter whether of right or wrong! Thou and thine, Hester Prynne, belong tome. My home is where thou art, and where he is. But betray me not!"

"Wherefore dost thou desire it?" inquired Hester, shrinking, she hardly knew why, from this secret bond.

---

retribution:보복, 앙갚음, 천벌 betray:배반하다, 유괴하다 gripe:괴롭히다, 쥠 aught:anything의 고어 bewilder:어리둥절하게 하다 paramour:(기혼자의)정 부, 애인 Breathe not = Do not speak ligament = lagan:부표를 붙혀서 바다에 투하한 화물 thine:그대의 것

하지 마시오. 오히려 살려 둘거요! 명예의 허울 속에 숨어 살게 내버려 두겠소. 그러나 결국 그는 내 손아귀에 들어올거요!"

"당신 행동은 자비로워 보이지만" 겁에 질려서 헤스터가 말했다. "당신의 말씀을 들으면 당신이 정말 무서운 사람처럼 보여요!"

"내 아내였던 당신에게 한 마디하겠소." 하고 학자는 말을 이었다. "당신은 당신의 정부의 비밀을 지키는 중이니 내 비밀도 지켜 주시오! 이 고장엔 날 아는 자가 아무도 없으니 누구에게도 당신이 나를 남편이라 불렀다는 말을 절대로 입밖에 내지 마시오. 난 지구 한 귀퉁이 황량한 이 곳에서 살 것이오. 왜냐하면 다른 곳에서 한낱 방랑자이지만 이곳에는 끊을래야 끊을 수 없는 인연이 깊은 한 여인과 한 사나이와 한 아기가 있단 말이오. 사랑하든 미워하든, 옳든 그르든 그게 문제겠소! 헤스터 프린, 당신에게 관련된 모든 것은 내 것이오! 내가 있는 곳은 당신과 그 놈이 있는 곳이기도 하오. 그러나 나의 비밀만은 누설하지 마시오!"

"왜 그러길 원하는 거죠?" 헤스터는 무슨 이유에서 그러는지 몰랐지만 이 비밀의 약속에 대해 주저하지 않을 수 없었다.

정부:결혼한 여자가 남몰래 정을 통하는 남자

"Why not announce thyself openly, and cast me off at once?"

"It may be," he replied, "because I will not encounter the dishonor that besmirches the husband of a faithless woman. It may be for other reasons. Enough, it is my purpose to live and die unknown. Let, therefore, thy husband be to the world as one already dead, and of whom no tidings shall ever come. Recognize me not, by word, by sign, by look! Breathe not the secret, above all, to the man thou wottest of. Shouldst thou fail me in this, beware! His fame, his position, his life, will be in my hands. Beware!"

"I will keep thy secret, as I have this," said Hester.

"Swear it!" rejoined he.

And she took the oath.

"And now, Mistress Prynne," said old Roger Chillingworth, as he was hereafter to be named, "I leave thee alone; alone with thy infant, and the scarlet letter! How is it, Hester? Doth thy sentence bind thee to wear the token in thy sleep? Are thou not afraid of nightmares and hideous dreams?"

"Why dost thou smile so at me?" inquired Hester, troubled at the expression of his eyes. "Art thou like the Black Man that haunts the forest round about us? Hast thou

---

besmirch:더럽히다, 때묻히다 tidings:기별, 소식 wot:know beware:조심하다 주의하다 Beware:맹세, 저주 bind:매다, 묶다, 의무를 지우다 nightmare:악몽 Black Man:악마(1년에 한번 '악마의 연회'가 숲속에서 열릴 때 나타난다 함)

"왜 당당히 이름을 밝힌 후 절 버리지 않는 거죠?"

"아마도" 사나이가 대답했다. "그건 아내에게 배신당한 남편으로서 받아야 할 수모를 피하기 위해서인지, 아니면 다른 이유에서인지는 모르지만 남몰래 살다 죽는 게 내 소원이오. 그러니 세상 사람들에게는 당신 남편은 이미 죽었다고 말하시오. 부디 말로나 태도나 표정으로 아는 척하지 마시오. 그리고 누구보다도 당신의 정부에겐 절대로 누설하면 안되오! 만약에 그렇게 한다면 그 작자의 명예, 지위, 생명은 모두 내 손에 들어올 테니 조심하시오."

"그분의 비밀을 지키듯이 당신의 비밀 역시 지키겠어요." 헤스터가 말했다.

"맹세하시오!" 사나이가 다그쳤다.

그래서 그녀는 맹세를 했다.

"자, 그럼, 프린 부인," 로져 칠링워드라고 불리는 사나이는 말했다. "당신을 혼자 있게 해주겠소. 저 아이와 주홍 글씨만 상대해야겠군. 어떻소? 헤스터, 당신이 받은 판결은 잘 때도 그 표시를 달고 있어야 하오? 가위에 눌리거나 끔찍한 꿈을 꾸어도 무섭진 않소?"

"왜 저를 보고 웃죠?" 헤스터는 사나이의 눈초리를 보고 괴로운 듯 물었다. "당신은 이 마을 가까운 숲속에 사는 악마인

가위 눌리다:잠을 자다가 무서운 꿈에 짓눌리어 마음대로 몸을 움직이지 못하고 답답함을 느끼다

enticed me into a bond that will prove the ruin of my soul?"

"Not thy soul," he answered, with another smile. "No, not thine!"

CHAPTER 5
Hester At Her Needle

Hester Prynne's term of confinement was now at an end. Herprison-door was thrown open, and she came forth into the sunshine, which, falling on all alike, seemed, to her sick and morbid heart, as if meant for no other purpose than to reveal the scarlet letter on her breast. Perhaps there was a more real torture in her first unattended footsteps from the threshold of the prison, than even in the procession and spectacle that have been described, where she was made the common infamy, at which all mankind was summoned to point its finger. Then, she was supported by an unnatural tension of the nerves, and by all the combative energy of her character, which enabled her to convert the scene into a kind of lurid triumph. It was, moreover, a

---

term of confinement:감금 시간 hideous:무시무시한 entic:꾀다, 유혹하다
morbid:병적인, 불건전한 torture:고문, 고통 threshold:시초, 입구 tension:긴
장, 압력 lurid:붉은 색조의, 빛을 발하는

가요? 저를 꾀어내 영혼을 파멸시키자는 약속을 한 것이예요?"

"당신의 영혼은 아니요." 그는 또 씽긋 웃었다. "아냐, 당신 것은 아냐!" 다시 웃으며 그는 대답했다.

제 5 장
바느질하는 헤스터

헤스터의 형기가 끝났다. 감옥 문이 열리자 그녀는 햇빛 속으로 나왔다. 모든 것을 골고루 비추는 햇빛도 그녀의 병든 심정에서 보면 가슴의 주홍 글씨를 밝혀 주는 것 이외엔 아무것도 없었다. 그녀의 뒤로 많은 사람들이 행렬을 지어 뒤따르고 이들 앞에서 손가락질당하면서 구경거리가 되었을 때보다 혼자 감옥문을 걸어나오는 것이 더 괴로운 것 같았다. 거기서 그녀는 만인이 보는 앞에서 치욕을 당했으며 모두들 손가락질하며 그녀를 치욕의 상징으로 삼았다. 그 때는 부자연스러운 긴장감과 지지 않으려는 끈질긴 의지가 그녀의 마음을 지탱해 주었다. 그 때문에 눈앞에 벌어진 괴로운 장면도 참혹한 승리로 바꿀 수 있었다. 게다가 평생 한번 있을까 말까 한 고립된 사

separate and insulated event,, to occur but once in her life-time, and to meet which therefore, reckless of economy, she might call up the vital strength that would have suf-ficed for many quiet years. The very law that condemned her a giant of stern features, but with vigor to support, as well as to annihilate, in his iron arm-had held her up, through the terrible ordeal of her ignominy. But now, with this unattended walk from her prison-door, began the daily custom; and she must either sustain and carry it for-ward by the ordinary resources of her nature, or sink beneath it. she could no longer borrow from the future to help her through the present brief. To-morrow would bring its own trial with it; so would the next day, and so would the next; each its own trial, and yet the very same that was now so unutterably grievous to be borne. The days of the far-off future would toil-onward, still with the same burden for her to take up, and bear along with her, but never to fling down; for the accumulating days, and added years, would pile up their misery upon the heap of shame. Throughout them all, giving up her individuality, she would become the general symbol at which the preacher and moralist might point, and in which they might vivify and embody their images of woman's frailty

---

reckless of economy:(힘의)절약을 생각지 않고 annihilate:전멸시키다, 무효로 하다 sink :가라앉다, 쇠약해지다 unutterably:철저하게, 말도 안되게 grievous:슬픈, 비통한 burden:짐, 부담, 괴로움 accumulate:축적하다 vivify:~에 활기를 불어넣다, 격려하다

건이었던 만큼 그때는 앞날의 일은 생각할 수도 없이 오랜 세월을 평온하게 사는 데 소모될 강렬한 생명력을 동원하여 그 수모와 고통에 대결할 수 있었던 것이다. 그녀를 처벌할 법률은 무서운 형상을 지닌 거인과 같았으나 그 무쇠와 같은 팔에는 파멸의 힘뿐만 아니라 마음을 의지할 수 있는 힘도 내포되어 있었으므로 오히려 그녀에게는 그 무서운 시련 동안 그녀를 지탱시켜 주었었다. 그러나 지금 감옥문을 걸어나오는 순간 그녀에겐 매일 매일의 일상 생활이 시작되는 것이다. 그 생활은 자기 본성이 지닌 힘으로 생활의 무게를 지탱해 나가든지 아니면 그 밑에 쓰러질 수밖에 별 도리가 없었다. 현재의 슬픔을 극복하기 위해 미래의 도움을 구한다는 것은 불가능했다. 내일의 시련을 가져올 뿐이다. 이러한 나날은 끝이 없으리라. 그때마다 새로 시련이 닥친다 해도 그것은 처참한 마음으로 견디는 현재의 시련과 조금도 다를 바 없으리라. 앞날도 그녀가 짊어져야 할 무거운 짐을 싣고 다가올 것이며 언제까지 그 짐을 버릴수는 없을 것이며 날이 가고 해가 거듭됨에 따라 그녀의 수치더미에는 그만큼의 비참함만 더 쌓일 것이다. 이리하여 헤스터 프린은 자기의 개성을 잃어버리고 목사나 도덕가가 지탄하

내포:어떤 뜻을 그 속에 포함하고 있음

and sinful passion. Thus the young and pure would be taught to look at her, with the scarlet letter flaming on her breast,—at her, the child of honorable parents,—at her, the mother of a babe, that would hereafter be a woman, - at her, who had once been innocent,— as the figure, the body, the reality of sin. And over her grave, the infamy that she must carry thither would be her only monument.

It may seem marvellous, that, with the world before her, —kept by no restrictive clause of her condemnation within the limits of the Puritan settlement, so remote and so obscure,—free to return to her birthplace, or to any other European land, and there hide her character and identity under a new exterior, as completely as if emerging into another state of being,—and having also the passes of the dark, inscrutable forest open to her, where the wildness of her nature might assimilate itself with a people whose customs and life were alien from the law that had con-demned her,—it may seem marvellous that this woman should still call that place her home, where, and where only, she must needs be the type of shame. But there is a fatality, a feeling so irresistible and inevitable that it has the force of doom, which almost invariably compels human beings to linger around and haunt, ghostlike, the

---

thither=to the other world monument:기념비, 묘비 remote:멀리 떨어진, 외딴 obscure:어두 컴컴한 inscrutable:헤아릴 수 없는 forest;악마의 세계 assimilate itself with:~와 동화하다 alien:성질이 다른 fatality:재난, 참사 invariable:필연의 ghostlike:유령같은, 무시무시한

는 죄의 본보기가 될 것이며 여자의 약점이나 죄많은 격정의 갖가지 이미지를 보여 주는 뚜렷한 존재가 되어 버리리라. 훌륭한 집안에서 태어난 그녀, 어엿한 어머니가 될 헤스터, 한때 순결했던 그녀를 이젠 죄의 상징으로, 죄의 육체로, 그리고 죄의 실체로 바라보도록 순진한 젊은 아들에게 가르칠 것이다. 마침내 그녀의 무덤까지 짊어지고 가야 할 치욕만이 유일한 비석으로 남을 것이다.

자유로운 세상이 눈앞에 열려 있는데도, 죄의 선고 속에 이처럼 외지고 보잘것 없는 청교도 식민지 안에서만 살아야 한다는 조항이 있는 것도 아니었다. 고향으로 돌아갈 수도 있고, 유럽의 어느 나라에 가서 자신의 정체를 숨기고 새로운 모습으로 자유로이 살 수도 있었다. 그녀를 처벌할 만한 법률과는 전혀 관계가 없는 생활 습관을 지닌 사람이 살고 있는 깊고 깊은 숲 속으로 들어가는 길이 그녀에게 활짝 열려 있기도 했다. 그럼에도 불구하고 이 여인을 치욕의 상징처럼 생각하는 이곳을 마지막 거주지로 생각한 것은 정말 믿기 어려운 일이었다. 그러나 세상에는 억누를 수도, 뿌리칠 수도 없는 숙명이란 것이 있어서 인간은 어쩔 수 없이 그의 일생을 얼룩지게 한 어떤 장소

spot where some great and marked event has given the color to their lifetime; and still the more irresistibly, the darker the tinge that saddens it. Her sin, her ignominy, were the roots which she had struck into the soil. It was as if a new birth, with stronger assimilations than the first, had converted the forest-land, still so uncongenial to every other pilgrim and wanderer, into Hester Prynne's wild and dreary, but life-long home. All other scenes of earth—even that village of rural England, where happy infancy and stainless maidenhood seemed yet to be in her mother's keeping, like garments put off long ago—were foreign to her, in comparison. The chain that bound her here was of iron links, and galling to her inmost soul, but could never be broken.

It might be, too,—doubtless it was so, although she hid the secret from herself, and grew pale whenever it struggled out of her heart, like a serpent from its hole,—it might be that another feeling kept her within the scene and pathway that had been so fatal. There dwelt, there trode the feet of one with whom she deemed herself connected in a union, that, unrecognized on earth, would bring them together before the bar of final judgment, and make that their marriage-altar, for a joint futurity of endless retribu-

---

uncongenial:뜻이 맞지 않는, 싫은 maidenhood:처녀시절, 순결, 처녀성 link: 사슬의 고리 galling:괴롭히는 a serpent=snake futurity=future

의 주변을 유령처럼 배회하며 떠나지 못하는 것이다. 그러나 인생을 슬프게 하는 색채가 어두울수록 더욱더 피할수 없는 힘이 가해지게 마련이다. 헤스터의 죄와 치욕은 땅속에 깊숙이 뻗어내린 뿌리 같았다. 새로운 삶을 사는데 있어서, 세상에 처음 태어났을 때보다 더 강한 동화력을 가지게 되었으며, 다른 순례자나 나그네들조차 꺼려하는 황량한 숲속이 헤스터 프린에게는 평생을 살 고향인 듯싶었다. 세상의 풍경, 심지어 행복했던 소녀 시절과 청순했던 처녀 시절이 오래 전에 벗어버린 옷처럼 생소했고 아직도 어머니가 그곳에 살아계신 것같이 생각되는 영국의 산골까지도 그곳에 비한다면 이미 한낱 타향에 불과했다.

헤스터를 이곳에 얽매어 놓은 고리는 쇠사슬 같아서 그녀의 가슴을 속속들이 아프게 했으나 도저히 끊어버릴 수가 없었다. 혹시 이런 것일지 모른다. 제 자신속에 감추어 둔 비밀이 구멍에서 나오는 뱀처럼 그녀의 마음속에서 나오려 할 때마다 그녀는 파랗게 질리곤 했지만, 틀림없이 또 다른 감정이 이렇게도 숙명적인 산야와 오솔길에다 그녀를 얽매이게 했을지도 모른다. 이 고장이야말로 그가 살아 있고 그 사람이 거닐고 있

황량한:황폐해 쓸쓸한

tion. Over and over again, the temper of souls had thrust this idea upon Hester's contemplation, and laughed at the passionate and desperate joy with which she seized, and then strove to cast it from her. she barely looked the idea in the face, and hastened to bar it in its dungeon. What she compelled herself to believe—what, finally, she reasoned upon, as her motive for continuing a resident of New England—was half a truth, and half a self-delusion. Here, she said to herself, had been the scene of her guilt, and here should be the scene of her earthly punishment; and so, perchance, the torture of her daily shame would at length purge her soul, and work out another purity than that which she had lost; more saint-like, because the result of martyrdom.

Hester Prynne, therefore, did not flee. On the outskirts of the town, within the verge of the peninsula, but not in close vicinity to any other habitation, there was a small thatched cottage. It had been built by an earlier settler, and abandoned, because the soil about it was too sterile for cultivation, while its comparative remoteness put it out of the sphere of that social activity which already marked the habits of the emigrants. It stood on the shore, looking across a basin of the sea atthe forest-covered hills, toward

---

temper of souls=the devil을 가리킴 dungeon:지하 감옥 reasoned upon:판단을 내렸다 self-delusion:자기 기만 perchance:우연히, 아마 purge:추방하다, 정화 purity:청결, 결백 martyrdom:순교, 고난 flee:달아나다, 도망하다 vicinity:근처, 부근

는 곳이다.

그녀는 그와 자신이 숙명적인 인연으로 맺어졌다고 생각했다. 비록 인정받을 수 없는 결합이었을지라도 그 인연으로 둘은 최후의 심판대에 함께 서게 되고 그곳을 결혼의 제단으로 삼아 결국 영원한 징벌을 함께 감내해야 하는 것이다. 영혼을 유혹하는 악마는 헤스터의 머릿속에 이런 생각들을 밀어 넣고 그녀가 그것을 쫓아버리려고 애쓰는 모습을 지켜보며 재미있다는 듯 비웃는 것이었다. 헤스터는 그런 생각과 부딪치지 않도록 마음의 토굴속에 가둬 버리는 것이었다. 그녀가 믿으려 했던 것, 즉 계속해서 뉴잉글랜드에 남겠다는 동기라고 할 수 있는 것은 반은 진실이요 반은 자기 기만적인 것이었다. 죄를 지은 곳이 이곳이니 당연히 이곳에서 벌을 받아야 하지 않을까, 그러면 나날이 겪는 치욕의 고통이 결국은 영혼을 깨끗이 하고 또다른 순결을 낳을지도 모르며, 고난을 겪었기 때문에 한층 거룩한 순결을 얻을지 모른다는 생각에 헤스터는 이곳을 떠나지 않았다.

마을의 변두리에, 반도의 지역 안이긴 하지만 인가와 멀지 않은 곳에 오두막이 있었다. 이 집은 초기의·개척자가 세웠다

감내:어려움을 참고 견딤

the west. A clump of scrubby trees, such as alone grew on the peninsula, did not so much conceal the cottage from view, as seem to denote that here was some object which would fain have been, or at least ought to be, concealed. In this little, lonesome dwelling, with some slender means that she possessed, and by the license of the magistrates, who still kept an inquisitorial watch over her, Hester established herself, with her infant child. A mystic shadow of suspicion immediately attached itself to the spot. Children, too young to comprehend wherefore this woman should be shut out from the sphere of human charities, would creep nigh enough to behold her plying her needle at the cottage-window, or standing at the doorway, or laboring in her little garden, or coming forth along the pathway that led downward; and discerning the scarlet letter on her breast, would scamper off with a strange, contagious fear.

Lonely as was Hester's situation, and without a friend on earth who dared to show himself, she, however, incurred no risk of want. she possessed an art that sufficed, even in a land that afforded comparatively little scope for its exercise, to supply food for her thriving infant and herself. It was the art—then, as now, almost the-

---

scrubby:잡목이 많은 would fain = would be glad to slender means = small amount of money mystic:신비적인, 영감의 creep:몰래 다가서다 nigh = near scamper off:도망치다 contagious:(접촉)전염성의 risk:위험, 감행하다

가 토지가 너무 말라서 내버린 것이다. 게다가 마을과 너무 동떨어져 있어서 벌써부터 이주민들의 사교 활동의 영역 밖에 있었기 때문이다. 이 집은 해변에 자리잡은 서향집이었는데, 만 안쪽 저 멀리로 숲이 우거진 산들이 바라다 보였다. 이 반도에서만 자라는 특이한 잡목숲은 오두막을 가려주고 있었다. 아니, 가려준다기보다 그 숲 뒤로 집이 숨어버렸다는 편이 옳을 것이다. 또는 당연히 숨겨둬야 할 집이 있음을 그 숲이 나타내고 있는 것 같았다. 헤스터는 그녀가 가지고 있는 보잘것 없는 세간을 차리고 여전히 감시를 늦추지 않는 행정관의 허가를 얻어 이 조그만 집에서 아기와 함께 자리를 잡았다. 자리를 잡자마자 의혹의 그림자가 뒤따르게 되었고, 사람들의 자비심이 미치지 않는 곳에서 사는 이유를 모르는 철부지 아이들은 집 가까이 다가가서 헤스터가 창가에서 바느질을 하거나 문간에 섰거나 좁은 뜰 안에서 일을 하거나 길을 나서는 모습을 바라보곤 했다. 그러나 그녀의 가슴에 붙은 주홍 글씨를 보면 공포를 느끼면서 달아나곤 했다.

외로운 헤스터를 찾아 주는 벗은 없었지만 궁색하진 않았다. 한 가지 기술을 가진 그녀는 작은 이 고장에서 한창 자라는 아

세간:집안 살림에 쓰는 모든 기구, 살림살이

only one within a woman's grasp—of needlework. She bore on her breast, in the curiously embroidered letter, a specimen of her delicate and imaginative skill, of which the dames of a court might gladly have availed themselves, to add the richer and more spiritual adornment of human ingenuity to their fabrics of silk and gold. Here, indeed, in the sable simplicity that generally characterized the Puritanic modes of dress, there might be an infrequent call for the finer productions of her handiwork. Yet the taste of the age, demanding whatever was elaborate in compositions of this kind, did not fail to extend its influence over our stern progenitors who had cast behind them so many fashions which it might seem harder to dispense with. Public ceremonies, such as ordinations, the installation of magistrates, and all that could give majesty to the forms in which a new government manifested itself to the people, were, as a matter of policy, marked by a stately and well-conducted ceremonial, and a sombre, but yet a studied magnificence. Deep ruffs, painfully wrought bands, and gorgeously embroidered gloves, were all deemed necessary to the official state of men assuming the reins of power; and were readily allowed to individuals dignified by rank or wealth, even while sumptuary

---

adornment:꾸밈, 장식품 ingenuity:정교함 fabric:구조, 구조물, 직물 puritanic:청교도적인, 엄격한 progenitor:조상, 창시자 majesty:존엄, 위엄 ruff:주름칼라 sumptuary:사치를 금하는

이와 자기의 끼니는 넉넉히 댈 수 있었다. 그 기술이란 바느질이었다. 그녀의 가슴에 붙이고 있는 주홍색 글씨는 그녀의 섬세하고 상상력 있는 훌륭한 솜씨를 충분히 보여 주고 있었다. 궁중 귀부인들이 그것을 보았다면 비단이나 금실 천에다 인간의 솜씨를 더한 화려하고 고상한 장식을 가지자고 반색하여 달려들었을 만한 재주였다. 사실, 청교도들이 입는 옷은 수수한 검정색으로 되어 있는 것이 특징이라 이 고장에서는 그녀의 솜씨로 된 화려한 수예품의 주문이 드물었을지도 모른다. 그 당시는 정교한 수예품이 대단히 유행하던 시대였다. 그래서 많은 풍습과 유행을 고향에 버리고 새 대륙으로 건너온 청교도들의 선조들 또한 그 영향을 받지 않을 수 없었다. 성직자의 임명식이나 관리들의 취임식 혹은 새 정부가 국민에게 보여주는 갖가지 행사에 위엄을 갖추는 일 따위의 공적인 의식은 정책상 위용과 장엄함이 돋보이도록 하는 것이 고려되었던 것이다. 높은 깃, 수공을 한 허리띠며 수놓은 장갑등은 위엄을 위해 정권을 잡은 자들에게는 모두 필요한 것이었다. 근검이란 법령으로 이와 비슷한 사치를 백성들에게 금했었지만 지위나 위엄을 갖춘 사람에게는 예외적으로 허용되었다. 장례복을 만드는 데 있어

반색:바라고 기다리던 사람이나 사물을 볼때 몹시 반가워함

laws forbade these and similar extravagances to the plebeian order. In the array of funerals, too,—whether for the apparel of the dead body, or to typify, by manifold emblematic devices of sable cloth and snowy lawn, the sorrow of the survivors,—there was a frequent and characteristic demand for such labor as Hester Prynne could supply. Baby-linen—for babies then wore robes of state afforded still another possibility of toil and emolument.

By degrees, nor very slowly, her handiwork became what would now be termed the fashion. Whether from commiseration for a woman of so miserable a destiny; or from the morbid curiosity that gives a fictitious value even to common or worthless things; or by whatever other intangible circumstance was then, as now, sufficient to bestow, on some persons, what others might seek in vain; or because Hester really filled a gap which must otherwise have remained vacant; it is certain that she had ready and fairly requited employment for as many hours as she saw fit to occupy with her needle. Vanity, it may be, chose to mortify itself, by putting on, for ceremonials of pomp and state, the garments that had been wrought by her sinful hands. Her needlework was seen on the ruff of the Governor; military men wore it on their scarfs, and the

---

plebeian:평민의, 천한 beian order:평민 계급 array:옷, 의상 manifold:다양한 toil:수고하다, 노고 emolument:이득, 수입 commiseration:연민, 동정 intangible:막연한, 무형의 bestow:수여하다, 숙박시키다 saw fit to = decided to

서나 시체에 입히기 위해서든, 검정 헝겊이나 눈처럼 하얀 엷은 면포로 갖가지의 상징적인 의장을 꾸며서 유가족의 슬픔을 나타내기 위해서는—헤스터 프린이 제공할 수 있는 것으로서 특별한 주문이 종종 있었다. 아기옷—아기들도 예복을 입었다—역시 또 하나의 일거리가 되었다.

제법 빠르게 헤스터의 수예품은 유행하기 시작했다. 비참한 운명을 짊어진 여인을 불쌍히 여겨서인지, 보잘것 없는 것도 엉뚱한 가치를 부여하려는 병적인 호기심 때문인지, 지금처럼 당시에도 무언가 알 수 없는 어떤 사정으로 남이 구할 수 없는 것을 사람들은 곧잘 얻을 수 있기 때문인지, 여하튼 헤스터가 하루에 몇 시간이고 일하기만 하면 일거리는 얼마든지 있었고 품삯도 꽤 괜찮은 편이었다. 아마도 허영심이 강한 사람들은 호화롭고 장엄한 의식 때 그녀의 죄스런 손으로 바느질한 옷을 입는 것을 수치로 느꼈을지도 모른다. 그녀가 놓은 자수는 장관의 깃에서도 보였다. 군인들은 목도리에, 목사는 허리띠에서도 볼 수 있었다. 아기의 조그만 모자를 장식하기도 했다. 시체와 함께 관속에서 썩어 없어졌을지도 모른다. 그러나 순결한 신부의 면사포에 수를 놓았다는 기록은 아직 없다. 이 같은 예

minister on his band; it decked the baby's little cap; it was shut up to be mildewed and moulder away, in the coffins of the dead. But it is not recorded that, in a single instance, her skill was called in aid to embroider the white veil which was to cover the pure blushes of a bride. The exception indicated the ever-relentless rigor with which society frowned upon her sin.

Hester sought not to acquire anything beyond a subsistence, of the plainest and most ascetic description, for herself, and a simple abundance for her child. Her own dress was of the coarsest materials and the most sombre hue; with only that one ornament,—the scarlet letter,—which it was her doom to wear. The child's attire, on the, other hand, was distinguished by a fanciful, or, we might rather say, a fantastic ingenuity, which served, indeed, to heighten the airy charm that early began to develop itself in the little girl, but which appeared to have also a deeper meaning. We may speak further of it hereafter. Except for that small expenditure in the decoration of her infant, Hester bestowed all her superfluous means in charity, on wretches less miserable than herself, and who not unfrequently insulted the hand that fed them. Much of the time, which she might readily have applied to the better efforts of her

---

deck:장식하다 mildew:곰팡이가 나다 moulder:썩다 ascetic:고행의, 금욕적인 ornament:장식물

외는 사회가 아직도 매정하게 그녀의 죄를 줄곧 지켜보고 있다
는 엄격성을 보인 것이다.

헤스터는 자신을 위해 가장 소박한 생활과 아기를 위해서는
아쉽지 않는 생활, 그 이상을 바라지 않았다. 그녀의 옷은 가장
초라한 천에 가장 음침한 빛깔이었고 유일한 장식품은 항상 몸
에 지녀야 하는 주홍 글씨였다. 한편 유난히 기발함이 눈에 띠
는 아기의 옷 모양은 오히려 사람들의 주의를 끌었고 어린 소
녀에게 일찍이 싹트고 있던 꿈같은 매력을 한층 돋보이게 했
다. 그러나 그것은 보다 더 깊은 뜻이 있어 보였다. 거기에 대
해서는 나중에 말하자. 헤스터는 적은 돈으로 아기를 곱게 입
히고 나머지는 가여운 사람들에게 줘 버리곤 하였다. 그들은
자기보다 더 비참할 것도 없는 사람이었다. 그들은 오히려 끼
니를 대주는 그녀에게 침을 뱉기가 일쑤였다. 그녀는 자기의
시간을 좀 더 내어서, 비록 그 시간을 자기의 솜씨를 더욱 발
휘할 수 있는 곳에 쓸 수도 있었지만 가난한 사람들에게 변변
치 못한 옷가지를 만들어 주는 데 썼다. 이처럼 일을 하는 데
는 속죄를 하기 위해 고행을 하겠다는 속셈이 있었는지도 모르
고 또 이처럼 쓸데없이 시간을 보냄으로써 그녀는 쾌락이라는

고행:육체의 욕망을 끊고 최고의 정신 수련을 쌓기 위하여 일부러 몸을 괴
　　롭게 하는 일

art, she employed in making coarse garments for the poor. It is probable that there was an idea of penance in this mode of occupation, and that she offered up a real sacrifice of enjoyment, in devoting so many hours to such rude handiwork. She had in her nature a rich, voluptuous, Oriental characteristic,—a taste for the gorgeously beautiful, which, save in the exquisite productions of her needle, found nothing else, in all the possibilities of her life, to exercise itself upon. Women derive a pleasure, incomprehensible to the other sex, from the delicate toil of the needle. To Hester Prynne it might have been a mode of expressing, and therefore soothing, the passion of her life. Like all other joys, she rejected it as sin. This morbid meddling of conscience with an immaterial matter betokened, it is to be feared, no genuine and steadfast penitence, but something doubtful, something that might be deeply wrong, beneath.

In this manner, Hester Prynne came to have a part to perform in the world. With her native energy of character, and rare capacity, it could not entirely cast her off, although it had set a mark upon her, more intolerable to a woman's heart than that which branded the brow of Cain. In all her intercourse with society, however, there was

---

coarse:조잡한, 상스러운 penance:참회, 고행 voluptuous:육감적인, 관능적인 exquisite:정교한, 절묘한 toil:수고하다 immaterial:무형의, 실체가 없는 steadfast:확고부동한 penitence:후회, 뉘우침 intolerable:참을 수 없는

것을 말끔히 씻어 버리고 싶었는지도 모른다. 헤스터는 화려하
고 요염한 동양풍의 특색, 즉 찬란하게 아름다운 것들을 즐기
는 취미를 가졌으나, 능숙한 바느질 솜씨를 제외하고는 아무데
도 이런 취미를 살려 보지 못했다. 여인이란 섬세한 바느질 안
에서 남자들이 모르는 쾌감을 얻기 마련이다. 헤스터 프린에게
는 바느질이 삶에 대한 열정을 표현하고 달래는 방법이었다.
이같이 모든 즐거움을 물리친 헤스터는 이러한 기쁨도 죄악시
하며 두려워했다. 이처럼 병적인 양심이 작용하는 것은 이 여
인의 뉘우침이 순수한 게 아니라, 의심스러운 것, 즉 무언가 마
음속 깊숙히 잘못된 것이 숨겨져 있는 증거였는지도 모른다.

  이리하여 헤스터 프린은 세상에서 자기가 해야 할 역할을 맡
게 되었다. 카인의 이마에 찍힌 낙인보다도 여인의 심정으로
견디기 어려운 표를 헤스터 프린은 가슴에 달게 되었으나 천성
이 강하고 뛰어난 재주를 타고난 그녀를 세상이 고립시킬 수는
없었다. 그러나 사회와 접촉하는 동안 자기도 분명히 그 사회
의 한 사람이란 생각을 갖게 한 것은 아무것도 없었다. 그녀가
만나는 사람들의 언행, 심지어는 침묵까지도 그녀는 버림받은
여인으로서 마치 다른 세계 사람처럼 동떨어진 존재라는 걸 은

nothing that made her feel as if she belonged to it. Every
gesture, every word, and even the silence of those with
whom she came in contact, implied, and often expressed,
that she was banished, and as much alone as if she inhab-
ited another sphere, or communicated with the common
nature by other organs and senses than the rest of human
kind. she stood apart from moral interests, yet close
beside them, like a ghost that revisits the familiar fireside,
and can no longer make itself seen or felt; no more smile
with the household joy, nor mourn with the kindred sor-
row; or, should it succeeds in manifesting its forbidden
sympathy, awakening only terror and horrible repugnance.
These emotions, in fact, and its bitterest scorn besides,
seemed to be the sole portion that she retained in the uni-
versal heart. It was not an age of delicacy; and her posi-
tion, although she understood it well, and was in little
danger of forgetting it, was often brought before her vivid
self-perception, like a new anguish, by the rudest touch
upon the tenderest spot. The poor, as we have already
said, whom she sought out to be the objects of her bounty,
often reviled the hand that was stretched forth to succor
them. Dames of elevated rank, likewise, whose doors she
entered in the way of her occupation, were accustomed to

banish:추방하다 manifest:명백히 하다 repugnance:혐오, 모순 delicacy:섬세,
미묘함, 민감 bounty:관대함 revile:욕하다, 비방하다 to succor:도와주다, 후
원하다

근히 비추거나 노골적으로 나타내는 때도 있었다. 그녀는 세상과는 동떨어진 듯 했으나—마치 다른 사람들이 지닌 기관이나 감각과는 다른 것을 지닌 것 처럼—그러나 실은 가까이 있었다. 그녀는 그리운 난롯가로 돌아와서도 다시는 자신을 드러낼 수 없고 단란한 가정의 미소를 반길 수도, 가족과 슬픔을 나눌 수도 없는 유령과 같은 존재였다. 또한 동정을 베풀어 보았자 공포감과 혐오감을 불러일으키는데 지나지 않았다. 실상 헤스터로 하여금 그나마 세상 사람들과 마음속에서 관계를 맺는 것은 바로 이 같은 감정과 쓴 조소였다. 이 당시는 동정심이 많질 않았다. 그래서 헤스터는 자신을 잘 기억했을 뿐더러 잊을 수도 없는 치부를 건드릴 때는 새삼 자기 신세를 뼈져리게 느끼게 되었다. 이미 말했듯이, 헤스터가 도우려는 자들은 오히려 그녀를 비웃었고, 귀부인들 역시 바느질 일로 그녀가 문을 두드리면 그녀의 오장육부에다 쓰디쓴 물방울을 끼얹기 일쑤였다. 때로는 여인들이 보잘것 없는 일을 원료 삼아 사람을 해치는 독약을 만들어내며, 악의에 찬 감정의 연금술로 그녀를 괴롭히기도 했고 때로는 부스럼 투성이인 상처에 가해지는 혹독

조소:비웃음
치부:남에게 알리고 싶지 않은 부끄러운 부분

distil drops of bitterness into her heart; sometimes through that alchemy of quiet malice, by which women can concoct a subtle poison from ordinary trifles; and sometimes, also, by a coarser expression, that fell upon the sufferer's defenseless breast like a rough blow upon an ulcerated wound. Hester had schooled herself long and well; she never responded to these attacks, save by a flush of crimson that rose irrepressibly over her pale cheek, and again subsided into the depths of her bosom. She was patient,—a martyr, indeed,—but she forbore to pray for her enemies; lest, in spite of her forgiving aspirations, the words of the blessing should stubbornly twist themselves into a curse.

Continually, and in a thousand other ways, did she feel the innumerable throbs of anguish that had been so cunningly contrived for her by the undying, the ever-active sentence of the Puritan tribunal. Clergymen paused in the street to address words of exhortation, that brought a crowd, with its mingled grin and frown, around the poor, sinful woman. If she entered a church, trusting to share the Sabbath smile of the Universal Father, it was often her mishap to find herself the text of the discourse. She grew to have a dread of children; for they had imbibed from their parents a vague idea of something horrible in this

---

alchemy:연금술 concoct:이야기를 지어내다 ulcerate:궤양이 생기다 schooled = trained mingle:혼합하다 tribunal:법정, 재판소 exhortation:권고, 훈계 grin: 씩웃음 frown:찡그린 Sabbath :Sunday for Cristmas:안식일 Universal Father = God imbibe:마시다, 빨아들이다

한 일격처럼 아무런 방비도 없는 헤스터의 가슴에 상처를 남기기도 했다. 오랫동안 잘 견디어 온 헤스터는 이런 일엔 상대도 하지 않았다. 정말이지 그녀는 참을성 있는 수난자였다. 그러나 원수들을 위해 기도하진 않았다. 사실 그들을 용서하고 싶었으나 그들을 축복하는 말이 삐뚤어져 도리어 저주하지나 않을까 겁이 났었기 때문이다. 헤스터는 영원 불멸의 청교도 법정이 선고한 교묘한 징벌에 의해 끊임없이 수많은 고통에 시달렸다. 길거리에서 목사가 걸음을 멈추고 헤스터에게 훈계를 하면 사람들이 모여들어 가엾은 이 죄인을 에워싸고 이마를 찌푸리며 비웃었다. 안식일에 하느님이 짓는 미소를 반기려고 교회에 가면 자기의 행실이 설교 내용이 되어 있는 것을 종종 발견했다. 그녀는 아이들을 무서워하게 되었다. 왜냐하면 이 아이들이 딸아이 하나만을 데리고 조용히 거리를 걸어가는 이 외로운 여인에 대해 두려움과, 막연한 공포심을 부모에게 어렴풋이 들어 무엇인가를 알고 있다는 것 때문이었다. 그래서 아이들은 그녀를 지나가게 하고는 얼마의 거리를 두고서 환성을 지르며 무엇인가를 외치며 쫓아온다. 이 말들이 아이들의 마음속에 확실한

dreary woman, gliding silently through the town, with never any companion but one only child. Therefore, first allowing her to pass, they pursued her at a distance with shill cries, and the utterance of a word that had no distinct purport to their own minds, but was none the less terrible to her, as proceeding from lips that babbled it unconsciously. It seemed to argue so wide a diffusion of her shame, that all nature knew of it; it could have caused her no deeper pang, had the leaves of the trees whispered the dark story among themselves,—had the summer breeze murmured about it,—had the wintry blast shrieked it aloud! Another peculiar torture was felt in the gaze of a new eye. When strangers looked curiously at the scarlet letter,—and none ever failed to do so,—they branded it afresh into Hester's soul; so that oftentimes, she could scarcely refrain, yet always did refrain, from covering the symbol with her hand. But then, again, an accustomed eye had likewise its own anguish to inflict. Its cool stare of familiarity was intolerable. From first to last, in short, Hester Prynne had always this dreadful agony in feeling a human eye upon the token; the spot never grew callous;it seemed, on the contrary, to grow more sensitive with daily torture.

---

dreary:쓸쓸한, 음울한 utterance:말함, 발표 as proceeding from:~에서 나온 말로서 babble:떠듬거리며 말하다 wintry:냉담한 brand:낙인을 찍다 anguish:고뇌, 심히 괴로워하다 callous:무감각한, 냉담한

뜻이 있는 것은 아니겠지만, 헤스터를 두렵게 만들었다. 결국 모든 생명들이 다 알고 있는 듯했다. 나뭇잎들이 저희들끼리 그 암담한 이야기를 소곤거렸던들, 여름 산들바람이 그 이야기를 속삭였던들, 모진 겨울바람이 그 이야길 요란스레 외쳤던들, 헤스터에게 이보다 더 고통을 주진 않았을 것이다! 낯선 이들의 눈길은 그녀에게 새로운 고통을 가져오게 했다. 낯선 이들이 이상하다는 듯이 주홍 글씨를 바라보면—누구든지 반드시 본 것은 아니다.—주홍 글씨는 그녀의 영혼 속에 새롭게 새겨지는 것이다. 그래서 헤스터는 이따금 가리고 싶었지만 언제나 그대로 두었다. 낯익은 시선들 역시 마찬가지였다. 친숙한 사람들의 시선도 역시 견디기 어려웠다. 그 표시에 대해 무감각한 일은 결코 없었다. 그와 반대로 나날이 받는 고통으로 한층 더 예민해지는 듯싶었다.

그러나 이따금 며칠, 혹은 몇 달만에 한번씩 헤스터는 그 치욕의 표 위에 어떤 사람의 시선을 느끼는 적이 있었다. 그 시선은 마치 헤스터의 괴로움을 절반만이라도 나눠 갖겠다는 듯이 잠시나마 그녀를 위로해 주는 듯싶었으나 한순간 자취를 감

But sometimes, once in many days, or perchance in many months, she felt an eye—a human eye—upon the ignominious brand, that seemed to give a momentary relief, as if half of her agony were shared. The next instant, back it all rushed again, with still a deeper throb of pain; for, in that brief interval, she had sinned anew. Had Hester sinned alone?

Her imagination was somewhat affected, and, had she been of a softer moral and intellectual fibre, would have been still more so, by the strange and solitary anguish of her life. Walking to and fro, with those lonely footsteps, in the little world with which she was outwardly connected, it now and then appeared to Hester,—if altogether fancy, it was nevertheless too potent to be resisted,—she felt or fancied, then, that the scarlet letter had endowed her with a new sense. She shuddered to believe, yet could not help believing, that it gave her a sympathetic knowledge of the hidden sin in other hearts. She was terror-stricken by the revelations that were thus made. What were they? Could they be other than the insidious whispers of the bad angel, who would fain have persuaded the struggling woman, as yet only half his victim, that the outward guise of purity was but a lie, and that, if truth were everywhere to be

---

perchance:우연히, 아마 throb :두근거림, 흥분하다, 맥박 fibre:소질 anguish: 심한 고통 revelations:놀라운(뜻밖의) 발견 insidious:교활한, 음흉한 purity: 청결, 결백

추고는 한결 더 심각한 고통을 안겨주었다. 왜냐하면 그 짧은 순간에 또 하나의 죄를 지은 셈이 되었기 때문이다. 그러나 죄를 지은 것은 헤스터 혼자였을까?

그녀의 상상력은 조금 기이한 데가 있었지만 삶의 고통으로 인해 다소 달라지고 있었다. 만약 도덕적으로 정신적으로 그녀의 기질이 좀더 섬세했다면 달랐을 것이다. 겉으로만 인연이 맺어진 비좁은 세상을 외로운 발길로 이리저리 거닐고 있으면 문득 헤스터는 한낱 공상일지도 모르는 생각을 한다. 주홍 글씨가 새로운 감각을 싹트게 해주었다고 생각하는 것이다. 헤스터는 주홍 글씨 때문에 남의 가슴속에 들어 있는 죄를 알아낼 수 있는 힘이 생겼다고 생각하자 이내 온몸에 전율을 느꼈으나 그렇게 믿을 수밖에 없었다. 이리하여 그녀는 뜻밖의 사실이 밝혀진 데 대해 사뭇 공포를 느꼈다. 악마의 속삭임일까? 그리고 이 악마는 자기 손아귀에 아직 절반밖에 넣지 못한 이 여인에게 겉으로 순결한 체하는 것은 거짓에 지나지 않는다든가 또는 어디에서나 진실을 나타내어야 한다면 헤스터 프린 이외의 허다한 사람들 가슴팍에도 주홍 글씨가 타올라야 한다고 외치

전율:두려워 몸이 벌벌 떨림

shown, a scarlet letter would blaze forth on many a bosom besides Hester Prynne's? Or, must she receive those intimations—so obscure, yet so distinct—as truth? In all her miserable experience, there was nothing else so awful and so loathsome as this sense. It perplexed, as well as shocked her, by the irreverent inopportuneness of the occasions that brought it into vivid action. Sometimes the red infamy upon her breast would give a sympathetic throb, as she passed near a venerable minister or magistrate, the model of piety and justice, to whom that age of antique reverence looked up, as to a mortal man in fellowship with angels. "What evil thing is at hand?" would Hester say to herself. Lifting her reluctant eyes, there would be nothing human within the scope of view, save the form of this earthly saint! Again, a mystic sisterhood would contumaciously assert itself, as she met the sanctified frown of some matron, who, according to the rumor of all tongues, had kept cold snow within her bosom throughout life. That unsunned snow in the matron's bosom, and the burning shame on Hester Prynne's,—what had the two in common? Or, once more, the electric thriller would give her warning,—"Behold, Hester, here is a companion!"—and, looking up, she would detect the

---

blaze:섬광, 포고하다 blaze forth:타오르다 loathsome:몹시 싫은, 지긋지긋한
inopportune:때가 좋지않은, 시기를 놓친 trob:맥박, 고동, 흥분, 감동
reluctant:마지 못해 하는 saint:성인 contumaciously:반항적으로 matron:(품위
있는) 기혼여자 Kept cold snow: '절개를 지켜왔음'을 가리킴

고 싶었던 게 아닐까? 그녀는 또 이와 같은 암시—지극히 흐리 멍텅하고 불분명한—를 진실처럼 여겨야 할 것인가? 그녀가 겪은 비참한 경험 중에도 이렇게 무서운 것은 없었다. 이것이 사라지지 않고 불쑥불쑥 나타나는 바람에 헤스터는 깜짝 놀라고 당황했다. 때로는 존경이란 풍습에 물든 당시의 사람들이 신성시했던,경건과 정의의 본보기인 목사나 관리들 곁을 헤스터가 지날 때마다 이 표시는 그들에게 동정심을 일으켰다. "무슨 악마가 내 곁에 있는 것일까?" 헤스터는 혼잣말로 중얼거렸다. 마지못해 눈을 뜨면 이 세상에는 성자의 모습 외엔 아무것도 없었다. 그리고 또 세상 사람들의 소문에 따르면 일평생 차가움을 가슴속에 안고 지낸 상류 부인의 점잖기 이를 데 없는 찌푸린 얼굴을 대했을 때에도 그 부인과 자기 사이에는 어떤 유사점이 있지 않을까 하는 이상한 생각이 솟구쳤다. 상류 부인의 가슴에서 녹았던 적이 없는 차가움과 헤스터의 가슴에서 불타는 지옥, 이 두 가지가 무엇을 공유하는 것일까? 오오, 저 끔찍스런 주홍 글씨를 부적으로 삼는 악마여, 그대는 모든 이에게 이 여인에게 존경할 아무것도 남기지 않았단 말이오? 이렇

eyes of a young maiden glancing at the scarlet letter, shyly and aside, and quickly averted with a faint, chill crimson in her cheeks; as if her purity were somewhat sullied by that momentary glance. O Fiend, whose talisman was that fatal symbol, wouldst thou leave nothing, whether in youth or age, for this poor sinner to revere?—such loss of faith is ever one of the saddest results of sin. Be it accepted as a proof that all was not corrupt in this poor victim of her own frailty, and man's hard law, that Hester Prynne yet struggled to believe that no fellow-mortal was guilty like herself.

The vulgar, who, in those dreary old times, were always contributing a grotesque horror to what interested their imaginations, had a story about the scarlet letter which we might readily work up into a terrific legend. They averred, that the symbol was not mere scarlet cloth, tinged in an earthly dye-pot, but was red-hot with infernal fire, and could be seen glowing all alight, whenever Hester Prynne walked abroad in the night-time. And we must needs say, it seared Hester's bosom so deeply, that perhaps there was more truth in the rumor than our modern incredulity may be inclined to admit.

---

avert:피하다 faint:약해지다 sully:더럽히다, 훼손하다 talisman:부적 fatal:운명의 corrupt:타락한, 부정한 frailty:연약, 약점, 단점 vulgar:저속한, 비천한 grotesque:괴상한, 이상한 terrific:무시무시한 aver:주장하다, 단언하다 tinge:엷게 물들이다 infernal:지옥의 incredulity:의심이 많음, 쉽게 믿지 않음

듯 믿음을 잃는다는 것이야말로 진정으로 슬픈 죄의 대가의 하나인 것이다. 그러나 가엾게도 제 자신의 연약한 성격과 인간 사회의 법률의 제물이 된 헤스터 프린이 세상 누구보다 자기가 죄를 가장 많이 저질렀다고 생각하는 것이야말로 그녀가 완전히 타락하지 않았다는 증거로 생각해 주길 바란다.

이 음침한 시대에 자신들이 상상력을 불러 일으키는 일에 대해서는 기괴하리만큼 두려움을 느끼는 습성이 있었고, 주홍 글씨에 대해서도 해괴한 이야기를 꾸며댔으며, 그 이야기로 말미암아 우리는 무시무시한 전설을 꾸밀 수도 있는 것이다. 그들이 장담하는 말, 즉 치욕의 표식은 단지 물감을 들인 주홍빛 헝겊이 아니라 지옥의 불로 달군 것으로 헤스터가 밤중에 다닐 때면 이글이글 불타올라 보였다는 것이다. 그런데 여기에 덧붙여야 할 것은 이 주홍 글씨가 헤스터의 가슴에 깊이 타들어가고 있었으므로 현대인들이 인정하려들지 않을지라도, 일말의 진실이 내포되어 있으리라는 것을 밝혀둘 필요가 있을 것이다.

해괴한:놀랄 만큼 괴상야릇한

CHAPTER 6
Pearl

We have as yet hardly spoken of the infant; that little creature, whose innocent life had sprung, by the inscrutable decree of Providence, a lovely and immortal flower, out of the rank luxuriance of a guilty passion. How strange it seemed to the sad woman, as she watched the growth, and the beauty that became every day more brilliant, and the intelligence that threw its quivering sunshine over the tiny features of this child! Her Pearl! For so had Hester called her—not as a name expressive of her aspect, which had nothing of the calm, white unimpassioned lustre that would be indicated by the comparison. But she named the infant 'Pearl,' as being of great price,—purchased with all she had,—her mother's only treasure! How strange, indeed! Man had marked this woman's sin by a scarlet letter, which had such potent and disastrous efficacy that no human sympathy could reach her, save it were sinful like herself. God, as a direct consequence of the sin which man thus punished, had given her a lovely child, whose place was on that same dishonored bosom, to con-

---

inscrutable:불가해한, 수수께끼 같은 decree:명령, 판결 rank:지독한 quiver: 흔들리다, 떨리다 aspect:관점, 국면, 용모 lustre:광택을 내다 purchase:획득 하다, 구매 disastrous:재난의, 재해의, 불길한 efficacy:효능 sinful:죄많은

제 6 장
펄(진주)

우린 여태까지 아기에 관해 이야기한 적이 없다. 이 어린것의 천진한 생명은 헤아릴 수 없는 하나님의 섭리로 죄많은 정열의 불타는 도가니 속에서 태어난 어여쁜 불멸의 꽃이었다. 아기가 자라면서 날로 눈부시게 예뻐지고 그 조그만 얼굴에 슬기로운 빛이 가물거리는 걸 볼 때마다 슬픈 여인의 심정은 얼마나 신기하게 여겨졌겠는가! 그녀의 펄! 그녀는 그렇게 불렀다. 이는 아기의 용모를 나타낸 게 아니었다. 사실 이 아기에는 진주가 풍기는 고요하고 맑은 정열 따위는 찾아볼 수 없었다. 헤스터가 아기의 이름을 '펄'이라고 부르는 것은 아기가 지극히 소중한 것, 자기의 모든 것을 바친 대가로 얻은 것, 즉 그 여인의 하나밖에 없는 보물이란 뜻이었다. 이상한 일이었다. 인간이 이 여인에게 죄의 표시로 만들어 주었던 주홍 글씨는 불행을 일으키는 힘이라도 있는 것인지 헤스터와 같이 죄를 지은 자가 아니고선 누구도 그녀에게 동정을 베풀진 않았다. 그러나 죄의 대가로, 신은 그녀에게 귀여운 아기를 주었다. 더럽혀진 어미의

섭리:하느님이 인간을 인도하는 질서와 은혜
도가니:쇠붙이를 녹이는 그릇

nect her parent for ever with the race and descent of mortals, and to be finally a blessed soul in heaven! Yet these thoughts affected Hester Prynne less with hope than apprehension. She knew that her deed had been evil; she could have no faith, therefore, that its result would be good. Day after day, she looked fearfully into the child's expanding nature, ever dreading to detect some dark and wild peculiarity, that should correspond with the guiltiness to which she owed her being.

Certainly, there was no physical defect. By its perfect shape, its vigor, and its natural dexterity in the use of all its untried limbs, the infant was worthy to have been brought forth in Eden;worthy to have been left there, to be the plaything 'of the angels, after the world's first parents were driven out. The child had a native grace which does not invariably coexist with faultless beauty, its attire, however simple, always impressed the beholder as if it were the very garb that precisely became it best. But little Pearl was not clad in rustic weeds. Her mother, with a morbid purpose, that may be better understood hereafter, had bought the richest tissues that could be procured, and alowed her imaginative faculty its full play in the arrangement and decoration of the dresses which the child wore,

---

detect:~을 찾아내다 defect:결점, 단점 dexterity:솜씨 좋음, 빈틈없음 limb:사지, 자식, 가지 to be the plaything:(천사의)노리개감이 될(만하다) world's first parents:Adam and Eve coexist:공존하다, 동시에 있다 attire:옷차림새, 치장하다 clad:입은 rustic weeds:시골티 나는 의상

가슴에 안긴 이 아기는 양친과 인류 및 그의 후손을 영원히 결속시키고 결국 천국에서 축복받을 것이다. 그러나 이런 생각은 그녀로 하여금 희망보다 불안이 앞서 초조했다. 그녀는 자기의 행실이 잘못되어 있음을 알고 있었으므로 결과가 좋으리라고 믿을 순 없었다. 매일 헤스터는 날로 자라나는 아기를 불안한 눈으로 바라보며 자기를 닮지 않을까 걱정하였다.

사실 아기는 아무런 결점도 없었다. 완벽한 용모와 활발한 성격을 지녔고 아직 제대로 단련되지도 않은 팔다리를 자연스레 놀리는 품으로 보아 이 아기는 에덴 동산에서 태어났다 하여도 전혀 손색이 없을 것 같았다. 그리고 이 세상의 시초인 아담과 이브가 쫓겨난 뒤에도 에덴 동산에 남아 천사들과 어울려 논다 하여도 전혀 이상하지 않을 것이다. 이 아이에겐 완벽한 아름다움과 선천적인 품위가 있었고, 아무리 소박한 옷차림이라도 이 아이에게 가장 잘 어울려 보였다. 그러나 펄은 결코 촌스런 옷을 입는 일은 없었다. 아이의 어머니는 이야기가 진행되는 동안 알게 되겠지만 어떤 집착력에 의해 가장 화려한 천에 상상력을 최대한 발휘해 아이의 옷을 만들고 장식했다. 그렇게 입으면 조그만 몸이 너무나 눈부셔서 아기의 타고난 아름다움에 어두컴컴한 오두막집 마루 바닥엔 눈부신 광채가 아

before the public eye. So magnificent was the small figure, when thus arrayed, and such was the splendor of Pearl's own proper beauty, shining through the gorgeous robes which might have extinguished a paler loveliness, that there was an absolute circle of radiance around her, on the darksome cottage floor. And yet a russet gown, torn and soiled with the child's rude play, made a picture of her just as perfect. Pearl's aspect was imbued with a spell of infinite variety; in this one child there were many children, comprehending the full scopes between the wildflower prettiness of a peasant-baby, and the pomp, in little, of an infant princess. Throughout all, however, there was a trait of passion, a certain depth of hue, which she never lost; and if, in any of her changes, she had grown fainter or paler, she would have ceased to be herself,—it would have been no longer Pearl.

This outward mutability indicated, and did not more than fairly express, the various properties of her inner life. Her nature appeared to possess depth, too, as well as variety; but—or else Hester's fears deceived her—it lacked reference and adaptation to the world into which she was born. She could recognize her wild, desperate, defiant mood, the flightiness of her temper, and even some of the

---

array:정력, 배열하다 splendor:훌륭함, 장려 radiance:빛남 imbue:불어넣다 scope:범위, 자유, 기회 comprehending the full scopes:모든 영역을 포괄하는 hue:색조(흑색 특성) mutability:변하기 쉬움, 변덕 adaptation:적응 defiant:무례한

기를 에워싸는 것 같았다. 입고 마구 뛰어 놀아 찢어지고 더러워진 무명옷도 아이에게는 여전히 아름다웠다. 펄에게는 변화무쌍한 매력이 있었다. 말하자면 이 아기 속에 많은 아기들이 들어 있는 듯싶었다. 농가의 딸이 지닌 들꽃 같은 아름다움부터 어린 공주의 화려함까지 갖가지 아름다움이 간직되어 있었다. 그러나 무엇보다도 펄에게 지워지지 않는 것은 정열적인 인상과 깊이를 지닌 색깔이었다. 만약 펄이 가지각색으로 변화하다가 그 빛이 희미해지거나 바래지거나 하면 그녀는 이미 그녀 자신이 아닌 딴 존재가 되어버렸을 것이다.

이런 외모의 변화는 펄의 내면의 여러 가지 특성을 암시해 주는 것이었고, 그녀의 성질에는 다양성뿐만 아니라 깊이가 있었다. 그러나 거기에는 그녀가 태어난 이 세상과 어떤 관계를 맺거나 호흡을 같이하려는 점은 볼 수 있었다. 그렇지 않다면 헤스터는 자신의 두려움에 속는 것에 지나지 않을 것이다. 그녀는 자기의 광적이고 반항적이며 변덕스런 기질, 심지어 자기 가슴속에 깃들은 우수와 절망의 그림자까지도 펄속에서 발견하였다. 이런 것들이 지금 아침 햇빛과도 같은 펄의 기질로 찬란하게 보였으나 앞으로 세상에 나가 살게 되면 모진 비바람과 회오리 바람을 일으킬지도 모를 일이다.

very cloud-shapes of gloom and despondency that had brooded in her heart. They were now illuminated by the morning radiance of a young child's disposition, but later in the day of earthly existence might be prolific of the storm and whirlwind.

The discipline of the family, in those days, was of a far more rigid kind than now. Hester Prynne, nevertheless, the lonely mother of this one child, ran little risk of erring on the side of undue severity. Mindful, however, of her own errors and misfortunes, she early sought to impose a tender, but strict control over the infant immortality that was committed to her charge. But the task was beyond her skill. After testing both smiles and frowns, and proving that neither mode of treatment possessed any calculable influence, Hester was ultimately compelled to stand aside, and permit the child to be swayed by her own impulses. Physical compulsion or restraint was effectual, of course, while it lasted. As to any other kind of discipline, whether addressed to her mind or heart, little Pearl might or might not be within its reach, in accordance with the caprice that ruled the moment: Her mother, while Pearl was yet an infant, grew acquainted with a certain peculiar look, that warned her when it would be labor thrown away to insist,

---

despondency:낙담 illuminate:밝게 하다 prolific:다산의, 비옥한, 풍부한 rigid: 엄격한, 강직한 erring:죄많은, 과오를 범한 undue:부적당한, 과도의 severity: 엄격 immortality:불멸, 불사 calculable:계산할 수 있는 ultimately:최후로, 결국 restraint:억제, 금지, 구속 discipline:규율, 징계하다 caprice:변덕, 기상곡

이 당시의 가정교육은 요즘보다 훨씬 엄격했다. 그러나 외동 딸의 어머니로서 헤스터 프린은 부당하게도 지나치게 엄격하 다는 잘못을 저지른 적은 별로 없었다. 하지만 그녀는 제 자신 의 실수와 불행을 항상 명심하며 자기 손에 맡겨진 아이를 다 정하면서도 엄격하게 다루려고 했다. 그러나 그것은 그녀의 힘 으로는 벅찬 일이었다. 헤스터는 미소와 무서운 얼굴을 번갈아 보이기도 했지만 둘 다 이렇다 할 효과가 없음을 알아채고 마 침내는 제멋대로 하게끔 내버려두었다. 육체적인 강요나 구속 은 그것이 계속되는 동안은 효과가 있었다. 이와는 달리 어린 펄의 지성이나 감정에 호소하여 교육할 때는 펄은 그때 그때의 제 기분에 따라 받아들이기도 하고 받아들이지 않기도 했다. 펄이 아주 어렸을 때 어머니는 딸의 유별난 표정을 알아차렸었 다. 그 표정은 어머니가 아무리 버티고 타이르고 애걸해도 아 무 소용이 없다는 걸 의미했다. 그 표정은 영리하나 종잡을 수 없는데다가 고집이 세고 몹시 악의적이었다. 대체로 기운이 넘 쳤으므로 헤스터는 도대체 펄이 사람의 자식이라 할 수 있을까 하고 생각해보지 않을 수 없었다. 펄은 오두막집 마룻바닥에서 잠깐 동안 장난하다 비웃는 듯한 미소를 짓고 날아가는 요정 같았다. 이를 보면 헤스터는 항상 도망가는 요정을 자기도 모

악의:남에게 해를 끼치려는 마음

persuade, or plead. It was a look so intelligent, yet inexplicable, so perverse, sometimes so malicious, but generally accompanied by a wild flow of spirits, that Hester could not help questioning, at such moments, whether Pearl were a human child. She seemed rather an airy sprite, which, after playing its fantastic sports for a little while upon the cottage floor, would flit away with a mocking smile. Beholding it, Hester was constrained to rush towards the child,—to pursue the little elf in the flight which she invariably began,—to snatch her to her bosom, with a close pressure and earnest kisses,—not so much from overflowing love, as to assure herself that Pearl was flesh and blood, and not utterly delusive.

But Pearl's laugh, when she was caught, though full of merriment and music, made her mother more doubtful than before.

Heart-smitten at this bewildering and baffling spell, that So often came between herself and her sole treasure, whom she had bought so dear, and who was all her world, Hester sometimes burst into passionate tears. Then, perhaps,—for there was no foreseeing how it might affect her, —Pearl would frown, and clench her little fist, and harden her small features into a stern, unsympathizing look of

---

plead:탄원하다 perverse:심술궂은 malicious:악의 있는 airy:명랑한, 쾌활한 flit:훌쩍 날다,야간 도주 constrained:어색한 snatch:강탈하다, 잡아챔 flesh and blood:살아있는 인간 delusive:믿을 수 없는, 그릇된 bewilder:어리둥절하게 baffle:좌절시키다, 실패로 끝나게 하다 passionate:격렬한 clench:꼭 쥐다

르게   달려가서—그녀를 꼭 껴안고 힘차게 키스를 해 주고 싶
은 충동이 일었다. 그런데 이것은 애정이 복받쳐서가 아니라,
그녀가 분명히 살과 피를 나눈 아이지 결코 요정이 아니란 걸
자신에게 다짐하기 위해서였다.

　엄마에게 붙들렸을 때, 펄은 명랑하고 쾌활하게 웃고 있었지
만 그 웃음은 헤스터로 하여금 그 전보다 더 의심을 품게 만들
었다.

　그녀의 전부라고 해도 과언이 아닌, 그렇게 값비싼 대가를
치러 얻게 된, 둘도 없이 소중한 펄과 자신 사이에서 자주 일
어나는 이 까닭을 알 수 없는 마력 때문에 헤스터는 속이 상
해, 이따금 격렬하게 울음을 터뜨리기도 했다. 그럴 때면, 펄은
눈살을 찌푸리며 조그만 주먹을 꽉 쥐고, 그 작은 얼굴에 동정
의 기색은커녕 오히려 냉랭한 표정을 짓는 것이었다. 그렇게
하는 것이 엄마에게 얼마만큼 영향을 미치는지 모른 채. 그리
고 가끔씩은 인간의 슬픔 따윈 아무런 쓸모도 없으며, 이해할
수도 없다는 식으로 전보다 더 크게 웃어대기도 했다. 혹은, 드
물기는 했지만, 슬픔으로 몸부림치며 울먹거리면서 엄마를 사
랑한다고 띄엄띄엄 말하기도 했는데, 그렇게 눈물을 보임으로
써 자신에게도 따뜻한 마음이 있다는 것을 증명해 보이려는 것

discontent. Not seldom, she would laugh anew, and louder than before, like a thing incapable and unintelligent of human sorrow. Or—but this more rarely happened—she would be convulsed with a rage of grief, and sob out her love for her mother in broken words, and seem intent on proving that she had a heart, by breaking it. Yet Hester was-hardly safe in confiding herself to that gusty tenderness; it passed as suddenly as it came. Brooding over all these matters, the mother felt like one who has evoked a spirit, but, by some irregularity in the process of conjuration, has failed to win the master-word that should control this new and incomprehensible intelligence. Her only real comfort was when the child lay in the placidity of sleep. Then she was sure of her, and tasted hours of quiet, delicious happiness; until—perhaps with that perverse expression glimmering from beneath her opening lids—little Pearl awoke!

How soon—with what strange rapidity, indeed—did Pearl arrive at an age that was capable of social intercourse, beyond the mother's ever-ready smile and nonsense words! And then what a happiness would it have been could Hester Prynne have heard her clear, bird-like voice mingling with the uproar of other childish voices, and

---

in broken words:띄엄띄엄하는 말로 by breaking it:슬퍼해보임으로써 'it' =heart gusty:기운 Brooding over:~을 여러가지로 생각해보면 evoke:영혼 등을 불러내다 irregularity:산만한 conjuration:주술, 마법 placidity:조용함, 차분함 perverse:화 잘내는 뒤틀어진 ever-ready:언제나 쉽사리 볼 수 있는

같았다. 그러나 헤스터는 펄의 이런 일시적인 애정을 그대로 믿을 수가 없었다. 왜냐하면, 그 애정은 생기기가 무섭게 사라져 버렸기 때문이었다. 이 모든 문제들을 곰곰이 생각해 보면서, 헤스터는 자신이 마치 요정을 불러내기는 했지만, 주문 순서가 뒤죽박죽이 되어 이 새롭고 불가사의한 존재를 제어할 수 있는 주문을 찾아내지 못한 사람처럼 느껴졌다. 마음의 평정을 느낄 수 있는 때라곤 아이가 곤히 잠들어 있을 때뿐이었다. 그때만은 펄이 정말 내 아이라는 기분이 들어 잔잔하고도 달콤한 행복의 시간을 맛보게 되었다. 그러나 이것도 눈꺼풀 밑에 그 심술궂은 표정을 번뜩이며 깨어나기 전 잠깐 동안의 일이다.

항상 미소지으며 얼러주던 엄마의 품을 뒤로 한 채, 펄은 눈 깜짝할 사이에 사람들과 사귀며 지낼 만한 그런 나이가 되었다. 아이들의 떠들썩한 목소리에 섞인 꾀꼬리처럼 맑은 펄의 목소리를 들었더라면, 장난꾸러기들의 떠들며 노는 소리에서 사랑스런 내 아이의 목소리만을 확실히 구분하여 들을 수 있었다면 헤스터 프린은 얼마나 행복했을 것인가! 그러나 그런 일은 있을 수가 없었다. 펄은 태어날 때부터 아이들의 세계에서 내쫓긴 것이었다. 악마의 자식이자, 죄의 상징이며 죄로 인해 태어난 펄은 세례를 받은 아이들의 친구가 될 없었다. 펄에게

불가사의:생각해도 알 수 없게 이상야릇함
제어:적당한 상태로 움직이도록 조절함

have distinguished and unravelled her own darling's tones, amid all the entangled outcry of a group of sportive children But this could never be. Pearl was a born outcast of the infantile world. An imp of evil, emblem and product of sin, she had no right among christened infants. Nothing was more remarkable than the instinct, as it seemed, with which the child comprehended her loneliness; the destiny that had drawn an inviolable circle round about her; the whole peculiarity, in short, of her position in respect to other children. Never, since her release from prison, had Hester met the public gaze without her. In all her walks about the town, Pearl, too, was there; first as the babe in arms, and afterwards as the little girl, small companion of her mother, holding a forefinger with her whole grasp, and tripping along at the rate of three or four footsteps to one of Hester's. She saw the children of the settlement, on the grassy margin of the street, or at the domestic thresholds, disporting themselves in such grim fashion as the Puritanic nurture would permit; playing at going to church, perchance; or at scourging Quakers; or taking scalps in a sham-fight with the Indians; or scaring one another with freaks of imitative witchcraft. Pearl saw, and gazed intently, but never sought to make acquaintance. If

---

sportive:장난치는, 까부는 infantile:유아의, 초기의 imp:꼬마 도깨비 emblem:상징 destiny:운명, 숙명 inviolable:불가침의, 신성한 grassy:풀이 많은 margin:가장자리, 여유 scourge:채찍질하다 grim:냉혹한, 완강한 fashion: 유행, 풍습 nurture:교육 play at:~을 하고 놀다 freaks:장난 witchcraft:마법

서 무엇보다도 눈에 띄었던 부분은 직관력이었다. 자신의 고독과 자신 주위에 둘러쳐진 거역할 수 없는 운명의 사슬, 요컨대 다른 아이들과 비교해 봤을 때 자신의 처지가 굉장히 특별하다는 것을 펄은 직관적으로 이해하고 있었던 것 같았다. 감옥에서 풀려난 이후로 헤스터는 반드시 펄을 데리고 사람들 앞에 나타났다. 마을을 돌아다닐 때도 펄과 함께였다. 처음엔 엄마 품에 안겨, 그 후 어린 소녀가 됐을 땐 엄마의 꼬마 친구가 되어 집게손가락 하나를 꼭 쥐고, 엄마가 한발을 내딛으면 뒤에서 서너 걸음씩 종종걸음으로 쫓아왔다. 헤스터와 펄은 그 곳 식민지 지역에서 사는 아이들이 풀이 우거진 길가나 집 현관에서 청교도적 교육이 빚어낸 재미도 없는 놀이, 즉 교회 놀이, 퀘이커 교도 매질하는 놀이, 머리 가죽 벗겨 내는 인디언 놀이, 엉터리 요술 장난을 흉내내는 등 그렇게 끔찍하게 장난치며 노는 모습을 보았지만, 펄은 우두커니 구경만 할 뿐 함께 어울려 놀려고는 하지 않았다. 말을 건네도 대꾸하지 않았다. 그녀 주위에 아이들이 몰려들기라도 하면, 가끔 그런 일을 겪었지만, 펄은 섬뜩할 정도로 화를 내며 날카롭고 알아들을 수 없는 비명을 질러대면서 아이들에게 돌을 집어 던졌다. 그 비명 소리에는 아무도 알아들을 수 없는 마녀의 저주의 말과 같은 음조

직관력:판단 추리 따위의 사유 작용을 가하는 일이 없이 대상을 직접적으로
　　　 파악하는 힘

spoken to, she would not speak again. If the children gathered about her, as they sometimes did, Pearl would grow positively terrible in her puny wrath, snatching up stones to fling at them,. with shrill, incoherent exclamations, that made her mother tremble because they had so much the sound of a witch's anathemas in some unknown tongue.

The truth was, that the little Puritans, being of the most intolerant brood that ever lived, had got a vague idea of something outlandish, unearthly, or at variance with ordinary fashions, in the mother and child; and therefore scorned them in their hearts, and not unfrequently reviled them with their tongues. Pearl felt the sentiment, and requited it with the bitterest hatred that can be supposed to rankle in a childish bosom. These outbreaks of a fierce temper had a kind of value, and even comfort, for her mother; because there was at least an intelligible earnestness in the mood, instead of the fitful caprice that so often thwarted her in the child's manifestations. It appalled her, nevertheless, to discern here, again, a shadowy reflection of the evil that had existed in herself. All this enmity and passion had Pearl inherited, by inalienable right, out of Hester's heart.

At home, within and around her mother's cottage, Pearl

---

puny:미약한, 조그마한 wrath:분노, 격분 shrill:날카로운 incoherent:뒤죽박죽인 exclamation:절규, 외침 anathemas:저주, 파문 outlandish:이국풍의, 색다른, 기이한 variance with:~와 불일치하여 thwart:반대하다, 방해하다 caprice:변덕 appall: 간담을 서늘하게 하다 discern:분별하다, 어두운 inalienable:빼앗을 수 없는

가 섞여 있기에 헤스터는 몹시 불안에 떨었다.

사실 이 청교도 아이들은 세상에 둘도 없는 완고한 녀석들이어서 어렴풋이, 헤스터 모녀가 무언가 남다르고 기분 나쁘며, 평범하지 않다는 것을 느끼고 있었기에 마음속으로는 경멸을 하며 때로는 욕을 해대기도 했다. 그런 감정을 눈치 챈 펄은 아이의 가슴에 도사리고 있으리라고는 생각조차 할 수 없는 가장 무서운 증오심으로 앙갚음했다. 헤스터가 보기엔, 이렇게 격렬한 울분이 폭발하는 것이 어찌 보면 합당한 일이기도 하며, 위안이 되기까지 했다. 적어도 그때만은 펄의 태도에 엄마를 힘들게 하는 변덕스러움이 아니라, 사뭇 진지함이 엿보이기 때문이었다. 그렇지만, 여기에서도 그녀 자신 속에 존재해 왔던 악의 검은 그림자가 비치고 있음을 깨닫고는 소름이 끼쳤다. 그녀 마음에 있는 이 모든 증오와 열정이 절대로 양도할 수 없는 권리로서 펄에게 유전되었던 것이다.

집에 있을 때 펄은 집 안팎에 여러 가지 다양한 놀이 상대가 있었으므로 심심하지 않았다. 창조적인 머리에서 끊임없이 생생한 마력이 튀어나와 수많은 사물과 대화를 나누었다. 얼토당토 않는 물건들, 막대기나 걸레 조각, 한 송이 꽃이 펄의 마술로 인형이 되어 펄의 마음속에 준비된 온갖 무대에서 전개되는

wanted not a wide and various circle of acquaintance. The spell of life went forth from her ever-creative spirit, and communicated itself to a thousand objects. The unlikeliest materials—a stick, a bunch of rags, a flower—were the puppets, of Pearl's witchcraft, and, without undergoing any outward change, became spiritually adapted to whatever drama occupied the stage of her inner world. Her one baby-voice served a multitude of imaginary personages, old and young, to talk withal. The pine-trees, aged, black, and solemn, and flinging groans and other melancholy utterances on the breeze, needed little transformation to figure as Puritan elders;the ugliest weeds of the garden were their children, whom Pearl smote down and uprooted, most unmercifully. In the mere exercise of the fancy, however, and the sportiveness of a growing mind, there might be little more than was observable in other children of bright faculties; except as Pearl, in the dearth of human playmates, was thrown more upon the visionary throng which she created. The singularity lay in the hostile feelings with which the child regarded all these offspring of her own heartnd mind. she never created a friend, but seemed always to be sowing broadcast the dragon's teeth, whence sprung a harvest of armed enemies, against whom

---

withal:~으로서 melancholy:우울, 울적함 smote down:후려쳐서 쓰러뜨리다
dearth:결핍 hostile:적의있는, 반대하는

연극의 주인공과 완전히 하나가 되는 것이었다. 그리고 그녀의 어린 목소리는 남녀노소 할 것 없이 상상 속의 수많은 인물들과 대화를 나누었다. 바람에 흔들릴 때마다 신음 소리와 구슬픈 울음소리를 내는 시커멓고 장엄한 노송들이 그대로 청교도 장로들의 모습으로 변했다. 정원의 꼴사나운 잡초들은 장로들의 아이들이었기 때문에 펄은 가장 무자비하게 잡초들을 탁탁 내리쳐 가며 뿌리째 뽑아 버렸다. 그저 단순한 공상 놀이이며, 자라나는 아이에게서 흔히 볼 수 있는 놀이라는 점에선 재주가 뛰어난 일반 아이들의 경우와 별다른 차이가 없지만, 펄에게는 진짜 친구가 없었기에 자기가 상상해 낸 가공의 인물들 사이로 빠져드는 일이 더 많았던 점이 달랐다. 또, 남다른 점은 자기 마음속이나 머릿속에서 그려낸 모든 것들에 대해 적대감을 품었다는 점이다. 결코 단 한 명의 친구도 만들지 않고 분쟁의 씨앗을 뿌려 놓은 채 그 씨앗에서 무장을 한 적군들이 튀어나오는 곳을 향해 돌진해 들어가는 것처럼 보였다. 이것은 말할 수 없이 슬픈 일이었다.

펄을 바라보면서 헤스터는 이따금 바느질감을 무릎 위에 떨어뜨리기 일쑤였고, 아무리 억눌러도 터져나오는 괴로움이 말인지 신음소리인지 모를 울부짖음이 되어 터져 나왔다. "오, 하

─────────────

노송:늙은 소나무

she rushed to battle. It was inexpressibly sad

Gazing at Pearl, Hester Prynne often dropped her work upon her knees, and cried out with an agony which she would fain have hidden, but which made utterance for itself, betwixt speech and a groan,—"O Father in Heaven, —if Thou art still my Father,—what is this being which I have brought into the world!" And Pearl, overhearing the ejaculation, or aware, through some more subtile channel, of those throbs of anguish, would turn her vivid and beautiful little face upon her mother, smile with sprite-like intelligence, and resume her play.

One peculiarity of the child's deportment remains yet to be told. The very first thing which she had noticed in her life was—what? not the mother's smile, responding to it, as other babies do, by that faint, embryo smile of the little mouth. By no means! But that first object of which Pearl seemed to become aware was—the scarlet letter on Hester's bosom! One day, as her mother stooped over the cradle, the infant's eyes had been caught by the glimmering of the gold embroidery about the letter; and, putting up her little hand, she grasped at it, smiling not doubtfully, but with a decided gleam. Then, gasping for breath,! did Hester Prynne clutch the fatal token, instinctively endeav-

---

ejaculation:갑자기 지르는 소리, 사정 subtile:치밀한, 예민한 throb:두근거리다, 흥분하다, 맥박 anguish:심한 고통, 심히 괴로워하다 peculiarity:특색, 버릇 embryo:태아의,미숙한 embroidery:수놓기, 장식 gasping for breath:숨이차서, 숨을 헐떡거리면서 clutch:붙잡음, 파악, 움켜잡다

늘에 계신 아버지, 당신이 아직도 저의 아버지시라면 대답해 주세요. 도대체 제가 낳은 이 아이는 무엇이란 말입니까!" 이 외침을 들어서거나 아니면 좀 더 영험스러운 어떤 방법으로 엄마의 쓰라린 고뇌를 알아차린 펄은 생기 있고 예쁜 얼굴을 엄마 쪽으로 돌려 요정처럼 미소를 지어 보인 후 다시 놀곤 하였다.

이 아이의 거동 중에서 특이한 점 하나를 아직 언급하지 않았다. 펄이 태어나서 가장 처음 본 것은 무엇이었을까? 보통 애라면, 작은 입가에 살짝 떠올리며 대답해 보이는 엄마의 미소였을 것이다. 그러나 펄은 결코 그렇지 않았다. 펄이 처음으로 알아본 것은 헤스터 가슴에 달린 주홍 글씨였던 것이다! 어느 날, 헤스터가 요람 위로 몸을 굽혔을 때, 그 갓난아기의 눈은 주홍 글씨 주변의 금빛 자수에서 나오는 빛나는 광채에 이끌려서 그것을 잡으려고 했다. 깜짝 놀라 자기도 모르게 헤스터는 그 운명의 표시를 움켜쥐고 잡아떼려 했다. 무언가 알고 있는 듯 스쳐간 펄의 작은 손길에 헤스터는 뭐라고 말할 수 없는 고통을 느꼈다. 고통스러워하는 엄마의 몸짓이 자기를 얼러 주는 것으로 여겼던지 펄은 헤스터의 눈을 쳐다보며 생긋 웃어 보였다. 그 후로부터 헤스터는 아이가 잠들 때 이외는 한시도

영험:사람의 기원에 대한 신불의 감응
요람:유아를 넣고 흔들어서 즐겁게 하거나 재우는 채롱

oring to tear it away; so infinite was the torture inflicted by the intelligent touch of Pearl's baby-hand. Again, as if her mother's agonized gesture were meant only to make sport for her, did little Pearl look into her eyes, and smile! From that epoch, except when the child was asleep, Hester had never felt a moment's safety; Weeks, it is true, would sometimes elapse, during which Pearl's gaze might never once be fixed upon the scarlet letter; again, it would come at unawares, like the stroke of sudden death, and always with that peculiar smile, and odd expression of the eyes.

Once, this freakish, elfish cast came into the child's eyes, while Hester was looking at her own image in them,; and, suddenly,—she fancied that she beheld, not her own miniature portrait, but another face, in the small black mirror of Pearl's eye. It was a face, fiend-like, full of smiling malice, yet bearing the semblance of features that she had known full well,(though seldom with a smile, and never with malice in them.) It was as if an evil spirit possessed the child, and had just then peeped forth in mockery. Many a time afterwards had Hester been tortured, though less vividly, by the same illusion.

In the afternoon of a certain summer's day, after Pearl

---

epoch:시대, 획기적인 사건 elaps:시간이 경과하다 freakish:변덕스러운, 병신의 elfish:요정 같은, 못된 장난을 하는 fiend:악마 malice:악의, 원한 semblance:유사, 외관, 외양

마음을 놓은 일이 없었다. 가끔씩은 펄의 눈길이 그 주홍 글씨로 가지 않고 몇 주일이 흐른 적도 있었다. 그러나 어떤 때는 죽음이 갑작스럽게 찾아오는 것처럼 뜻하지 않게 야릇한 미소와 기묘한 눈빛으로 다시 그곳으로 다가오기도 하였다.

아이 눈에 비친 자기 모습을 들여다 보고 있을 때 그 변덕스러운 요정과 같은 표정이 아이의 눈동자에 떠오른 일이 있었는데, 그 순간 그 귀여운 눈동자에 갑자기 자신이 아닌 다른 얼굴이 보이는 것 같았다. 그것은 악마처럼 악의에 찬 미소를 띠고 있었는데, 그녀가 아주 잘 알고 있는 사람과 흡사했다. 마치, 아이를 사로잡고 있는 악령이 그 때 마침 얼굴을 내밀며 장난하는 것처럼 느껴졌다. 그 후에도 여러 번 헤스터는 처음보다는 선명하지는 않지만, 같은 망상에 빠져 괴로워했다.

어느 여름 날 오후, 뛰어다닐 수 있을 만큼 자란 펄은 양손에 들꽃을 잔뜩 들고 와서는 하나씩 하나씩 엄마 가슴을 향해 집어던지며 주홍 글씨에 명중시킬 때마다 꼬마 요정처럼 깡충깡충 뛰면서 즐거워했다. 처음에 헤스터는 두 손을 모아 가슴을 가리려고 했다. 그러나 자존심 때문인지 아니면 체념을 했기 때문인지 그것도 아니면 이 고통을 속으로 꾹 참는 것이 속죄하는 길이라고 생각해서인지 마치 죽은 사람처럼 꼼짝도 하

기묘:기이하고 묘한

grew big enough to run about, she amused herself with gathering handfuls of wild-flowers, and flinging them, one by one, at her mother's bosom; dancing up and down, like a little elf, whenever she hit the scarlet letter. Hester's first motion had been to cover her bosom with her clasped hands. But, whether from pride or resignation, or a feeling that her penance might best be wrought out by this unutterable pain, she resisted the impulse, and sat erect, pale as death, looking sadly into-little Pearl's wild eyes. Still came the battery of flowers, almost invariably hitting the mark, covering the mother's breast with hurts for which she could find no balm in this world, nor knew how to seek it in another. At last, her shot being all expended, the child stood still and gazed at Hester, with that little, laughing image of a fiend peeping out her mother so imagined it—from the unsearchable abyss of her black eyes.

"Child, what art thou?" cried the mother.

"Oh, I am your little Pearl!" answered the child.

But, while she said it, Pearl laughed, and began to dance up and down with the humorsome gesticulation of a little imp, whose next freak might be to fly up the chimney.

"Art thou my child, in very truth?" asked Hester.

Nor did she put the question altogether idly, but, for the

---

elf:꼬마 요정, 개구장이 penance:참회 unutterable:말로 표현 할 수 없는, 말도 안되는 erect:똑바로선, 직립의, 의기양양한 the battery of flowers:꽃의 포격 (Pearl이 Hester의 가슴에다 꽃을 던지는 것을 말한다) balm:향유, 진통제, 위안 abyss:심연, 혼돈 gesticulation:몸짓으로 말하다, 몸짓 freak:일시적 기분

지 않고서 어린 펄의 흥분된 눈을 슬프게 바라보았다. 여전히 꽃송이는 그치지 않았고, 거의 매번 그 글자를 맞혔다. 이 세상에서 물론 저 세상에서도 치료약을 찾을 수 없을 만큼 헤스터의 마음은 깊은 상처를 받았다. 드디어, 꽃송이가 다 떨어지자 펄은 우두커니 선 채 엄마를 쳐다보았다. 그 때, 헤스터는 깊이를 알 수 없는 검은 심연의 눈동자 속에서 작은 악마가 웃으면서 내다보고 있다고 느꼈다.

"펄, 대체 넌 누구니?" 헤스터가 큰 소리로 말했다.

"응, 엄마의 예쁜 펄이잖아!" 아이는 대답했다.

펄은 웃으면서 그렇게 대답을 하고는 변덕스런 어린 요정 같은 몸짓으로 팔짝팔짝 뛰면서 금방이라도 굴뚝 위까지 올라갈 것 같은 기세였다.

"정말 나의 딸 맞니?" 헤스터가 물어 보았다.

장난 삼아 물어 본 것이 아니라, 그때만은 정말 진지하게 물어 본 것이었다. 펄이 놀라울 정도로 총명했으므로 자기가 태어나게 된 비밀을 알고서 지금에서야 자신의 본성을 드러내는 것이 아닌가 하는 의심마저 들었기 때문이었다.

"응, 나 엄마 딸 맞아!" 계속 재롱을 피우며 아이는 대답했

moment, with a portion of genuine earnestness; for, such was Pearl's wonderful intelligence, that her mother half doubted whether she were not acquainted with the secret spell of her existence, and might not now reveal herself.

"Yes; I am little Pearl!" repeated the child, continuing her antics.

"Thou art not my child! Thou art no Pearl of mine!" said the mother, half playfully; for it was often the case that a sportive impulse came over her, in the midst of her deepest suffering. "Tell me, then, what thou art, and who sent thee hither."

"Tell me, mothers!" said the child, seriously, coming up to Hester, and pressing herself close to her knees. "Do thou tell me!"

"Thy Heavenly Father sent thee!" answered Hester Prynne.

But she said it with a hesitation that did not escape the acuteness of the child. Whether moved only by her ordinary freakishness, or because an evil spirit prompted her, she put up her small forefinger, and touched the scarlet letter.

"He did not send me!" cried she, positively. "I have no Heavenly Father!"

---

a portion:얼마간 genuine:진짜의, 순수한 antics:익살맞은 동작, 색다른, 괴상한 thou:너는, 그대는, 당신은(you의 고어) acuteness:날카로움, 격심한

다.

"넌 내 딸이 아냐! 나의 펄이 아니란 말야!" 반 농담 삼아 헤스터가 말했다. 정말 괴로울 때에는 가끔 농담을 하고 싶은 충동이 들기도 했다. "잘 말해 보렴, 네가 누구고, 누가 널 여기로 보냈는지 말야."

"엄마가 말해 줘!" 아이는 심각한 표정으로 헤스터에게로 다가와 무릎 사이로 자기 몸을 들이밀며 말했다. "얼른 엄마가 말해 줘!"

"하늘에 계신 아버지께서 보내 주셨지!" 헤스터 프린이 대답했다.

그런데, 헤스터가 약간 망설이면서 대답한 것을 이 예리한 아이는 놓치지 않았다. 언제나 그랬듯이 변덕스러운 마음에서인지 아니면 악마의 유혹을 받아서인지는 모르겠지만, 펄은 검지 손가락을 세워 그 주홍 글씨를 만지작거렸다.

"하느님이 보내지 않았어." 아이는 딱 잘라 말했다. "내게는 하늘에 계신 아버지 따윈 없어!"

"입 다물지 못하겠니, 펄! 그런 얘기하면 안돼!" 신음 소리를 억누르며 헤스터가 말했다. "이 세상에 있는 우리 모두를 하느

"Hush, Pearl, hush! Thou must not talk sol" answered the mother, suppressing a groan. "He sent us all in this world. He sent even me, thy mother. Then, much more, thee! or, if not, thou strange and elfish child, whence didst thou come?"

"Tell me! Tell me!" repeated Pearl, no longer seriously, but laughing, and capering about the floor, "It is thou that must tell me!"

But Hester could not resolve the query, being herself in a dismal labyrinth of doubt. She remembered—the talk of the neighboring townspeople; who, seeking vainly elsewhere for the child's paternity, and observing some of her odd attributes, had given out that poor little Pearl was a demon offspring; such as, ever since old Catholic times, had occasionally been seen on earth, through the agency of their mother's sin, and to promote some foul and wicked purpose. Luther, according to the scandal of his monkish enemies, was a brat of that hellish breed; nor was Pearl the only child to whom this inauspicious origin was assigned, among the New England Puritans.

---

groan:신음소리 didst=did caper:깡충깡충 뛰어다니다 query:질문, 의문을 표명하다 dismal:음침한, 비참 labyrinth:미로, 미궁, 뒤얽힌 것 paternity:아버지임, 부계 offspring:후손 through the agency of:~의 작용으로 Luther:독일의 종교개혁자 Protestant파의 원조 brat:꼬마녀석 hellish:지옥같은, 소름끼치는

님께서 보내신 거야. 엄마인 나도 물론이고 더군다나 너는 물론이고! 만일, 그렇지 않다면 이상한 요정 같은 년 대체 어디서 온 거니?"

"말해 줘, 말해 줘!" 펄은 졸라댔지만, 아까와는 달리 웃으며 마루 위를 뛰어다녔다. "엄마가 말해 줘야 해!"

그러나 심각한 의혹의 미로를 헤매고 있는 그녀로서는 그 질문에 대답할 수가 없었다. 어디엔가 펄의 아버지가 있을 것이라며 쓸데없이 찾아보려고 했던 펄의 특별난 기질 가운데 일부분만을 보고서 가엾게도 이 어린 펄을 악마의 자식이라고 떠들어댔던 이웃 마을 사람들의 얘기가 생각이 났다. 옛날 카톨릭 시대 이래로, 어떤 더럽고 사악한 목적을 이루기 위해 혹은 모친의 죄 때문에 이 세상에 태어난 악마의 자식이 있었다고 했다. 루터도 상대방 천주교파 수도사들의 모함에 따르면, 악마의 혈통을 이어받았다고 했다. 뉴 잉글랜드 청교도 사이에 이처럼 불운한 태생의 아이가 펄 혼자만은 아니었다.

사악한 : 간사하고 악한

CHAPTER 7
Tee Governor' s Hall

Hester Prynne went, one day, to the mansion of Governor Bellingham, with a pair of gloves, which she had fringed and embroidered to his order, and which were to be worn on some great occasion of state; for, though the chances of a popular election had caused this former ruler to descend a step or two from the highest rank, he still held an honorable and influential place among the colonial magistracy.

Another and far more important reason than the delivery of a pair of embroidered gloves impelled Hester, at this time, to seek an interview with a personage of so much power and activity in the affairs of the settlement. It had reached her ears, that there was a design on the part of some of the leading inhabitants, cherishing the more rigid order of principles in religion and government, to deprive her of her child. On the supposition that Pearl, as already hinted, was of demon origin, these good people not unreasonably argued that a Christian interest in the mother's soul required them to remove such a stumbling block

---

a popular election:보통선거 magistracy:행정관의, 하급판사 personage:명사, 사람, 인물 settlement:식민지 cherish:마음속에 소중히 간직하다 deprive A of B: ~에게서 B를 빼앗다 on the supposition that:~라고 간주하고서 stumbling block:장애물, 방해물

제 7 장
총독 관저의 객실

어느 날, 헤스터 프린은 벨링햄 총독의 저택으로 총독이 주문한 대로 가장자리를 돌아가며 수를 놓아 장식한 장갑을 전하러 갔는데, 그 장갑을 무슨 중요한 의식 때 착용할 것이라고 했다. 보통 선거 때문에 최고 위치에서 한두 계단 물러난 전 총독이었지만 그는 식민지 관계에서는 여전히 존경받는 지위에서 영향력을 행세하였다.

식민지 문제에 대하여 그렇게 대단한 권력으로 활동하고 있는 인물에게 헤스터가 이번에 면회를 요청한 데에는 수놓은 장갑을 전하는 일 말고 훨씬 더 중요한 다른 이유가 있었다. 지도자적 위치에 있는 몇몇 마을 사람들이 종교와 정치에 좀 더 엄격한 원칙을 세우려고 그녀에게서 펄을 빼앗으려는 계획이 논의되고 있다는 소문이 들렸기 때문이다. 이미 말했듯이 펄이 악마의 자식이라고 여기고 있는 선량한 사람들이 그리스도교도다운 관심에서 헤스터의 영혼이 걱정되어 그녀의 앞길을 막

from her path. If the child, on the other hand, were really capable of moral and religious growth, and possessed the elements of ultimate salvation, then, surely, it would enjoy all the fairer prospect of these advantages by being transferred to wiser and better guardianship than Hester Prynne's. Among those who promoted the design, Governor Bellingham was said to be one of the most busy.

Full concern, therefore,—but so conscious of her own right that it seemed scarcely an unequal match between the public, on the one side, and a lonely woman, backed by the sympathies of nature, on the other,—Hester Prynne set forth from her solitary cottage. Little Pearl, of course, was her companion. She was now of an age to run lightly along by her mother's side, and, constantly in motion, from morn till sunset, could have accomplished a much longer journey than that before her. Often, nevertheless, more from caprice than necessity, she demanded to be taken up in arms; but was soon as imperious to be set down again, and frisked onward before Hester on the grassy pathway, with many a harmless trip and tumble. We have spoken of Pearl's rich and luxuriant beauty; a beauty that shone with deep and vivid tints; a bright complexion, eyes-possessing intensity both of depth and glow,

---

salvation:구조, 구원, 구출 solitary:고독한, 유일한, 혼자 사는 사람 caprice:변덕, 순간적인 충동 imperious:오만한, 거만한, 긴급한 frisk:뛰놀다, 뒤흔들다 tumble:뒹굴기 tint:엷은 색, 기미를 띠게 하다

고 있는 이 아이를 떼어놓아야 한다고 주장하는 일은 무리는 아니었다. 한편으로는, 아이가 정말 도덕적으로나 종교적으로 건전하게 자랄 가능성이 있어서 언젠가는 구원을 받을 수 있는 요소를 지니고 있다면, 헤스터 프린보다 더 현명하고 더 나은 보호자에게 맡기는 편이 훨씬 더 바람직할 것이라는 얘기도 있었다. 이 계획을 추진시키는 데 벨링햄 총독이 가장 열성적이라는 얘기를 듣게 되었다.

걱정이 태산 같았으나, 자연이 동정해 주고 있는 한 고독한 여인과 대중과의 승부라면 해볼 만할 것 같은 확신에 차서 그녀는 외딴 오두막집을 나섰다. 물론 펄도 함께였다. 이제 펄은 엄마 옆에서 가볍게 팔짝팔짝 뛰어다닐 정도이며, 아침부터 밤까지 그렇게 다녔기에 이 정도의 거리는 문제도 아니었다. 그런데도 가끔씩은, 변덕이 났는지 안아 달라기도 했다. 그러고는 곧 내려 달라고 해서는 헤스터를 앞질러 풀이 우거진 오솔길로 달음질쳐 가다가 넘어지고 고꾸라지기는 했지만 다치진 않았다. 펄이 눈부시게 아름답다는 얘기는 앞서 말했었다. 강렬하고 생생하게 빛나는 아름다움이었다. 눈부신 살결, 깊게 불타는 두

and hair already of a deep, glossy brown, and which, in after years, would be nearly akin to black. There was fire in her and throughout her. Her mother, in contriving the child's garb, had allowed the gorgeous tendencies of her imagination their full play; arraying her in a crimson velvet tunic, of a peculiar cut, abundantly embroidered with fantasies and flourishes of gold-thread.

But it was a remarkable attribute of this garb, and, indeed, of the child's whole appearance, that it irresistibly and inevitably reminded the beholder of the token which Hester Prynne was doomed to wear upon her bosom. It was the scarlet letter in another form; the scarlet letter endowed with life!

As the two wayfarers came within the precincts of the town, the children of the Puritans looked up from their plays—or what passed for play with those sombre little urchins, and spake gravely one to another:

"Behold, verily, there is the woman of the scarlet letter; and, of a truth, moreover, there is the likeness of the scarlet letter running along by her side! Come, therefore, and let us fling mud at them!"

But Pearl, who was a dauntless child, after frowning, stamping her foot, and shaking her little hand with a vari-

---

glossy:윤이 나는 tunic:스커트등과 함께 입는 긴 여성용 상의 flourish:번창하다 irresistibly:어쩔 수 없이, 할 수없이 inevitably:불가피하게 endow:기부금을 기부하다 precincts:주변, 근교, 부근 urchins:장난꾸러기, 개구장이 of a truth:실은, 확실히(고어) dauntless:기가 죽지 않은, 용감한

눈, 윤기가 도는 갈색 머리, 머리카락은 크면 검은 색을 띨 것 같았다. 열정이 온통 그녀의 몸을 휘감고 있었다. 헤스터는 화려한 쪽으로 마음껏 상상력을 발휘하여 펄의 옷을 만들어 주었다. 벌로우드 천에 금실로 잔뜩 화려하게 수를 놓은 독특한 스타일의 진홍빛 튜닉을 입혔다.

그러나 이 옷을 입은 펄의 전체 모습에서 눈에 띄는 점은 헤스터 프린의 가슴에 달린 표시가 연상된다는 점이었다. 그것은 형태를 달리한 살아 숨쉬는 주홍 글씨였던 것이다!

두 모녀가 마을 어귀에 들어서자 아이들이 하던 놀이, 그 어두침침한 분위기의 청교도 개구쟁이들 사이에서만 서로 통하는 놀이를 그만두고 짓궂은 표정으로 서로들 지껄여댔다.

"야, 저기 봐. 주홍 글씨의 여자가 간다. 게다가 저 여자 옆에 주홍 글씨처럼 생긴 애가 뛰어가고 있네. 자, 가서 진흙이나 던져 주자!"

그러나 펄은 대담한 아이였다. 얼굴을 찡그리기도 하고, 두 발을 쾅쾅 구르기도 하고, 작은 손을 마구 흔들어 위협을 하더니, 갑자기 적의 무리 속으로 달려들어 아이들을 모두 쫓아 버

ety of threatening gestures, suddenly made a rush at the knot of her enemies, and put them all to flight. She screamed and shouted, too, with a terrific volume of sound, which, doubtless, caused the hearts of the fugitives to quake within them. The victory accomplished Pearl returned quietly to her mother, and looked up, smiling, into her face.

Without further adventure, they reached the dwelling of Governor Bellingham. This was a large wooden house, built in a fashion of which there are specimens still extant in the streets of our older towns; now moss-grown, crumbling to decay, and melancholy at heart with the many sorrowful or joyful occurrences, remembered or forgotten, that have happened, and passed away, within their dusky chambers. Then, however, there was the freshness of the passing year on its exterior, and the cheerfulness, gleaming forth from the sunny windows, of a human habitation, into which death had never entered. The walls being overspread with a kind of stucco, in which fragments of broken glass were plentifully intermixed; so that, when the sunshine fell a slant-wise over the front of the edifice, it glittered and sparkled as if diamonds had been flung against it by the double handful. The brilliancy might

---

fugitives :도망자, 달아나는 quake:떨다, 흔들리다 specimens:견본, 표본
extant:현존하고 있는 melancholy:우울, 울적함, 우울증 exterior:외부의, 밖의
stucco:치장, 벽토 fragment:파편, 조각 slant-wise:경사면, 비탈 edifice:건축
물, 구성물

렸다. 또, 무시무시하게 비명을 지르기도 하고 고함을 질러 댔기에 아이들은 벌벌 떨면서 달아나기에 바빴다. 승리를 낚아챈 듯, 펄은 조용히 엄마에게로 와서는 엄마 얼굴을 쳐다보면서 씩 웃었다.

그 뒤로는 별일 없이 벨링햄 총독의 관저에 도착했다. 총독의 저택은 아직도 미국 옛날 마을에서 볼 수 있는 그런 양식으로 지어진 큰 목조 건물이었다. 이제는 이끼가 끼고 낡아서 허물어질 것 같은데다, 그 어두컴컴한 방안에서 일어났다 사라진 사건과, 기억에 남아 있거나 잊혀진 수많은 즐겁과 슬픈 일들로 인해서 우울함이 깊숙이 깃들어 있는 집이 되고 말았다. 그러나 그 당시는 건물 외관에서 지나가는 세월의 신선함 같은 것이 느껴졌으며, 햇볕이 잘 드는 창문을 통해 즐거움이 새어 나왔다. 벽 전체에 유리 가루가 많이 섞인 회를 발랐는지, 태양 광선이 비스듬히 건물 정면을 비추게 되면, 두 움큼의 다이아몬드 가루를 잔뜩 뿌려 놓은 듯 반짝거렸다. 그래서 그런지, 엄격한 늙은 청교도의 저택이라기보다는 동화 속의 알라딘의 궁전이라고 하는 게 어울릴 것 같았다. 펄은 이렇게 휘황찬란한

관저:높은 관리가 살도록 정부에서 관리하는 집

have befitted Aladdin's palace, rather than the mansion of a grave old Puritan ruler.

Pearl, looking at this bright wonder of a house, began to caper and dance, and imperatively required that the whole breadth of sunshine should be stripped off its front, and given her to play with.

"No, my little Pearl!" said her mother. "Thou must gather thine own sunshine. I have none to give thee!"

Lifting the iron hammer that hung at the portal, Hester Prynne gave a summons, which was answered by one of the Governor's bond-servants; a free-born Englishman, but now a seven years' slave. During that term he was to be the property of his master, and as much a commodity of bargain and sale as an ox, or a joint-stool. The serf wore the blue coat, which was the customary garb of serving-men of that period, and long before, in the old hereditary halls of England.

"Is the worshipful Governor Bellingham within?" inquired Hester.

"Yea, forsooth," replied the bond-servant, staring with wide-open eyes at the scarlet letter, which, being a new-comer in the country, he had never before seen. "Yea, his honorable worship is within. But he hath a godly minister

---

befit:~에 알맞다, 어울리다 imperatively:명령적으로 give a summons:안내를 청하다 joint-stool:조립식 의자 serf:농노 forsooth:참으로, 확실히(고어) hath:have의 고어(3인칭 형)

집을 보더니, 좋아서 깡충깡충 뛰면서 이 집 정면에 빛나고 있는 햇빛을 갖고 놀고 싶다며 떼내 달라고 졸라댔다.

"안 된다, 펄!" 헤스터가 타일렀다. "네가 가지고 놀 햇빛은 네가 모으거라. 엄만 너에게 줄 햇빛이 없단다!"

헤스터가 현관에 달려 있는 쇠망치를 두들기자 총독의 시종이 얼굴을 내밀었다. 그는 자유민으로 태어난 영국인인데, 지금 7년 기한으로 노예 생활을 하고 있었다. 이 기간 동안 그는 주인 재산의 일부로서 소나 의자처럼 사고 팔 수가 있는 상품인 것이었다. 그가 입고 있던 푸른 옷은 영국에서 옛날부터 대대로 내려온 그 당시 하인들의 일상복이었다.

"벨링햄 총독님 계신가요?" 헤스터가 물었다.

"네, 계십니다만, 목사님 두 분과 의사와 함께 계십니다. 그래서 지금은 만나실 수가 없을 것 같습니다." 하인은 놀란 눈으로 주홍 글씨를 쳐다보면서 대답했다. 그는 이 고장에 최근에 와서 주홍 글씨를 아직 본 적이 없었다.

"그래도 들어가야겠어요." 하고 헤스터가 단호하게 말하자, 시종은 아마도 그녀의 태도와 가슴에서 빛나고 있는 주홍 글씨

or two with him, and likewise a leech. Ye may not see his worship now."

"Nevertheless, I will enter," replied Hester Prynne, and the bond-servant, perhaps, judging from the decision of her air, and the glittering symbol on her bosom, that she was a great lady in the land, offered no opposition.

So the mother and little Pearl were admitted into the hall of entrance. With many variations, suggested by the nature of his building-materials, diversity of climate, and a different mode of social life, Governor Bellingham had planned his new habitation after the residences of gentlemen of fair estate in his native land. Here, then, was a wide and reasonably lofty hall, extending through the whole depth of the house, and forming a medium of general communication, more or less directly, with all the other apartments. At one extremity, this spacious room was lighted by the windows of the two towers, which formed a small recess on either side of the portal. At the other end, though partly muffled by a curtain, it was more powerfully illuminated by one of those embowed hall-windows which we read of in old books, and which was provided with a deep and cushioned seat. Here, on the cushion, lay a folio tome, probably of the Chronicles of

---

leech:의사(고어) diversity:차이, 변화, 다양성 fair:상당한 recess:휴식, 방안의 들어간 곳, 벽감 portal:입구, 현관, 정문 muffled:~을 싸다, 덮다 embowed:활모양의 folio:2절지, 장수, 한장 tome:큰책,(책의) 권 chronicles:연대기

로 그녀가 이 고장의 귀부인이라고 생각해선지 막으려고 하지 않았다.

그래서, 두 모녀는 복도로 안내되었다. 벨링햄 총독은 본국 영국의 부유층 저택을 본따 설계를 해서, 건축 자재의 성질, 기후의 차이, 사교 활동을 고려해 이 집을 많이 변형시켰다. 그래서, 현관 안 널찍한 객실은 천장도 높고 건물 안쪽까지 연결되어 있어 다른 모든 방과 직접 통할 수 있는 복도의 구실을 하고 있었다. 이 넓은 방 한쪽에는 현관 입구 양쪽으로 약간 들어가 있는 두 탑의 창문에서 빛이 스며들고 있었고, 다른 한쪽은 커튼으로 그 일부가 가려져 있었지만, 활 모양의 창문──그 창문 밑에는 쿠션이 깔린 푹신한 의자가 놓인 모습으로 옛날 책에서나 볼 수 있었다.──에서 더 강렬한 빛이 쏟아져 들어왔다. 그 쿠션 위에는 영국 연대기나 문학 서적 같은 이절판 크기의 두꺼운 책이 놓여 있었다. 가구류는 등받이에 참나무 꽃무늬를 정교하게 조각한 육중해 보이는 의자 몇 개와 같은 종류의 탁자가 놓여져 있었다. 모두 엘리자베스 왕조나 그 이전의 것으로, 대대로 물려 오는 가보였는데 총독이 본국에서

연대기:연대순을 따라 주요한 사실을 적은 책

England, or other such substantial literature; The furniture of the hall consisted of some ponderous chairs, the backs of which were elaborately carved with wreaths of oaken flowers; and likewise a table in the same taste; the whole being of the Elizabethan age, or perhaps earlier, and heir-looms, transferred hither from the Governor's paternal home. On the table stood a large pewter tankard, at the bottom of which, had Hester or Pearl peeped into it, they might have seen the frothy remnant of a recent draught of ale.

On the wall hung a row of portraits, representing the forefathers of the Bellingham lineage, some with armor on their breasts, and others with stately ruffs and robes of peace. All were characterized by the sternness and severity which old portraits so invariably put on; as if they were the ghosts, rather than the pictures, of departed worthies, and were gazing with harsh and intolerant criticism at the pursuits and enjoyments of living men.

At about the centre of the oaken panels, that lined the hall, was suspended a suit of mail, not, like the pictures, an ancestral relic, but of the most modern date; for it had been manufactured by a skilful armorer in London, the same year in which Governor Bellingham came over to

---

back:(의자의)등 뒷면 elaborately:공들여서, 정교하게 wreath:화환, 동그라미 heirloom:법정, 상속, 동산 pewter:백랍 tankard:뚜껑 및 손잡이가 달린 맥주 잔 frothy:거품의, 거품투성이의 remnant:나머지, 잔품 lineage:혈통, 집안 relic:유품 armorer:무구 제작자, 갑옷 제작자

이곳으로 운반해 왔다. 탁자 위에는 백랍의 큰 맥주 잔이 놓여 있었는데, 헤스터나 펄이 그 안을 들여다 보았더라면, 잔 바닥에 조금 전에 마시고 난 맥주 찌꺼기의 거품을 보았을 것이다.

벽에는 벨링햄 가문의 혈통을 이어받은 조상 대대로의 초상화들이 죽 걸려 있었다. 가슴에 흉갑을 두른 자, 화려한 주름 칼라에 점잖은 복장을 한 자. 모두가 하나같이 옛날 초상화의 특징인 엄격하고 냉엄한 표정을 짓고 있었는데, 그림이라기보다는 죽은 인물의 망령들이 인간의 일상 생활과 즐거움을 날카롭게 비판하려는 듯이 노려보고 있는 것 같았다.

방에 쳐 놓은 참나무 판넬의 중앙에는 갑옷 한 벌이 걸려 있었는데, 초상화에 보이는 선조의 유물이 아니라, 아주 최근의 것이었다. 벨링햄 총독이 뉴 잉글랜드로 건너오던 해 런던의 한 숙련된 무구사가 제작했던 것이다. 강철로 만든 투구, 흉갑, 후갑, 경갑과 그 밑에는 쇠장갑 한 쌍과 칼 한 자루가 걸려 있었다. 특히 투구와 흉갑은 광택이 날 정도로 손질이 잘 되어 있어서 마루 바닥이 온통 은빛으로 번쩍이고 있었다.

펄이 빛나는 이 집 정면을 보았을 때처럼 번쩍거리는 이 갑

백랍:땜질하는 데 쓰는 납
무구사:무기 만드는 사람

New England. There was a steel headpiece, a cuirass, a gorget, and greaves, with a pair of gauntlets and a sword hanging beneath; all, and especially the helmet and breast

Little Pearl—who was as greatly pleased with the gleaming armor as she had been with the glittering frontispiece of the house spent some time looking into the polished mirror of the breastplate.

"Mother," cried she, "I see you here. Look! Look!"

Hester looked, by way of humoring the child; and she saw that, owing to the peculiar effect of this convex mirror, the scarlet letter was represented in exaggerated and gigantic proportions, so as to be greatly the most prominent feature of her appearance. In truth, she seemed absolutely hidden behind it. Pearl pointed upward, also, at a similar picture in the headpiece; smiling at her mother, with the elfish intelligence that was so familiar an expression on her small physiognomy. That look of naughty merriment was likewise reflected in the mirror, with so much breadth and intensity of effect, that it made Hester Prynne feel as if it could not be the image of her own child, but of an imp who was seeking to mould itself into Pearl's shape.

"Come along, Pearl," said she, drawing her away.

---

gorget:갑옷의 목가리개 gauntlet:손가리개, 긴 장갑 armor:갑옷, 장갑을 입히다 frontispiece:장식벽(현관이나 창문 위의) convex:볼록한 모양 proportion:넓이,규모 elfish:요정같은 intelligence:지성,지력 physiognomy:인상 naughty:장난의 imp:개구장이 mould into:~으로 모양을 바꾸다

옷을 보고, 몹시 기뻐하며 한참 동안 거울처럼 윤이 나는 흉갑을 들여다보았다.

"엄마," 펄이 외쳤다. "엄마가 여기 비쳐. 얼른 와 봐!"

헤스터는 펄의 기분을 맞춰 주려고 그것을 바라보았다. 그러자, 그 볼록 거울에 비친 주홍 글씨가 크게 확대되어 그녀의 모습 가운데서 가장 두드러져 보였다. 그래서, 그녀가 마치 주홍 글씨 뒤에 가려져 있는 것처럼 느껴졌다. 펄이 가리킨 위쪽을 보니, 투구에도 비슷한 모습이 있었다. 펄은 웃으면서 엄마를 쳐다보고 있었는데, 그녀의 작은 얼굴에서 자주 보였던 마녀의 모습을 한 ─ 흉갑에 비쳐진 장난기 가득한 표정 또한 아주 강렬하고 깊은 인상을 한 ─ 헤스터는 그것이 마치 자기 아이가 아닌, 펄의 모습을 닮으려고 애쓰는 작은 악마가 아닌가 하는 생각이 들었다.

"이리 온, 펄!" 이라고 말하면서 주의를 딴 곳으로 돌렸다.

"이리 와서 이 멋진 정원을 보자. 아마도 꽃들이 있을 거야. 숲속에서 우리가 보는 것보다 더 예쁜 꽃들이."

"Come and look into this fair garden. It may be we shall see flowers there; more beautiful ones than we find in the woods."

Pearl, accordingly, ran to the bow-window, at the farther end of the hall, and looked along the vista of a garden walk, carpeted with closely shaven grass, and bordered with some rude and immature attempt at shrubbery. Cabbages grew in plain sight; and a pumpkin-vine, rooted at some distance, had run across the intervening space, and deposited one of its gigantic products directly beneath the hall-window; as if to warn the Governor that this great lump of vegetable gold was as rich an ornament as New England earth would offer him. There were a few rose-bushes, however, and a number of apple-trees,

Pearl, seeing the rose-bushes, began to cry for a red rose, and would not be pacified.

"Hush, child, hush!" said her mother, earnestly. "Do not cry, dear little Pearl! I hear voices in the garden. The Governor is coming, and gentlemen along with him!"

In fact, down the vista of the garden avenue a number of persons were seen approaching towards the house. Pearl, in utter scorn of her mother's attempt to quiet her, gave an eldritch scream, and then became silent; not from any

---

vista :길게 내다 보는 경치, 조망, 추억 ornament:장식, 장식물 a number of:다수의, 얼마간의 pacify:달래다, 진정시키다 avenue:가로수길, 큰 거리 in utter scorn of:전적으로 경멸해서 eldritch:섬뜩한, 무시무시한

그래서 펄은 홀의 끝에 있는 활 모양의 창으로 뛰어가서 양탄자처럼 짧게 깎여 있는 잔디 주위에 심다 만 관목이 늘어서 있는 산책길의 경치를 둘러보았다. 양배추들이 잘 보이는 곳에서 자라고 있었으며, 저 만치에 뿌리를 내린 호박이 이쪽으로 덩굴을 뻗어 이 방 창문 바로 아래 커다란 호박 하나를 매달고 있었다. 이 황금색의 호박이야말로 뉴 잉글랜드 땅이 총독에게 줄 수 있는 가장 푸짐한 장식물이란 걸 알려주고 있는 것 같았다. 이 밖에도 장미 덩굴과 사과나무도 몇 그루 있었다.

펄은 장미 덩굴을 보더니, 붉은 장미꽃을 꺾어 달라고 울기 시작하더니, 아무리 달래도 울음을 그치지 않았다.

"뚝, 그만 그쳐, 펄!" 헤스터가 간곡히 말했다. "그만 그쳐라, 펄! 정원에 누가 있나 봐. 총독님이 다른 아저씨들하고 이리로 오시네."

정말로 그 때 산책길 저 쪽 아래에서 저택을 향해 몇 사람이 걸어오는 것이 보였다. 엄마가 아무리 달래도 듣지 않고 기분 나쁜 소리를 질러대며 울더니, 이윽고 잠잠해졌다. 엄마 말을

관목:키가 작고 중심 줄기가 분명하지 않은 나무

notion of obedience, but because the quick and mobile curiosity of her disposition was excited by the appearance of these new personages.

CHAPTER 8
The Elf Child And The Minister

Governor Bellingham, in a loose gown and easy cap,—such as elderly gentlemen loved to endue themselves with, in their domestic privacy,—walked foremost, and appeared to be showing off his estate, and expatiating on his projected improvements; The wide circumference of an elaborate ruff, beneath his gray beard, in the antiquated fashion of King James's reign, caused his head to look not a little like that of John the Baptist in a charger.

The impression made by his aspect, so rigid and severe, and frost-bitten with more than autumnal age, was hardly in keeping with the appliances of worldly enjoyment wherewidh he had evidently done his utmost to surround himself. This creed was never taught, for instance, by the venerable pastor, John Wilson, whose beard, white as a

---

mobile:변덕스러운 endue themselves with:걸치다, 착용하다 expatiate:장황하게 이야기하다 circumference:원주, 주위, 둘레 elaborate:공들인, 정교한 antiquate:낡게 하다 frost-bitten:냉담한 appliances:응용, 적용 wherewidh = with which venerable:존경할 만한, 장엄한

들으려고 그런 게 아니라, 새로운 사람들이 나타나는 바람에 그 변덕스러운 호기심이 동했기 때문이었다.

제 8 장
어린 마녀와 목사

헐렁한 긴 웃옷에 모자를 가볍게 눌러 쓴—중년 신사들과 함께 집에서 흔히 즐겨 입는 복장을 한—벨링햄 총독이 앞장서서 은근히 자기 집 자랑도 해 가며 집의 개조 계획을 설명하고 있는 것 같았다. 반백 턱수염 밑을 둘러싸며 정교하게 잡힌 널찍한 주름 칼라는 제임스 왕조의 구식풍이었는데, 마치 큰 쟁반 위에 놓인 세례자 요한의 목처럼 보였다.

외모에서 풍긴 인상은 아주 완고하고 엄격하며 중년을 넘긴 이의 엄격함이 엿보였기에 힘을 다하여 지키려고 했던 세속적 향락을 추구하는 물건들과는 전혀 어울리지 않아 보였다. 총독의 그런 식의 품위는 눈처럼 하얀 수염을 휘날리며 총독 어깨 너머로 보이는 존 윌슨 목사가 가르쳐 준 것이 아니었다. 이 흰 턱수염의 주인공은 배나무와 복숭아나무가 뉴 잉글랜드의

개조:고치어 다시 만듦

snow-drift, was seen over Governor Bellingham's shoulder, while its wearer suggested that pears and peaches might yet be naturalized in the New England climate, and that purple grapes might possibly be compelled to flourish, against the sunny garden-wall. And however stern he might show himself in the pulpit, or in his public reproof of such transgressions as that of Hester Prynne, still, the genial benevolence of his private life had wow him warmer affection than was accorded to any of his professional contemporaries .

Behind the Governor and Mr. Wilson came two other guests: one the Reverend Arthur Dimmesdale, whom the reader may remember as having taken a brief and reluctant part in the scene of Hester Prynne's disgrace; and, in close companionship with him, old Roger Chillingworth, a person of great skill in physic, who, for two or three years past, had been settled in the town.

The Governor, in advance of his visitors, ascended one or two steps, and, throwing open the leaves of the great hall-window, found himself close to little Pearl. The shadow of the curtain fell on Hester Prynne, and partially concealed her.

"What have we here?" said Governor Bellingham, look-

---

pulpit:설교단 transgression:범죄, 위반 genial:따뜻한, 친절한 reluctant:마음이 내키지 않는, 마지 못해 하는 partially:부분적으로, 불공평하게

풍토에서 자랄 수 있을지, 자색 포도는 햇빛 잘 드는 정원의 담장에서라면 무성하게 잘 자랄지도 모르겠다는 얘기를 하고 있었다. 설교 단상 위에서나 헤스터 프린 같은 종교적 죄인을 사람들 앞에서 책망하는 경우에는 굉장히 엄격한 모습을 보이지만, 사생활에 있어서는 온화하고 관대한 사람이었기에, 그 당시 어느 목사보다도 따뜻한 사랑을 받아 왔었다.

총독과 윌슨 목사 뒤에 또 다른 2명의 손님이 있었다. 한 사람은 헤스터 프린이 수치를 당하는 장면에서 짧게나마 맘에 없는 역할을 맡았던 사람인 아서 딤즈데일 목사였고, 또한 사람은 그와 친한 동료이며, 지난 2, 3년 동안 줄곧 이 도시에 정착해 온 의술이 뛰어난 로제 칠링워드 노인이었다.

손님들을 뒤로 하고 계단을 하나 둘 올라와 객실의 커다란 창문을 열어 젖히자, 어린 펄이 바로 앞에 서 있었다. 커튼 그림자에 가려 헤스터 프린의 모습은 잘 보이지 않았다.

"아니, 이게 누구야?" 벨링햄 총독은 눈앞에 서 있는 주홍빛의 꼬마 숙녀를 보고 깜짝 놀랐다. "궁전의 가면 무도회에 참석하는 일이 무한한 영광이었던 제임스왕 시절의 나의 화려한 청춘 이후 이런 모습을 단 한 번도 본 적이 없어! 축제 때면 이런 조그만 요정 같은 것들이 떼지어 다니곤 했는데, 사람들

ing with surprise at the scarlet little figure before him "I profess, I have never seen the like, since my days of vanity, in old King James's time, when I was wont to esteem it a high favor to be admitted to a court mask! There used to be a swarm of these small apparitions, in holiday time; and we called them children of the Lord of Misrule. But how got such a guest into my hall?"

"Ay, indeed!" cried good old Mr. Wilson. "What little bird of scarlet plumage may this be? Methinks I have seen just such figures, when the sun has been shining through a richly painted window, and tracing out the golden and crimson images across the floor. But that was in the old land. Prithee, young one, who art thou, Art thou a Christian child,—ha? Dost know thy catechism?

"I am mother's child," answered the scarlet vision, "and my name is Pearl!"

"Pearl? —Ruby, rather–or Coral!—or Red Rose, at the very least, judging from thy hue!" responded the old minister, putting forth his hand in a vain attempt to pat little Pearl on the cheek. "But where is this mother of thine? Ah! I see," he added; and, turning to Governor Bellingham, whispered, "This is the self-same child of whom we have held speech together;and behold here the

---

court mask:궁정의 가장무도회 esteem:존경 apparition:환영, 허깨비 plumage: 좋은 옷 prithee = please catechism:교리 문답 pearl:진주 coral:산호 hold speech together:함께 논의하다

은 연회의 아이들이라고 불렀지. 근데, 이런 손님이 어떻게 이 방에 들어왔을까?"

"그러게요!" 마음씨 좋은 윌슨 노인이 큰소리로 말했다. "요런 주홍빛 깃털을 단 새를 뭐라 하나? 화려한 창문으로 햇빛이 들어와 온통 금색과 진홍빛이 도는 그림자가 마루 위에 비쳤을 때 본 것 같기도 하지만, 그러나 그건 영국에서 있었던 일이었고. 그런데, 꼬마야. 너 누구니? 기독교도니? 응? 교리 문답은 알고 있니? "

"난, 엄마 딸이예요." 그 주홍빛 요정이 말했다. "이름은 펄이고요!"

"펄이라고? 펄이 아니라 루비겠지. 아니면 산호인가? 옷 색깔로 봐선 레드 로즈라고 해야 하지 않을까!" 라고 그 늙은 목사는 대꾸하면서 손으로 펄의 뺨을 만지려고 했으나, 펄이 살짝 피했다. "그러면, 네 엄마는 어디에 계시니? 아, 여기 계시는군." 목사는 벨링햄 총독 쪽으로 몸을 돌려 조그맣게 말했다. "우리가 좀 전에 같이 의논했던 바로 그 애입니다. 그리고 이 아이의 불쌍한 어머니인 헤스터 프린은 여기 있고요!"

"불쌍하다고요?" 총독이 소리쳤다. "이런 아이의 어머니라면 분명히 부정한 여인일 것이고, 화려한 악의 도시에 사는 그런

unhappy woman, Hester Prynne, her mother!"

"Sayest thou so?" cried the Governor. 'Nay, we might have judged that such a child's mother must needs be a scarlet woman, and a worthy type of her of Babylon! But she comes at a good time; and we will look into this matter forthwith."

"Hester Prynne," said he, fixing his naturally stern regard on the wearer of the scarlet letter, "there hath been much question concerning thee, of late. The point hath been weightily discussed, whether we, that are of authority and influence, do well discharge our consciences by trusting an immortal soul, such as there is in yonder child, to the guidance of one who hath stumbled and fallen, amid the pitfalls of this world. Speak thou, the child's own mother! Were it not, thinkest thou, for thy little one's temporal and eternal welfare that she be taken out of thy charge, and clad soberly, and disciplined strictly, and instructed in the truths of heaven and earth? What canst thou do for the child, in this kind?"

"I can teach my little Pearl what I have learned from this!" answered Hester Prynne, laying her finger on the red token.

"Woman, it is thy badge of shame!" replied the stern

---

sayest:say의 2인칭(고어) nay:no의 고어 scarlet woman:부정한 여인 babylon: 화려한 악의 도시 weightily:심각하게(=seriously) yonder:저쪽에 pitfall:함정, 책략 temporal:관자놀이의, 시간의 welfare:복지, 행복 instructed in:~으로 교육되다 strictly:엄밀히 canst:위선적인 말투

류의 여인일 것이오! 어쨌든, 좋은 때 잘 찾아왔군. 곧 이 문제
를 검토할 예정이었는데."

"헤스터 프린," 총독은 타고난 매서움의 눈초리로 주홍 글씨
를 단 헤스터를 쳐다보며 말했다. "최근, 그대 때문에 말이 많
았소. 속세의 함정에 빠져서 타락할 대로 타락한 그대에게 저
아이의 불멸의 영혼을 맡겨 두는 것이, 과연 권세가 있는 우리
가 양심껏 우리의 임무를 다했다고 할 수 있는 것인지에 대해
아주 신중히 논의했었소. 엄마로서의 그대의 생각을 듣고 싶
소! 아이가 그대 곁을 떠나서 수수한 옷을 입고 엄한 교육을
받아 가며 하늘과 땅의 진리를 깨우치는 일이 이 애의 현세와
내세를 위한 행복한 길이라고 생각지 않소? 이 점에 대해 그대
는 이 애를 위해 어떤 일을 해줄 수 있겠소?"

헤스터는 손가락으로 그 주홍 글씨를 가리키며 "이 낙인으로
부터 깨닫고 느낀 것을 펄에게 가르치겠어요!"

"세상에, 그건 수치의 표시요!" 총독이 단호하게 말했다. "우
리가 그대의 아이를 다른 사람에게 맡기려고 하는 이유가 바로
그 글씨가 말해 주고 있는 오점 때문이잖소."

"그렇지만," 안색은 창백해졌지만, 헤스터는 침착하게 말했
다. "이 표시는 매일, 그리고 바로 지금 이 순간에도 저에게 가

___

불멸:사라져 없어지지 않음

magistrate. "It is because of the stain which that letter indicates, that we would transfer thy child to other hands."

"Neverheless," said the mother, calmly, though growing more pale, "this badge hath taught me–it daily teaches me –it is teaching me at this moment–lessons whereof my child may be the wiser and better, albeit they can profit nothing to myself."

"We will judge warily," said Bellingham, "and look well what we are about to do. Good Master Wilson, I pray you, examine this Pearl–since that is her name,–and see whether she hath had such Christian nurture as befits a child of her age."

The old minister seated himself in an arm-chair, and made an effort to draw Pearl betwixt his knees. But the child, unaccustomed to the touch of familiarity of any but her mother, escaped through the open window, and stood on the upper step. Mr. Wilson, not a little astonished at this outbreak,–for he was a grandfatherly sort of person-age, and usually a vast favorite with children, essayed, however, to proceed with the examination.

"Pearl," said he, with great solemnity, "thou must take heed to instruction, that so, in due season, thou mayest wear in thy bosom the pearl of great price. Canst thou tell

---

whereof :무엇에 관하여 albeit:though warily:조심하여, 주의깊게 nurture:양육, 교육 outbreak:돌발, 폭동 a vast favorite with chlidren:아이들이 곧 잘 따르는 in due season:이제 때가 오면, 머지않아서

르쳐 줍니다. 이 아이가 좀 더 슬기롭고 더 좋은 아이가 될 수 있도록 말입니다. 물론 제게는 아무런 소용이 없을지도 모르지만."

"신중히 판단해서 우리가 해야 할 일을 생각해 봅시다. 윌슨 선생, 펄이라고 하는 모양인데, 이 아이의 나이에 맞게 제대로 그리스교도로서 교육이 되어 있는지 어떤지 시험해 주십시오."

늙은 목사는 안락의자에 앉더니, 펄을 자기 무릎 사이로 끌어 당기려고 했다. 그러나 아이는 엄마 이외의 다른 사람이 만진 일이 전혀 없었기에 열려 있는 문으로 뛰어나가 계단 있는 데까지 도망쳐 버렸다. 친할아버지 같아서 언제나 아이들이 좋아하고 따랐기 때문에 윌슨 씨는 펄의 행동에 약간 당황하였지만, 다시 시험을 해보기로 하였다.

"펄," 아주 진지하게 말했다. "너는 하나님의 가르침을 명심해야 된다. 그러면 나중에 진짜 진주를 네 가슴에 달게 될 거야. 자, 누가 널 만들었지? 대답해 보렴."

물론 펄은 누가 자기를 만들었는지 잘 알고 있었다. 헤스터 프린은 신앙이 돈독한 집안의 딸이었으므로, 먼저 하늘에 계신 아버지에 대해 얘기해 주고 나서 누구라도 알아들을 수 있도록 아주 흥미롭게 진리에 대해 펄에게 가르쳐 주었기 때문이다.

돈독한:인정이 두터운, 서로의 관계가 따뜻하고 깊은

me, my child, who made thee?"

Now Pearl knew well enough who made her; for Hester Prynne, the daughter of a pious home, very soon after her talk with the child about her Heavenly Father, had begun to inform her of those truths which the human spirit, at whatever stage of immaturity, imbibes with such eager interest. Pearl, therefore, so large were the attainments of her three years' lifetime, could have borne a fair examination in the New England Primer, or the first column of the Westminster Catechisms. But that perversity which all children have more or less of, and of which little Pearl had a tenfold portion, now, at the most inopportune moment, took thorough possession of her, and closed her lips, or impelled her to speak words amiss. After putting her finger in her mouth, with many ungracious refusals to answer good Mr. Wilson's questions, the child finally announced that she had not been made at all, but had been plucked by her mother off the bush of wild roses that grew by the prison-door.

This fantasy was probably suggested by the near proximity of the Governor's red roses, as Pearl stood outside of the window; together with her recollection of the prison rose-bush, which she had passed in coming hither.

---

pious:신앙심이 깊은 immaturity:미숙한 상태 imbibe:흡수하다, 마시다 New England Primer:1683년 매스츄세츠에서 제작된 유명한 아동용 교과서 perversity:외고집, 성미가 비뚤어짐 inopportune:형편이 좋지 않은, 시기를 놓친 amiss:잘못하여 pluck:잡아 빼다, 확 당기다 proximity:근접, 근처

그래서, 펄이 생후 3년 동안 배운 것은 엄청난 양이어서 뉴 잉 글랜드의 신앙 입문서나 웨스터 민스터 교리 문답의 제 1권 정 도의 질문쯤은 쉽게 통과할 수 있었을 것이다. 그러나 아이들 이라면 어느 정도 심술 궂은 면이 있는데, 기회가 가장 나쁜 지금, 남보다 열 배 이상 심술 궂은 펄은 입을 꽉 다물어 버리 거나, 아니면 엉뚱한 말을 하는 것이었다. 손가락을 입에 문 채, 무례하게 윌슨 목사의 질문에 거절하더니, 자기는 누가 만든 게 아니라 엄마가 감옥문 옆 들장미 덤불에서 주워 왔다고 대 답을 하는 것이었다.

아마도 펄이 서 있는 창문 밖으로 바로 총독집 빨간 장미가 보였고, 이곳으로 오던 중 감옥의 장미 덤불을 본 것이 기억이 나서 이런 상상을 했을 것이다.

로저 칠링워드 노인은 얼굴에 미소를 띠우며 젊은 목사 귀에 대고 무엇인가를 속삭였다.

"이거 야단났군!" 펄의 대답에 깜짝 놀란 총독이 다시 제정 신을 차리며 소리쳤다. "아니, 세 살이나 된 아이가 누가 자기 를 만들었는지 모르다니! 그러면, 당연히 자기의 영혼이라든지 현세적 타락, 내세의 운명등에 대해서도 모를 게 아니오! 여러 분, 더 이상 의논할 필요가 있을까요?"

Old Roger Chillingworth, with a smile on his face, whispered something in the young clergyman's ear.

"This is awful!" cried the Governor, slowly recovering from the astonishment into which Pearl's response had thrown him. "Here is a child of three years old, and she cannot tell who made her! Without question, she is equally in the dark as to her soul, its present depravity, and future destiny! Methinks, gentlemen, we need inquire no further."

Hester caught hold of Pearl, and drew her forcibly into her arms, confronting the old Puritan magistrate with almost a fierce expression. Alone in the world, cast off by it, and with this sole treasure to keep her heart alive, she felt that she possessed indefeasible rights against the world, and was ready to defend them to the death.

"God gave me the child!" cried she. "He gave her in requital of all things else, which he had taken from me.

She is my happiness!—she is my torture, none the less! Pearl keeps me here in life! Pearl punishes me too! See ye not, she is the scarlet letter, and so endowed with a million-fold the power of retribution for my sin? Ye shall not take her! I will die first!"

"My poor woman," said the not unkind old minister,

---

in the dark as to = not to know   depravity:비행, 부패 행위 forcibly:힘으로 억지로 강력하게 treasure:보물, 소중히 하다 indefeasible:취소(파기)할 수 없는 requital:보답, 보복, 복수 torture:고문하다, 고통

그러자, 헤스터는 펄을 양팔로 꽉 끌어안으며, 매섭게 늙은 청교도 총독을 쏘아보았다. 세상에서 버림받은 외로운 몸으로 오로지 이 유일한 보물만을 낙으로 삼고 살아온 그녀로서는 이 세상과 싸워서라도 이것만은 포기할 수 없는 권리이며, 죽어도 이 권리만은 지킬 작정이었다.

"하느님이 저에게 이 아이를 주셨습니다." 그녀가 소리쳤다.

"그분께서는 당신들이 저에게서 빼앗아 갔던 모든 것들에 대한 보상으로 이 아이를 주신 것입니다. 이 아인 나의 행복인 동시에 나의 고통입니다! 펄이 있기에 제가 살아 있는 것입니다. 또한 펄의 존재 자체가 저에겐 형벌이란 걸 모르시겠어요? 펄이 바로 주홍 글씨이기에 그만큼 내 죄를 벌주는 힘이 백만 배나 더 큰 것입니다. 당신들에게 이 애를 내 줄 순 없어요! 차라리 내가 죽으면 죽었지 그렇겐 안돼요!"

"가엾은 여자군." 인정스런 그 늙은 목사가 말했다. "이 아이를 잘 돌봐 주겠네. 그대 이상으로."

"하느님은 이 아이를 제게 맡겨 주셨어요." 거의 절규에 가까운 비명 소리로 이 말을 계속 되풀이했다. "이 아일 절대 포기할 순 없어요." 이렇게 말한 그녀는 발작이라도 하듯이 젊은 목사 딤즈데일씨 쪽을 바라보았다. 아마 지금까지 그녀는 그가

"the child shall be well cared for!–far better than thou canst do it."

"God gave her into my keeping," repeated Hester Prynne, raising her voice almost to a shriek. "I will not give her up!" And here, by a sudden impulse, she turned to the young clergyman, Mr. Dimmesdale, at whom, up to this moment, she had seemed hardly so much as once to direct her eyes.–"Speak thou for me!" cried she. "Thou wast my pastor, and hadst charge of my soul, and knowest me better than these men can. I will not lose the child! Speak for me!–Thou knowest what is in my heart, and what are a mother's rights, and how much the stronger they are, when that mother has but her child and the scarlet letter! Look thou to it! I will not lose the child! Look to it!"

At this wild and singular appeal, the young minister at once came forward, pale, and holding his hand over his heart, as was his custom whenever his peculiarly nervous temperament was thrown into agitation. He looked now more careworn and emaciated than as we described him at the scene of Hester's public ignominy; and whether it were his failing health, or whatever the cause might be, his large dark eyes had a world of pain in their troubled

---

shriek:비명, 비명을 지르다 hadst:have의 2인칭 단수, 과거 agitation:동요, 선동 careworn:근심으로 수척해진 emaciated:쇠약한, 여윈

있는 쪽으로 눈을 돌리지 않았던 것 같았다. "절 위해 무슨 말씀 좀 해주세요." 그녀가 말했다. "당신은 제 목사님이셨고, 제 영혼을 책임지셨던 분이니까, 여기 계신 분들보다는 절 더 잘 아실 거예요. 이 아이를 빼앗길 순 없어요! 무슨 말씀이라도 좀 해주세요! 당신은 제 마음을 아시죠? 제 마음속에 무엇이 있고, 엄마의 권리가 어떠한 것인지, 아이와 주홍 글씨라는 낙인만을 가지고 있는 어머니가 되었을 때, 그 권리라는 것이 얼마만큼 중요한 것인지 아시죠? 부탁입니다! 이 아일 잃고 싶지 않습니다. 제발!"

이 격하고 절박한 호소에 이 젊은 목사는 창백한 얼굴을 하고 불안한 신경들이 흥분할 때마다 하는 버릇으로 가슴에 손을 얹고 곧 앞으로 나왔다. 목사는 헤스터가 군중들 앞에서 욕을 당했을 때보다 훨씬 더 초췌하고 수척해 있었다. 건강이 나빠진 탓인지 다른 일 때문인지 몰라도 커다란 검은 눈동자 속에 무한한 고통의 그늘이 서려 있었다.

"이 여인의 말에도 일리가 있습니다." 목사의 음성은 부드럽고 떨리는 듯했으나, 넓은 방안이 쩌렁쩌렁 울려서 속이 텅 빈 갑옷이 공명할 정도였다. "헤스터의 말에도 또 그녀가 그렇게 느끼는 심정에도 일리가 있습니다! 하느님께서 이 여인에게 이

공명:맞울림, 남의 생각이나 말에 동감하여 자기도 그와 같이 따르려는 생각을 일으킴

and melancholy depth.

"There is truth in what she says," began the minister, with a voice sweet, tremulous, but powerful, insomuch that the hall reechoed, and the hollow armor rang with it,– "the truth in what Hester says, and in the feeling which inspires her! God gave her the child, and gave her, too, an instinctive knowledge of its nature and requirements,— both seemingly so peculiar— which no other mortal being can possess.

And, moreover, is there not a quality of awful sacredness in the relation between this mother and this child?"

"Ay!—how is that good Master Dimmesdale?" interrupted the Governor. "Make that plain, I pray you!"

"It must be even so," resumed-the minister. "For, if we deem it otherwise, do we not thereby say that the Heavenly Father, the Creator of all flesh, has lightly recognized a deed of sin, and made of no account the distinction between unhallowed lust and holy love? This child of its father's guilt and its mother's shame has come from the hand of God, to work in many ways upon her heart, who pleads so earnestly, and with such bitterness of spirit, the right to keep her. It was meant for a blessing, for the one blessing of her life! It was meant, doubtless, as the mother

---

inspire:(감정을)일으키게 하다 melancholy:우울, 울적함 tremulous:전율하는
peculiar:독특한, 특유한, 고유의 deem it otherwise = judge it in a different way
lightly:carelessly

아이를 주셨기에 동시에 다른 어느 누구도 지닐 수 없는 그녀만의 독특한 어머니로서의 자질과 자격에 대한 본능이 그녀에게 존재하는 것입니다. 그리고 더욱이 이 어머니와 아이 사이에는 무언가 신성한 것이 있지 않습니까?"

"아! 딤즈데일 목사님 어째서 그렇습니까?" 총독이 끼어들었다. "제발! 설명 좀 해 주시오."

"그럴 수밖에 없는 것이," 그 목사는 말을 계속 이었다. "왜냐하면 우리가 만약 그것을 다르게 생각한다면, 우리가 그것 때문에 모든 육신의 창조주인 하느님 아버지께서 죄의 행위를 가볍게 인식하시고 그리고 허락되지 않은 욕망과 신성한 사랑 사이에 어떠한 중요한 구별도 하지 않는다고 말하는 것과 같지 않습니까? 아비의 죄와 어미의 부끄러움으로부터 태어난 이 아이는 그 어머니의 마음을 강화시키기 위해 하나님의 손을 통해 이 세상에 나타난 것이고, 그 어머니 역시 저렇게 열정적으로, 애타는 마음으로 이 아이를 보호할 권리를 주장하고 있는 것입니다. 이 아이는 축복, 그 여자의 생애에 있어서 유일한 축복으로 태어난 것입니다. 그것은 의심의 여지없이 어머니 자신도 우리들에게 말했듯이 자신의 죄를 벌하기 위해 태어난 것이고, 또한 그 벌은 뜻하지 않은 순간에 불현듯 느껴지는 고통스런

herself has told us, for a retribution too; a torture to be felt at many an unthought-of moment; a pang, a sting, an ever-recurring agony, in the midst of a troubled joy! Has she not expressed this thought in the garb of the poor child, so forcibly reminding us of that red symbol which sears3 her bosom?"

"Well said, again!" cried good Mr. Wilson. "I feared the woman had no better thought than to make a mountebank of her child!"

"Oh, not so!–not so!" continued Mr. Dimmesdale. "She recognizes, believe me, the solemn miracle which God has wrought,–in the existence of that child. And may she feel, too,–what, it seems to me, is the very truth,–that this boon was meant, above all things else, to keep the mother's soul alive, and to preserve her from blacker depths of sin into which Satan might else have sought to plunge her! Therefore it is good for this poor, sinful woman that she has an infant immortality, a being capable of eternal joy or sorrow, confided to her care, to be trained up by her to righteousness,—to remind her, at every moment, of her fall, but yet to teach her, as it were by the Creator's sacred pledge, that, if she bring the child to heaven, the child also will bring its parent there!

---

miracle~wrought=work miracle:기적을 행하다 ever recurring: 언제나 되살아 나는 mountebank:사기꾼, 엉터리 약장수 boon=a bressing favour gift:고마운 것, 혜택 preserve her from=keep her safe from confided to her care:그녀를 돌 보도록 맡기다(have+o+pp의 구문)

마음이요, 괴로움 중에 가끔 기쁨을 맛보는 때에 생기는 하나의 고통, 격동 그리고 되풀이 되는 고뇌와 같은 것입니다! 그녀의 가슴에서 생명력을 시들게 했던 붉은 상징을 다시 강력하게 상기시키고 있는 그 아이의 옷에서 이 여인의 이러한 생각을 연상하지 않습니까?"

"좋은 말씀이오!" 윌슨 씨가 좋다는 듯이 말했다. "나는 그 여인이 그녀의 아이를 광대로 만들까봐 걱정을 하고 있었죠."

"오, 아니오, 그렇지 않아요!" 딤즈데일씨는 계속했다. "내가 알기로는, 그녀는 그 아이의 존재 속에 하느님이 행하신 엄숙한 기적을 알고 있습니다. 그리고 그녀는 다른 무엇보다 먼저 자신의 영혼을 살리고, 사탄이 그녀를 던져 넣었을지도 모르는 죄의 깊은 구렁텅이로부터 그녀를 보호하려는 사실이 무엇인지를 알고 있었던 것 같습니다. 따라서 어머니에게 영원한 기쁨과 슬픔을 맛보게 하는 그 아이의 뒷바라지를 하면서 자신의 손으로 의롭게 키우고, 매순간 자신의 타락을 잊지 않게 해주고, 그러면서도 그 아이를 가르쳐 천국으로 인도할 수 있다면, 그 아이도 어머니를 천국으로 인도하리라는 것을 이 여인은 알게 될 것입니다. 그 점에 있어서 죄 많은 아버지보다 죄 많은 어머니가 더 행복한 것입니다. 그러므로 헤스트 프린을 위하여, 그리고 가엾은 아이를 위하여, 하느님의 섭리가 행하신대로 우

섭리:우주를 다스리는 하느님의 뜻

Here is the sinful mother happier than the sinful father. For Hester Prynne's sake, then, and no less for the poor child's sake, let us leave them as Providence has seen fit to place them!"

"You speak, my friend, with a strange earnestness," said old Roger Chillingworth, smiling at him.

"And there is a weighty import in what my young brother has spoken,' added the Reverend Mr. Wilson. "What say you, worshipful Master Bellingham? Hath he not pleaded well for the poor woman?"

"Indeed has he," answered the magistrate, "and has adduced such arguments, that we will even leave the matter as it now stands; so long, at least, as there shall be no further scandal in the woman. Care must be had, nevertheless, to put the child to due and stated examination in the catechism, at thy hands or Master Dimmesdale's. Moreover, at a proper season, the tithing-men must take heed that she go both to school and to meeting."

The young minister, on ceasing to speak, had withdrawn a few steps from the group, and stood with his face partially concealed in the, heavy folds of the window-curtains. Pearl, that wild and flighty little elf, stole softly towards him, and taking his hand in the grasp of both her

---

seen fit:decided magistrate:치안판사 adduce:인용하다 catechism:교리 tithing-men:읍 관리 meeting = an assembly for religious worship:예배 on ceasing to speak:이야기를 마치자 elf:꼬마 요정, 개구장이

리도 그들을 내버려 두어야 합니다."

"친구여, 당신은 이상하게도 흥분하여 말하고 있군요"라고 늙은 로저 칠링워드는 그에게 빙그레 웃으며 말했다.

"그리고 젊은 형제가 말했던 말에도 중요한 뜻이 있습니다." 라고 윌슨 목사가 덧붙였다. "어떻습니까, 벨링엄 총독? 가엾은 여인을 위해 변호를 잘하지 않았습니까?"

"정말 잘했습니다." 총독은 대답했다. "그리고 우리가 그 문제를 최소한 그 여인에게서 더 이상의 추문이 없는 한 현 위치에서 그 문제를 보류하는 것이 좋겠다고 시사한 셈이군요. 그러나 그 아이에게 교리 문답 시험을 목사님이 주제하시든지 아니면 딤즈데일 목사를 시켜서라도 치르도록 해야지요. 더욱이 적당한 시기에 그 애가 교회의 모임에도 가고 학교에도 가도록 마을 관리들이 잘 돌보아 주어야겠지요."

젊은 목사는 말을 마치자 남들이 있는 데서 몇 발자국 뒤로 물러서서 두툼하게 접힌 창문 커튼에 얼굴의 일부를 가린 채 서 있었다. 야성적이고 엉뚱한 꼬마 요정 같은 펄은 그에게로 살그머니 다가가서 양손으로 그의 손을 잡고 뺨을 그의 손에 갖다 대었다. 어루만지는 폼이 얼마나 다정스러운지 지켜보던 어머니는 "저 애가 정말 펄인가?"라고 생각할 정도였다. 젊은

추문:아름답지 못한 소문
시사:미리 암시하여 알려 줌

own, laid her cheek against it; a caress so tender, and withal so unobtrusive, that her mother, who was looking on, asked herself,—"Is that my Pearl?" After the minister looked round, he laid his hand on the child's head, hesitated an instant, and then kissed her brow. Little Pearl's unwonted mood of sentiment lasted no longer; she laughed, and went capering down the hall, so airily, that old Mr. Wilson raised a question whether even her tiptoes touched the floor.

"The little baggage has witchcraft in her, I profess," said he to Mr. Dimmesdale. "She needs no old woman's broomstick to fly withal!"

"A strange child!" remarked old Roger Chillingworth. "It is easy to see the mother's part in her. Would it be beyond a philosopher's research, think you, gentlemen, to analyze that child's nature, and, from its make and mould, to give a shrewd guess at the father?"

"Nay, it would be sinful, in such a question, to follow the clew of profane philosophy," said Mr. Wilson. "Better to fast and pray upon it; and still better, it may be, to leave the mystery as we find it, unless Providence reveal it of its own accord. Thereby, every good Christian man has a title to show a father's kindness towards the poor, deserted

---

unobtrusive:겸손한, 삼가는 caper:뛰어돌아다니다 baggage = saucy girl, 말괄량이 소녀 witchcraft:마법 요술 broomstick:빗자루, 아내 withal:~으로서 I profess:틀림없이 shrewd:영리한, 빈틈없는 profane:세속적인, 신성을 더럽히는 as we find it:지금 그대로(놓아두다) of its own accord:자발적으로

목사는 주위를 둘러본 후, 손을 아이의 머리에 얹고, 잠시 주저하다가, 이마에 입을 맞추었다. 평소와는 다른 펄의 이러한 감정은 더 오래 지속할될 리가 없었다. 그 애가 웃으면서 홀로 뛰어내려가는 것이 너무나 가벼워서 늙은 윌슨 목사는 그 애의 발이 과연 마루 바닥에 닿았는지 의문을 가질 정도였다.

"아무래도, 요 꼬마 녀석이 요술을 부리나 보군." 하고 그는 딤즈데일 목사에게 말했다. 게다가 "그 아이는 날아가는 데 마녀의 빗자루도 필요로 하지 않단 말야!"

"참 이상한 아이로군!" 늙은 로저 칠링워드가 말했다. "그 아이에게서 어미의 특징이 쉽게 드러나 보입니다. 저 아이의 성격을 분석하고, 저 애의 성격을 따져서 저 애의 아버지가 누구인가를 날카롭게 추측하는 것이 철학적으로 불가능하다고 보십니까?"

"아니요, 그러한 물음에서 속된 철학적인 단서를 따른다는 것은 죄입니다." 라고 윌슨 목사가 말했다. "금식을 하고 기도를 하는 것이 더 낳지요. 그리고 우리가 그것을 여전히 비밀로 남겨 두는 것이 더 좋지 않을까요. 아마도 하느님의 섭리가 그 자를 드러내지 않는다면 말입니다. 그리하여 사람들은 모두 다 그 가엾은 버림받은 아이에게 아버지와 같은 친절을 보여줄 자격을 갖게 되는 것입니다."

단서:일의 실마리

babe."

The affair being so satisfactorily concluded, Hester Prynne, with Pearl, departed from the house. As they descended the steps, it is averred that the lattice of a chamber-window was thrown open, and forth into the sunny day was thrust the face of Mistress Hibbins, Governor Bellingham's bitter-tempered sister, and the same who, a few years later, was executed as a witch.

"Hist, hist!" said she, while her ill-omened physiognomy seemed to cast a shadow over the cheerful newness of the house. "Will you go with us tonight? There will be a merry company in the forest; and I almost promised the Black Man that comely Hester Prynne should make one."

"Make my excuse to him, so please you!" answered Hester, with a triumphant smile. "I must tarry at home, and keep watch over my little Pearl. Had they taken her from me, I would willingly have gone with you into the forest, and signed my name in the Black Man's book too, and that with mine own blood!"

"We shall have you there soon!" said the witch-lady, frowning, as she drew back her head.

But here—if we suppose this interview between Mistress Hibbins and Hester Pryrne to be authentic, and not a para-

---

aver:주장하다 lattice:창살 execute:처형하다 physiognomy = one's face:면상 comely: beautiful, pretty so please you: (may it so) please (you) tarry at:머무르다 authentic:확실한, 믿을만한

그 일이 그렇게 만족스럽게 해결됨에 따라 헤스터 프린과 펄은 그 집을 떠났다. 그들이 계단을 내려갈 때, 격자로 된 창문 하나가 열리더니 성격이 못된 총독의 동생인 히빈스 부인이 햇빛을 듬뿍 받으며 얼굴을 내밀었는데, 그녀는 몇 년 후에 마녀란 죄목으로 처형당했다.

"쉿, 쉿!" 하고 말하는 그녀의 불길한 모습은 싱그러운 활기를 띤 그 집에 그림자를 드리우는 것 같았다. "오늘밤 우리와 같이 가지 않겠습니까? 숲에는 즐거운 동료들이 모일 겁니다. 그리고 나는 악마에게 헤스터 프린 당신이 한패가 될 거라고 약속까지 했는데."

"같이 못 가게 되어서 미안하다고 그에게 전해 주세요!"라고 헤스터가 의기양양한 미소를 지으며 대답했다. "난 집에 남아서 우리 어린 펄을 돌보아야만 해요. 만약 그들이 나에게서 내 아이를 빼앗아 갔다면, 나는 기꺼이 당신들과 함께 숲속으로 가서 나 역시 악마의 명부에 나의 피로써 서명을 할 참이었어요."

"머지않아 꼭 당신을 데리고 갈거야!"라고 얼굴을 찌푸리며 창문 안으로 사라졌다.

그러나 만일 히빈스와 헤스터 프린 간의 이 대화가 꾸며낸

의기양양한:득의한 마음이 얼굴에 나타나는 모양

ble—was already an illustration of the young minister's argument against sundering the relation of a fallen mother to the offspring of her frailty. Even thus early had the child saved her from Satan's snare.

CHAPTER 9
The Leech

Under the appellation of Roger Chillingworth, as the reader will remember, was hidden another name, which its former wearer had resolved should never more be spoken. Her matronly frame was trodden under all men's feet. Infamy was babbling around her in the public market-place. Then why—since the choice was with himself - should the individual, whose connection with the fallen woman had been the most intimate and sacred of them all come forward to vindicate his claim to an inheritance so little desirable? He resolved not to be pilloried beside her on her pedestal of shame. Unknown to all but Hester Prynne, and possessing the lock and key of her silence, he chose to withdraw his name from the roll of mankind,

---

sundering:분리하다, 나누다, 절단하다 snare:올가미, 덫, 함정 appellation=a name, a title:명칭 matronly:관록있는, 침착한 frailty:연약, 약점, 단점 babble: 떠듬거리며 말하다 vindicate:~의 정당함을 입증하다 inheritance:유산 pillory:~을 웃음거리로 만들다 pedestal:주춧대, 기초

일이 아니라 사실이었더라면, 그 어머니의 타락으로 낳은 자식과의 관계를 떼어 놓아서는 안 된다고 주장한 젊은 목사의 주장은 이것만으로도 이미 옳았음이 입증 되는 것이다. 그리고 이미 그 아이는 사탄의 함정에서 어머니를 구한 셈이다.

제 9 장
의사

독자들이 기억하는 것처럼 로저 칠링워드의 이름 뒤에는 본명이 숨겨져 있는데, 그것은 그것을 쓰던 자가 이제는 더 이상 쓰지 않기로 마음 먹었기 때문이다. 그녀의 어머니로서의 명성은 이미 모든 사람들의 발밑에 짓밟혔다. 불명예의 광장에 서 있던 그녀를 둘러싸고 그녀에 대한 욕설이 빗발쳤다. 선택의 자유는 자기에게 있는데, 그러면 왜 그 타락한 여인과의 관계가 다른 누구보다 더 친근하고 신성했다고 주장하는 사람이라도 이런 달갑지 않은 유산을 물려받겠다고 밝히고 나설 이유는 없는 것이다. 그는 수치의 단상 위 그녀의 옆에 서서 웃음거리가 되지 않기로 결심했다. 헤스터 프린 이외에는 아무도 몰랐기 때문에 그녀가 침묵의 열쇠와 자물쇠를 모두 가지고 있으므

and, as regarded his former ties and interests, to vanish out of life as completely as if he indeed lay at the bottom of the ocean, whither rumor had long ago consigned him. This purpose once effected, new interests would immediately spring up, and likewise a new purpose; dark, it is true, if not guilty, but of force enough to engage the full strength of his faculties.

In pursuance of this resolve, he took up his residence in the Puritan town, as Roger Chillingworths without other introduction than the learning and intelligence of which he possessed more than a common measure. As his studies, at a previous period of his life, had made him extensively acquainted with the medical science of the day, it was as a physician that he presented himself, and as such was cordially received. Skillful men, of the medical and surgical profession, were of rare occurrence in the colony. The only surgeon was one who combined the occasional exercise of that noble art with the daily and habitual flourish of a razor. To such a professional body Roger Chillingworth was a brilliant acquisition. He soon manifested his familiarity with the ponderous and imposing machinery of antique physic.

In his Indian captivity, moreover, he had gained much

---

consign:hand over, deliver faculty:능력 in pursuance of:~에 따라서 engage:(힘 따위를)경주케 하다 presented himself=appear before the audience:모습을 드러 내다 surgical:외과 의술의 flourish:번창하다, 무성하다 razor:면도칼 acquisition:취득, 획득, 취득물 manifest:명백히 하다 captivity:감금

로 그는 인간의 명부로부터 그의 이름을 빼기를 선택했다. 그리고 오래 전에 퍼졌던 소문대로 그가 바다에 빠져 죽었다는 말처럼 완전히 인생으로부터 사라지기로 결정하였다. 이 목적이 이루어지자 새로운 관심이 당장에 솟아났고 따라서 새로운 목적도 마찬가지였다. 그것은 사실상 죄는 아니지만 음흉한 일이었고, 자기의 능력을 모두 쏟아야 할 정도로 힘을 들일 만한 일이기도 하였다.

이 결정을 실행하기 위하여 그가 일반인보다 더 많은 학식과 지식을 가지고 있는 것 이외에는 아무것도 밝히지 않고 로저 칠링워드라는 이름으로 청교도 읍내에 거처를 정했다. 그의 인생에 있어서 과거에 하던 연구로 인해 그는 당시의 의학에 아주 광범위하게 조예가 깊었기 때문에 외과의사로 행세했고, 진심으로 그러한 인정을 받았다. 하나뿐인 의사는 매일같이 면도칼을 휘두르다가 간혹 한 번씩 고상한 외과 기술을 발휘하는 사람이었다. 그래서 직업에 있어서 로저 칠링워드는 빛나는 존재였다. 그는 곧 무게가 있고 인상적인 고대 의술 체계에 그의 익숙함을 나타냈다. 고대 의술 체계에서 모든 치료는 성분이 다른 이질적인 요소를 포함하고 있다.

더욱이 그가 인디언에게 잡혀 있었을 때 그는 토착의 약초나

명부:성명을 기록한 장부

knowledge of the properties of native herbs and roots.

This learned stranger was exemplary, as regarded, at least, the outward forms of a religious life, and, early after his arrival, had chosen for his spiritual guide the Reverend Mr. Dimmesdale. About this period, however, the health of Mr. Dimmesdale had evidently begun to fail. Some declared, that, if Mr. Dimmesdale were really going to die, it was cause enough, that the world was not worthy to be any longer trodden by his feet. With all this difference of opinion as to the cause of his decline, there could be no question of the fact. His form grew emaciated; his voice, though still rich and sweet, had a certain melancholy prophecy of decay in it; he was often observed, on any slight alarm or other sudden accident, to put his hand over his heart, with first a Bush and then a paleness, indicative of pain.

Such was the young clergyman's condition, and so imminent the prospect that his dawning light would be extinguished, all untimely, when Roger Chillingworth made his advent to the town. His first entry on the scene, few people could tell whence, dropping down, as it were, out of the sky, or starting from the nether earth, had an aspect of mystery, which was easily heightened to the

---

exemplary:모범적인 trodden:tread의 과거분사 emaciated:여윈, 메마른, 쇠약해진 prophecy:예언, 예언서 indicative of:~을 암시하는, 표시하는 imminent:절박한, 긴급한 advent:출현, 등장

초근에 대한 많은 지식을 얻었던 것이다.

이 학식이 많은 이방인은 적어도 신앙 생활의 표면상 형태는 모범적이었고, 도착한 얼마 후에 그의 정신적인 인도자로서 딤즈데일 목사를 선택했다. 어쨌든 이 무렵에 딤즈데일 목사의 건강이 눈에 띄게 나빠지기 시작했다. 어떤 사람들은 딤즈데일 목사가 죽는다면 그것은 세상이 부패해서 그가 발을 디디고 있을 가치가 이미 없어졌다는 증거라고 주장하기도 하였다. 목사의 건강 악화의 원인에 대한 의견은 다양하지만, 그가 건강이 나쁜 것은 의심의 여지가 없었다. 그의 모습은 점점 쇠약해져 갔다. 그의 목소리는 비록 여전히 활기가 넘치고 부드럽기는 하지만 그 속에는 시들어 가는 우울한 징조가 있었다. 그는 가벼운 일이나 뜻하지 않은 일로 인해서 놀라면 가슴에 손을 얹고 안색은 처음에는 붉어졌다가 다음엔 창백해져서 고통스러워하곤 했다.

그 젊은 목사의 건강이 그 지경이어서 로저 칠링워드가 읍내에 나타나던 무렵에 공교롭게도 목사의 생명의 빛이 사라질 때가 멀지 않았다는 징조가 보였다. 하늘에서 떨어졌는지 땅에서 솟아났는지, 종잡을 수 없을 만큼 그의 등장은 신비스러운 것이었기에 사람들은 모두 기적이라고 하였다. 그는 이제 의술

초근:풀의 뿌리
징조:미리 보이는 조짐

miraculous. He was now known to be a man of skill; it was observed that he gathered herbs, and the blossoms of wild-flowers, and dug up roots, and plucked off twigs from the forest trees, like one acquainted with hidden virtues in what was valueless to common eyes. Why, with such rank in the learned world, had he come here? What could he, whose sphere was in great cities, be seeking in the wilderness? In answer to this query, a rumor gained ground,—and, however absurd, was entertained by some very sensible people,—that Heaven had wrought an absolute miracle, by transporting an eminent Doctor of Physic, from a German university, bodily through the air, and setting him down at the door of Mr. Dimmesdale's study!

This idea was countenanced by the strong interest which the physician ever manifested in the young clergyman; he attached himself to him as a parishioner, and sought to win a friendly regard and confidence from his naturally reserved sensibility. He expressed great alarm at his pastor's state of health, but was anxious to attempt the cure, and, if early undertaken, seemed not despondent of a favorable result. The elders, the deacons, the motherly dames, and the young and fair maidens, of Mr. Dimmesdale's flock, were alike importunate that he

---

dug:dig의 과거(분사) query:질문, 물음표 gain ground :(영향력 인기)증가하다 countenance:give support or approval to attach oneself to:~을 사랑하다 parishioner:교구인 despondent:기죽은 deacon:집사 importunate:귀찮은, 성가신

을 갖춘 유능한 사람으로 알려져 있다. 약초와 들꽃을 모으고 뿌리를 캐고 숲 속의 나뭇가지를 꺾는 등 보통 사람의 눈에는 가치가 없어 보이는 것에서 숨어 있는 묘약을 찾아내는 비상한 재능이 있었기 때문이다. 학계에서 그만큼 높은 위치에 있는 그가 왜 여기에 온 것일까? 큰 도시가 자기의 세계인 그가 이 황무지에서 무엇을 찾자는 것일까? 이 질문에 대한 대답으로 하나의 풍문이 생겼고 그리고 그 이론적 근거야 어찌 되었든 몇몇 지각 있는 사람들도 이것을 믿었는데 한 독일의 대학으로 부터 저명한 의사를 고스란히 공중으로 옮겨다 딤즈데일 목사 님의 현관에 내려놓음으로써 하느님이 완벽한 이적을 행하셨 다는 것이었다.

이런 생각은 의사가 지금까지 젊은 목사에게 보인 깊은 관심 에 의해 뒷받침되었다. 의사는 교인으로서 목사에게 접근하여 천성이 예민하고 내성적인 목사에게 친구로서의 경의와 신임 을 얻으려고 하였다. 그는 목사의 건강 상태에 대해 대단히 걱 정했고, 치료를 시도하려고 노력하였고, 만약 치료를 시작한다 면 좋은 결과를 기대하는 것 같아 보였다. 딤즈데일 교구의 장 로들과 집사들, 아낙네들과 젊은 아리따운 처녀들은 의사의 재 능을 시험할 겸 치료의 제안을 수락하라고 모두들 야단이었다.

묘약:썩 잘 듣는 약
이적:기적, 신의 힘으로 되는 불가사의한 일

should make trial of the physician's frankly offered skill. Mr. Dimmesdale gently repelled their entreaties.

"I need no medicine," said he.

But how could the young minister say so, when, with every successive Sabbath, his cheek was paler and thinner, and his voice more tremulous than before,—when it had now become a constant habit, rather than a casual gesture, to press his hand over his heart? Was he weary of his labors? Did he wish to die? These questions were solemnly propounded to Mr. Dimmesdale by the elder ministers of Boston and the deacons of his church, who, to use their own phrase, "dealt with him" on the sin of reflecting the aid which Providence so manifestly held out. He listened in silence, and finally promised to confer with the physician.

"Were it God's will," said the Reverend Mr. Dimmesdale, when, in fulfillment of this pledge, he requested old Roger Chillingworth's professional advice, "I could be well content that my labors, and my sorrows, and my sins, and my pains, should shortly end with me, and what is earthly of them be buried in my grave, and the spiritual go with me to my eternal state, rather than that you should put your skill to the proof in my behalf."

---

entreaty:애원, 탄원 propound:~을 제출하다, 제의하다. confer:주다, 수여하다
in fulfillment of this pledge:이 약속을 이행하기 위해 well content:well pleased
put~to the proof = test~ in my behalf:나를 위해서

딤즈데일 목사는 그들의 청을 부드럽게 물리쳤다.

"나는 어떤 약도 필요하지 않소."라고 그는 말했다.

그러나 그 젊은 목사가 안식일마다 얼굴이 더 창백하고 야위어 가고 그의 목소리는 이전보다 더 떨리고, 가슴 위에다 손을 얹는 것이 간혹 하는 몸짓이 아니라 인제는 버릇이 되다시피 하였는데 어떻게 그런 말을 할 수 있는 것일까? 그는 일이 싫어진 것일까? 그는 죽기를 원하는 것일까? 교회의 집사들과 보스턴의 선배 목사들은 이러한 의문을 진지하게 물었는데, 그들은 이렇게 명백한 하느님의 섭리가 행하시는 도움을 물리치는 죄라고 하면서 '목사님에게 적당한 조처'라는 그들 자신들의 표현을 사용하곤 했다. 그는 묵묵히 듣고 있다가 마침내 의사와 협의하기로 약속했다.

맹세의 이행에 있어서 그는 늙은 로저 칠링워드에게 치료를 요구할 때, "만약에 하느님의 뜻이라면 그대가 나를 위하여 의술을 베푸느니보다 나의 노력과 슬픔과, 나의 죄와 고통이 내 생명과 함께 곧 끝나고, 땅에 속하는 것은 무덤에 묻히고 영에 속하는 것은 나와 더불어 영원한 세계로 가게 하는 것이 나로서는 더욱 흡족합니다."라고 말했다.

"아하," 로저 칠링워드는 꾸며내는 태도인지 스스로 우러난

"Ah," replied Roger Chillingworth, with that quietness which, whether imposed or natural, marked all his deportment, "it is thus that a young clergyman is apt to speak. Youthful men, not having taken a deep root, give up their hold of life so easily! And saintly men, who walk with God on earth, would fain be away, to walk with Him on the golden pavements of the New Jerusalem."

"Nay," rejoined the young minister, putting his hand to his heart, with a flush of pain flitting over his brow, "were I worthier to walk there, I could be better content to toil here."

"Good men ever interpret themselves too meanly," said the physician.

In this manner, the mysterious old Roger Chillingworth became the medical adviser of the Reverend Mr. Dimmesdale. As not only the disease interested the physician, but he was strongly moved to look into the character and qualities of the patient, these two men, so different in age, came gradually to spend much time together. For the sake of the minister's health, and to enable the physician to gather plants with healing balm in them, they took long walks on the sea-shore, or in the forest; mingling various talk with the plash and murmur of the waves, and the

---

deportment:행동, 태도, 행실 would fain be away:기꺼이 이 세상을 떠나다
toil:수고하다, 애써 성취하다 balm:향유, 진통제 mingle:혼합하다, 섞이다
plash:웅덩이, 철벅철벅하는 소리 murmur:중얼거림, 불평

본래의 성격인지는 몰라도 여전히 가라앉은 어조로 말을 꺼냈다. "젊은 목사님들은 으레 그렇게 말씀하지요. 젊은 사람들은 뿌리가 깊이 박히지 않아서인지 삶을 쉽게 포기하는 법입니다. 그리고 하느님과 더불어 세상을 걷던 성직자들도 새 예루살렘에서 황금 길을 주님과 거닐기 위하여, 이 세상을 떠나고 싶겠지요."

"아니요, 천국에서 거닐 자격이 없지요. 나는 이 세상에서 고생하며 사는 것이 좋습니다."라고 젊은 목사는 가슴에 손을 얹고 이마에 고통의 빛을 보이며 대답했다.

"선한 사람은 언제나 자신을 너무나 낮추어 말하나 봅니다."라고 의사가 말했다.

이리하여, 신비스러운 늙은 로저 칠링워드는 딤즈데일 목사의 주치의가 되었다. 의사는 병에도 관심이 있었을 뿐만 아니라, 그는 환자의 성격과 특성을 알아보고 싶은 충동에, 이들 두 사람은 나이 차이가 크지만 점차적으로 많은 시간을 함께 보내게 되었다. 목사의 건강을 위하여, 그리고 의사가 약초를 모을 수 있도록 하기 위해, 그들은 해변을 거닐거나 아니면 숲속으로 산책을 나가곤 하였다. 그들은 철썩이는 파도 소리와 나무 끝에 부딪치는 엄숙한 바람소리를 들으며 여러 가지 대화를 나

solemn windanthem among the tree-tops. Often, likewise, one was the guest of the other, in his place of study and retirement. There was a fascination for the minister in the company of the man of science, in whom he recognized an intellectual cultivation of no moderate depth or scope; together with a range and freedom of ideas that he would have vainly looked for among the members of his own profession. In no state of society would he have been what is called a man of liberal views. Not the less, however, though with a tremulous enjoyment, did he feel the occasional relief of looking at the Universe through the medium of another kind of intellect than those with which he habitually held converse. But the air was too fresh and chill to be long breathed with comfort. So the minister, and the physician with him, withdrew again within the limits of what their church defined as orthodox.

Thus Roger Chillingworth scrutinized his patient carefully, both as he saw him in his ordinary life, keeping an accustomed pathway in the range of thoughts familiar to him, and as he appeared when thrown amid other moral scenery, the novelty of which might call out something new to the surface of his character. He thought it essential, it would seem, to know the man, before attempting to do

---

moderate:온화한, 알맞은 scope:범위, 자유 not the less=none the less:그럼에도 불구하고 intellect:지성 orthodox:정설의, 승인된 scrutinize:~을 면밀히 검사하다 novelty:진기함, 새로운 물건

누었다. 종종 한 사람이 다른 한 사람의 서재를 방문하였다. 목
사는 그와 같은 과학자와 자리를 같이하는 데 매력을 느꼈고
의사가 비상하고 깊고 넓은 지적 교양을 쌓았다는 것을 알았
다. 더욱이 자기와 같은 목사들 가운데서도 찾아볼 수 없을 정
도로 넓고 자유로운 사상을 가졌음을 알았다. 목사는 어떤 사
회적 상태 하에서도 자유주의적 관점을 가진 사람이라 불려질
수 없는 그런 사람이었다. 그럼에도 불구하고 습관적으로 대화
를 나누는 사람들과는 또 다른 지성의 소유자를 통해 이 우주
를 바라보는 기쁨은 두서 없을지언정 목사의 마음을 들뜨게 했
다. 그러나 새로운 공기는 너무나 신선하고 차가워서 편안하게
오래 들이마실 수가 없었다. 그래서 목사는 의사와 더불어 그
들의 교회가 정통이라고 정의를 내린 범위 속으로 다시 후퇴하
였다.

이리하여 로저 칠링워드는 자기의 환자를 주의 깊게 관찰하
였는데, 환자가 평소에 하던 생각의 범위 내에서 친숙한 그의
생활 속에 있을 때의 목사를 관찰하고, 동시에 환자가 색다른
도덕적 환경에 던져져서 새로운 환경의 신기함에 의해 어떤 새
로운 징후가 그의 성격의 표면에 떠오를 때의 상태도 유심히
관찰하였다. 그는 목사를 치료하기 전에 그를 잘 아는 것이 본

비상:예사의 사물이나 예사의 상태가 아님
징후:좋거나 언짢은 조짐

him good. Wherever there is a heart and an intellect, the diseases of the physical frame are tinged with the peculiarities of these. In Arthur Dimmesdale, thought and imagination were so active, and sensibility so intense, that the bodily infirmity would be likely to have its groundwork there. So Roger Chillingworth strove to go deep into his patient's bosom, delving among his principles, prying into his recollections, and probing everything with a cautious touch like a treasure-seeker in a dark cavern. Few secrets can escape an investigator, who has opportunity and license to undertake such a quest, and skill to follow it up. A man burdened with a secret should especially avoid the intimacy of his physician.

Nevertheless, time went on; a kind of intimacy, as we have said, grew up between these two cultivated minds, which had as wide a field as the whole sphere of human thought and study, to meet upon; they discussed every topic of ethics and religion, of public affairs and private character; they talked much, on both sides, of matters that seemed personal to themselves; and yet no secret, such as the physician fancied must exist there, ever stole out of the minister's consciousness into his companion's ear. The latter had his suspicions, indeed, that even the nature of

---

peculiarity:특색, 버릇 infirmity:허약, 병, 결점 groundwork:기초, 토대 delving among his principles:그의 원리의 탐구에 몰두하여 pry into:조사하다, 캐다 with a cautious touch:조심스레 손을 더듬어서, 아주 신중하게 cavern: 동굴

질적으로 중요하다고 생각하는 듯하였다. 감성과 지성이 있는 곳이라면, 육체의 병도 이들 지성과 감정의 특색에 의해서 정해진다는 것이다. 아더 딤즈데일에게 있어서 생각과 상상력이 너무나 활발하고 감수성이 너무나 강하여 육체의 병도 거기에서 기인하고 있을 것 같았다. 그래서 칠링워드는 환자의 가슴 속 깊이 들어가려고 노력했고, 목사의 사상을 살피고, 기억을 더듬고, 마치 어두운 동굴 속에서 보물을 찾는 사람처럼 조심스럽게 탐험하였다. 어떤 비밀도 그런 탐구에 착수할 기회와 능력을 가지고 있는, 그리고 그것을 수행할 기술이 있는 관찰자를 피할 수는 없을 것이다. 비밀이 있는 환자라면 의사의 접근을 피하는 것이 현명할 것이다.

그럼에도 불구하고 시간은 흘렀고, 우리가 말했듯이 교양이 높은 두 사람 사이에는 일종의 친분이 이루어졌고, 인간의 사상과 연구를 모두 망라하는 넓은 영역 위에서 서로가 사귀고, 공적인 일의 윤리와 종교의 문제를 논했고, 사적으로 보이는 문제까지 서로 의견을 나누었다. 그러나 아직 숨겨져 있을 것으로 생각하였던 비밀 같은 것은 목사의 의식 밖으로 흘러나오지 않았다. 그래서 의사는 딤즈데일의 육신의 병의 성격 자체

망라:널리 구하여 모조리 휘몰아 들임

Mr. Dimmesdale's bodily disease had never fairly been revealed to him. It was a strange reserve!

After a time, at a hint from Roger Chillingworth, the friends of Mr. Dimmesdale effected an arrangement by which the two were lodged in the same house; so that every ebb and flow of the minister's life-tide might pass under the eye of his anxious and attached physician. There was much joy throughout the town when this greatly desirable object was attained. It was held to be the best possible measure for the young clergyman's welfare; unless, indeed, as often urged by such as felt authorized to do so, he had selected some one of the many blooming maidens, spiritually devoted to him, to become his devoted wife. This latter step, however, there was no present prospect that Arthur Dimmesdale would be prevailed upon to take; he rejected all suggestions of the kind, as if priestly celibacy were one of his articles of church-discipline.

The new abode of the two friends was with a pious widow, of good social rank, who dwelt in a house covering pretty nearly the site on which the venerable structure of King's Chapel has since been built. It had the grave-yard, originally Isaac Johnson's home-field, on one side,

---

reserve:침묵, 자제 it was held to be = it was believed to be   it = the arrargement spiritually devoted to:~을 정신적으로 그리워하다 prevailed upon = persuade(to do)   celibacy:독신, 금욕 abode:주소, 거처

도 파악하지 못한 것이 아니냐는 의심마저 느꼈다. 참으로 이
상한 일이었다.

얼마 후에 딤즈데일 목사의 친구들은 로저 칠링워드의 귀뜸
으로 두 사람이 같은 집에서 살도록 합의가 되었는데 목사의
생명의 밀물과 썰물이 의사의 염려의 눈과 귀로 지켜보는 가운
데 흐르도록 하기 위해서였다. 이 큰 계획이 달성되었을 때 마
을에는 기쁨이 흘러 넘쳤다. 젊은 목사의 건강 회복을 위하여
가능한 최선의 처사라고 생각되었던 것이다. 물론 그의 헌신적
인 아내가 될, 그를 정신적으로 따르는 많은 꽃다운 아가씨들
중 하나를 선택하라고 그렇게 할 만한 사람들이 종종 그에게
권유를 했다. 하지만 나중에 아더 딤즈데일이 이러한 제안을
받아들이도록 설득당할 어떠한 가능성도 현재는 없었다. 그는
모든 종류의 제안을 거절했는데, 마치 승려와 같이 독신을 지
키는 것이 교회의 계율의 하나인 것 같았다.

두 친구의 새 집은 사회적 지위가 높고, 신앙이 깊은 미망인
의 집으로써, 후에 킹스 채플이 세워진 대지를 거의 다 차지하
고 있었다. 그 집은 한편으로 원래 아이작 존슨의 땅이었던 묘
지가 있어서 목사에게나 의사에게나 각자의 일에 진지한 사색

and so well adapted to call up serious reflections, suited to their respective employments, in both minister and man of physic. The motherly care of the good widow assigned to Mr. Dimmesdale a front apartment, with a sunny exposure, and heavy window-curtains, to create a noontide shadow, when desirable. On the other side of the house, old Roger Chillingworth arranged his study and laboratory. With such commodiousness of situation, these two learned persons sat themselves down, each in his own domain, yet familiarly passing from one apartment to the other, and bestowing a mutual and not incurious inspection into one another's business.

And the Reverend Arthur Dimmesdale's best discerning friends, as we have intimated, very reasonably imagined that the hand of Providence had done all this, for the purpose. But—it must now be said—another portion of the community had latterly begun to-take its own view of the relation between Mr. Dimmersdale and the mysterious old physician.

The people could justify its prejudice against Roger Chillingworth by no fact or argument worthy of serious refutation. There was an aged handicraftsman, it is true, who had been a citizen of London at the period of Sir

---

respective:개개의 assign:할당하다 commodiousness:넓음, 넓고 편리함 domain:영토, 영지, (개인의)소유지 bestow:주다 incurious:호기심이 없는, 재미없는 discerning:통찰력 있는 intimate:친밀한, 사사로운 refutation:반박 handicraftsman:수세공인, 손 일하는, 장인

을 하기에는 더할 나위 없이 적합한 곳이었다. 마음씨가 착한 어머니 같은 미망인은 딤즈데일 목사에게 햇볕이 잘 드는, 그리고 필요시에 두꺼운 커튼으로 정오에도 한밤같이 어둡게 할 수 있는 앞방을 내 주었다. 이 집의 다른 한 쪽은 늙은 로저 칠링워드가 그의 서재 겸 실험실을 만들었다. 이렇게 편리한 환경에서 두 학자는 각각 자신들의 세계에 정착하였고 서로의 방에 허물없이 자주 드나들고 서로가 하는 일을 흥미진진하게 관찰했다.

그리고 아더 딤즈데일 목사의 총명한 친구들은 앞에서 언급했듯이 매우 이성적으로 신의 섭리의 손길이 목적대로 이런 모든 것을 행했다고 생각했다. 그러나 또 한 가지 말해둬야 할 것은 일부의 사람들이 뒤늦게나마 딤즈데일 목사와 불가사의한 늙은 의사 사이의 관계에 대하여 자기들 나름대로 견해를 갖기 시작했다는 것이다.

사람들은 로저 칠링워드에 대해 나름대로의 견해를 가지고 있었는데 진지하게 심각한 반박을 할 만한 가치 있는 사실이 있다는 주장은 하지 않았다. 사실 30년 전 토마스 오버 베리 경의 살해 사건이 있을 당시 런던의 시민이었던 한 수공업자가

Thomas—Overbur·'s murder, now some thirty years ago; he testified to having seen the physician, under some other name, which the narrator of the story had now forgotten, in company with Doctor Forman, the famous old conjurer, who was implicated in the affair of Overbury. Two or three individuals hinted, that the man of skill, during his Indian captivity, had enlarged his medical attainments by joining in the incantations of the savage priests. A large number—and many of these were persons of such sober sense and practical observation that their opinions would have been valuable in other matters—affirmed that Roger Chillingworth's aspect had undergone a remarkable change while he had dwelt in town, and especially since his abode with Mr. Dimmesdale. At first his expression had been calm, meditative, scholar-like. Now, there was something ugly and evil in his face, which they had not previously noticed, and which grew still the more obvious to sight the oftener they looked upon him.

To sum up the matter, it grew to be a widely diffused opinion, that the Reverend Arthur Dimmesdale, like many other personages of especial sanctity, in all ages of the Christian world, was haunted either by Satan himself, or Satan's emissary, in the guise of Fold Roger

---

Sir Thomas Overbury's murder:James 1세 치하에서 일어난 사건 Doctor Forman(1552~1611)점성가, 요술사 conjurer:요술장이 incantation:주문 sober: 맑은 정신의 meditative:명상에 잠기는 diffuse:발산시키다, 산만한 sanctity: 고결함, 거룩함 emissary:사자, 밀사 in the guise of:~으로 변장을 하고

있었는데, 그는 다른 이름을 사용하고 있는 한 의사를 보았다고 증언을 했는데―이야기의 화자가 누군지는 모르지만―그는 오버베리의 살해 사건에 연루되었던 늙은 유명한 마술사 닥터 폴만과 함께 있었다는 것이었다. 두세 명은 그가 인디언의 포로로 있을 동안, 야만인 마법사들과 주문을 같이 외면서 의학 지식을 넓혔다고 넌지시 말했다. 그들의 의견과는 다르게 많은 사람들은 진지한 태도와 실제적인 관찰력으로 로저 칠링워드의 외모가, 그가 이 마을에 있는 동안에 그리고 특히 그가 딤즈데일 목사와 같이 지낸 이후로 주목할 만한 변화를 겪고 있다고 확신했다. 처음에는 그의 표정이 조용했고 온화했으며 학자 같았다. 그러나 지금 그의 얼굴에는 사람들이 전에 알지 못했던 추하고 사악한 무언가가 있었고, 사람들이 그를 쳐다볼 때마다 더욱 더 뚜렷하게 그런 모습이 보인다는 것이었다.

이런 말을 종합해 보면, 특히 신성한 다른 많은 사람과 마찬가지로 로저 칠링워드의 모습으로 변신한 악마 또는 악마의 사자가 아더 딤즈데일 목사를 따라다닌다는 소문이 광범위하게 퍼지기 시작했던 것이다.

이 악마의 사자가 어떤 이유로인지 하느님으로부터 허락을

반박:남의 의견에 대하여 논박함

Chillingworth.

This diabolical agent had the Divine permission, for a season to burrow into the clergyman's intimacy, and plot against his soul. No sensible man, it was confessed, could doubt on which side the victory would turn. The people looked, with an unshaken hope, to see the minister come forth out of the conflict transfigured with the glory which he would unquestionably win. Meanwhile, nevertheless, it was sad to think of the perchance mortal agony through which he must struggle towards his triumph.

Alas! to judge from the gloom and terror in the depths of the poor minister's eyes, the battle was a sore one, and the victory anything but secure.

CHAPTER 10
The Leech And His Patient

Old Roger Chillingworth, throughout life, had been calm in temperament, kindly, though not of warm affec- tions, but ever, and in all his relations with the world, a pure and upright man. He had begun an investigation, as

---

diabolical:악마의, 극악 무도한 for a season:한동안, 잠시 동안 burrow:숨어 있는 곳, 탐구하다 transfigure:형체를 바꾸다, 변모시키다 mortal agony:죽음 의, 고통(인간적 고뇌) sore one:격렬한 것, 고통스러운 것 but = except secure:분명한, 확신이 있는 leech:doctor의 옛 용법 upright:정직한, 고결한

받고 목사의 곁으로 파고들어 그의 영혼을 모함하고 있다는 것이었다. 지각 있는 사람에 의하면 어떤 쪽이 승리할 것인가는 의심할 바가 없다는 것이었다. 흔들리지 않는 희망을 가진 사람들은 목사가 의심할 바 없이 승리의 영광을 가지고 변화된 신성한 모습으로 거듭 나리라는 것을 기대하고 있었다.

아아! 가엾은 목사의 눈 깊숙한 곳에 우울과 공포가 그 싸움이 치열한 것임을 말해주는 듯했고, 승리도 불확실함을 암시해주는 듯했다.

제 10 장

의사와 환자

늙은 로저 칠링워드는 그의 일생을 통하여 성격이 조용하고 상냥했고 비록 따뜻한 애정이 없어도 세계와의 관계에서 순수하고 마음이 바른 사람이었다. 그는 그가 상상했던 것처럼 진

he imagined, with the severe and equal integrity of a judge, desirous only of truth, even as if the question involved no more than the air-drawn lines and figures of a geometrical problem, instead of human passions, and wrongs inflicted on himself. But, as he proceeded, a terrible fascination, a kind of fierce, though still calm, necessity seized the old man within its gripe and never set him free again until he had done all its bidding. He now dug into the poor clergyman's heart, like a miner searching for gold; or, rather, like a sexton delving into a grave, possibly in quest of a jewel that had been buried on the dead man's bosom, but likely to find nothing save mortality and corruption.

Sometimes a light glimmered out of the physician's eyes, burning blue and ominous, like the reflection of a furnace, or, let us say, like one of those gleams of ghastly fire that darted from Bunyan's awful doorway in the hillside, and quivered on the pilgrim's face. The soil where this dark miner was working had perhaps shown indications that encouraged him.

"This man," said he, at one such moment, to himself, "pure as they deem him,—all spiritual as he seems,—has inherited a strong animal nature from his father or his

---

integrity:성실, 정직 geometrical:기하학의 wrongs inflicted on:~에게 가해진 부당한 행위 fascination:매혹, 매력 gripe:꽉 쥐기, 붙들기 seize~ within its gripe:꽉 붙잡다 bidding:명령 sexton:무덤 파는 일꾼 in quest of:찾으려고 애써서 say:이를 테면 Bunyan:설교자(1628-1688) ghastly:무시무시한

실만을 추구하는 판사의 엄격하고 중립적인 성실함을 가지고 문제를 조사하기 시작했는데, 의문은 마치 단지 인간의 애정이나 그가 입은 피해 같은 것이 아니라 기하학의 문제에서 공간에 그어진 선과 그림을 다루는 듯했다. 그러나 그의 일을 진행함에 따라 비록 여전히 고요하지만, 무서운 매혹의 힘이 맹렬하고 움직일 수 없는 필연적인 힘이 되어 이 노인을 사로잡아서 그 매혹이 명하는 바를 끝내지 못하는 동안은 결코 그를 놓아주지 않는 것이었다. 그는 지금 황금을 찾는 광부처럼 불쌍한 목사의 가슴을 파고 있었다. 또는 차라리 죽은 사람의 가슴에 묻혀져 있는 보석을 찾아 헤매는 도굴꾼과 같았다. 그러나 시체와 부패 이외에는 어떤 것도 발견하지 못할 것이다.

때때로 한줄기의 빛이 푸르고 불길하게 타면서 의사의 눈으로부터 흘러 나왔고, 그것은 흡사 용광로에서 반사된 빛 같았고, 또는 이를테면 존 번년의 '천로 역정'에서 묘사한 산중턱의 무시무시한 입구에서 튀어나와 순례자의 얼굴을 흔들리게 하는 유령의 불빛 같기도 하였다. 이 음흉한 광부가 파헤치는 땅은 아마 그를 만족시킬 만한 실마리를 갖고 있는 것인지도 모를 일이었다.

"모두가 이 사람을 순결하게 여기고 보기에도 아주 영적인 사람 같다고 생각하지만 실제는 아버지나 어머니로부터 강한

매혹:남을 호리어 현혹하게 함

mother. Let us dig a little further in the direction of this vein!"

Then, after long search into the minister's dim interior, and turning over many precious materials, in the shape of high aspirations for the welfare of his race, warm love of souls, pure sentiments, natural piety, strengthened by thought and study, and illuminated by revelation, he would turn back discouraged and begin his quest towards another point. In other words, Mr. Dimmesdale, whose sensibility of nerve often produced the effect of spiritual intuition, would become vaguely aware that something inimical to his peace had thrust itself into relation with him. But old Roger Chillingworths too, had perceptions that were almost intuitive; and when the minister threw his startled eyes towards him, there the physician sat; his kind, watchful, sympathizing, but never intrusive friend.

Yet Mr. Dimmesdale would perhaps have seen this individual's character more perfectly, if a certain morbidness, to which sick hearts are liable, had not rendered him suspicious of all mankind. Trusting no man as his friend, he could not recognize his enemy when the latter actually appeared. He therefore still kept up a familiar intercourse with him, daily receiving the old physician in his study; or

---

piety:경건함 intuition:직관력 inimical=unfriendly or harmful intrusive:침입하는, 방해가 되는 liable:(법률 상) 책임져야 할 render:되게 하다, 주다, 치르다

동물적인 본성을 물려 받았어. 이 광맥을 좀더 파 보아야겠는 걸."이라고 어떤 때에는 혼자 중얼거렸다.

그래서 목사의 어두운 내부와 많은 중요한 재료들을 뒤져서 찾은 후, 인류의 복지를 위한 그의 높은 포부 속에서 영혼의 따뜻한 사랑, 순수한 감정, 자연적인 경건함 등은 그의 연구와 사색에 의해 드러났고 이는 하나님의 계시에 의해 채색되었다. 그래서 그는 실망하여 원점으로 돌아가서 다른 방향으로 그의 의문을 돌려서 탐색을 시작했다. 다른 말로 하면, 딤즈데일 목사는 그의 예민한 신경이 정신적인 직관에 의해 그의 평화를 깨뜨릴 적의를 품은 무언가가 자기에게로 다가오고 있음을 막연하게나마 느끼게 되었던 것이다. 그러나 늙은 로저 칠링워드 또한 직관적인 지각을 가지고 있었다. 그래서 그 목사가 놀란 눈으로 그에게 시선을 던질 때 의사는 태연하게 친절하고 주의 깊고 동정심 있는, 그러나 결코 간섭하는 일 없는 친구로 앉아 있을 따름이었다.

그런 아픈 사람들이 대부분 그렇듯이 병이 딤즈데일에게 모든 인간에 대한 의심을 주지 않았다면 그는 아마 이 칠링워드 라는 사람의 정체를 좀더 냉철하게 파악할 수 있었을 것이다. 그는 친구로서 어떤 사람도 믿지 않았기 때문에 막상 실제로 적이 나타났을 때 그의 적을 알아볼 수가 없었다. 따라서 그는

직관:판단, 추리 등의 사유 작용 없이 대상을 직접 파악하는 일

visiting the laboratory, and, for recreation's sake, watching the processes by which weeds were converted into drugs of potency.

One day, leaning his forehead on his hand, and his elbow on the sill of the open window, that looked towards the graveyard, he talked with Roger Chillingworth, while the old man was examining a bundle of unsightly plants.

"Where," asked he, with a look askance at them, "where, my kind doctor, did you gather those herbs, with such a dark flabby leaf?"

"Even in the graveyard here at hand," answered the physician continuing his employment. "They are new to me. I found them growing on a grave, which bore no tombstone, nor other memorial of the dead man, save these ugly weeds, that have taken upon themselves to keep him in remembrance. They grew out of his heart, and typify, it may be, some hideous secret that was buried with him, and which he had done better to confess during his lifetime."

"Perhaps," said Mr. Dimmesdale, "he earnestly desired it, but could not."

"And why?" rejoined the physician. "Why not; since all the powers of nature call so earnestly for the confession of

---

for recreation's sake:기분 전환을 위해   weed:잡초   potency:힘, 세력, 효력
with a look askance at:~을 곁눈질로 보다   flabby:힘이 없는, 연약한   here at
hand:바로 곁에 있는   take upon oneself:책임을 지다   taken upon themselves:~
을 상징하다   hideous:무서운

여전히 그와의 친근한 교제를 유지하고 있었고, 매일 그의 서재에 늙은 의사의 방문을 받거나, 또는 그의 연구실을 방문하거나 기분 전환을 위하여 잡초가 강력하고 효력이 있는 약으로 바뀌는 과정을 지켜보기도 하였다.

어느 날 목사는 손을 이마에 대면서 열려진 창문턱에 자신의 팔꿈치를 놓은 채 늙은 의사가 한 다발의 볼품없는 식물들을 실험하고 있는 동안, 묘지 쪽을 바라보면서 로저 칠링워드와 이야기를 하고 있었다.

"의사 선생," 그는 그것들을 곁눈으로 보면서 물었다. "어디에서 그렇게 축 늘어지고 검은 잎이 달린 약초를 뜯어 오지요?"

"여기 가까운 묘지에도 있는 걸요."라고 의사는 그의 일을 계속하면서 말했다. "그것들은 내게도 새로운 것들이지요. 나는 이것들이 묘지 위에서 자라는 것을 발견했는데, 묘비도, 다른 죽은 사람에 대한 기념비도 없었는데, 단지 죽은 사람을 기념하는 묘비의 역할을 맡고 있는 이들 추한 풀들을 제외하곤 어떤 것도 없었지요. 이 풀들은 죽은 자의 가슴에서 돋아난 것이고, 어쩌면 가슴에 감추고 있던 무서운 비밀을 나타내고 있는지도, 그리고 그런 것은 살아 있는 동안에 고백해 버렸으면 좋았을 것이기에 비밀이 이런 모양으로 나타났는지도 모르죠."

sin, that these black weeds have sprung up out of a buried heart, to make manifest an unspoken crime?"

"That, good Sir, is but a fantasy of yours," replied the minister: "There can be, if I forebode aright, no power, short of the Divine mercy, to disclose, whether by uttered words, or by type or emblem, the secrets that may be buried with a human heart. The heart, making itself guilty of such secrets, must necessarily hold them, until the day when an hidden things shall be revealed. Nor have I so read or interpreted Holy Writ, as to understand that the disclosure of human thoughts and deeds, then to be made, is intended as a part of the retribution. That, surely, were a shallow view of it. No; these revelations, unless I greatly err, are meant merely to promote the intellectual satisfaction of all intelligent beings, who will stand waiting, on that day, to see the dark problem of this life made plain. A knowledge of men's hearts will be needful to the completest solution of that problem. And I conceive, moreover, that the hearts holding such miserable secrets as you speak of will yield them up at that last day, not with reluctance, but with a joy unutterable."

"Then why not reveal them here?" asked Roger Chillingworth, glancing quietly aside at the minister.

---

if I forebode aright:나의 추측이 옳다면 Holy Writ = the Bible on that day = on the judgment day yield them up:(비밀을)터 놓다 unutterable:형언할 수 없는, 이루 다 말할 수 없는

"아마 그는 열심히 그것을 바랐을 것이지만, 그렇게 할 수 없었을 겁니다."라고 딤즈데일 목사가 말했다.

"왜 그랬을 까요?"라고 의사가 다시 말했다. "왜 할 수 없었을까요. 모든 자연의 힘은 모든 죄를 고백하는 것을 열심히 요구했기 때문에 지은 죄를 명백히 고백하기 위하여 파묻힌 가슴에서 이런 검은 잡초가 돋아나는 것은 아닐까요?"

"선생, 그것은 단순한 공상에 지나지 않습니다."라고 목사가 대답했다. "만약 내가 올바르게 예측할 수 있다면, 단순히 말로 나타내든지 아니면 어떤 형태나 표시로 나타내건 간에 인간의 가슴과 함께 묻힌 비밀을 폭로할 힘은 하나님을 제외하고는 없습니다. 그러한 비밀의 죄를 지은 마음은 숨은 일이 모두 드러나는 날까지 그 비밀을 간직하고 있을 수밖에 없습니다. 그리고 그날이 와서 인간의 생각과 행위를 드러내는 것이 성경에 의한 처벌을 위한 것이라고 보지 않습니다. 확실히 벌을 준다는 것은 얄팍한 관점이지요. 결코 벌이 아닙니다. 내가 크게 잘못한 것이 아니라면, 이를 드러내는 것은 단지 모든 지성인들의 지적인 만족만을 증진시키는 것을 의미하고, 이들은 그들의 인생에서 암담했던 자기의 문제를 보기 위하여 여전히 최후의 날을 기다리고 있습니다. 인간의 마음속을 안다는 것은 그러한 문제에 대한 가장 완벽한 해결책으로 필요한 것이 될 것입니

"Why should not the guilty ones sooner avail themselves of this unutterable solace?"

"They mostly do," said the clergyman, gripping hard at his breast as if afflicted with an importunate throb of pain. Many, many a poor soul has given its confidence to me, not only on the death-bed, but while strong in life, and fair in reputation. And ever, after such an outpouring, oh, what a relief have I witnessed in those sinful brethren! even as in one who at last draws free air, after long stifling with his own polluted breath. How can it be otherwise? Why should a wretched man, guilty, we will say, of murder, prefer to keep the dead corpse buried in his own heart, rather than fling it forth at one, and let the universe take care of it!"

"Yet some men bury their secrets thus," observed the calm physician.

"True; there are such men," answered Mr. Dimmesdale! "But, not to suggest more obvious reasons, it may be that they are kept silent by the very constitution of their nature. Or,— can we not suppose it?— guilty as they may be, retaining, nevertheless, a zeal for God's glory and man's welfare, they shrink from displaying themselves black and filthy in the view of men; because, thenceforth,

---

solace:위로, 위안 give its confidence to: ~에게 비밀을 털어놓다 reputation:명성 out pour:유출하다 outpouring:감정의 토로 brethren:동포, 형제 stifle:감추다, 억제하다, 숨이 막히다 corpse:시체 constitution:성질, 기질 zeal:열중, 열심, 열의 filthy:불결한, 더러운 thenceforth:그때부터

다. 그리고 더욱이 내 생각으로는 당신이 생각하고 있는 것과 같은 비참한 비밀을 가진 자는 최후의 심판 때 그것을 주저하기는커녕 형언할 수도 없는 기쁨을 가지고 고백하고 말 것입니다."

"그러면 왜 이 세상에서 그것들을 고백해 버리지 않는 것일까요?"라고 로저 칠링워드가 목사를 조용히 곁눈질하면서 물었다. "왜 죄 지은 자는 좀더 빨리 그 형언할 수 없는 위로를 받으려고 하지 않는 것일까요?"

"그들은 대부분 그렇게 합니다."라고 목사가 마치 집요한 통증이 엄습하기라도 하는 듯 자기 가슴을 꽉 지으면서 말을 했다. "대단히 많은 불쌍한 영혼들은 임종하는 자리에서뿐만 아니라 건강하고 명성이 높은 때에도 나에게 비밀을 털어놓았지요. 그리고 지금까지 남김없이 그런 고백을 한 후에 이들 죄많은 형제들이 안도감을 느끼는 것을 전 보아 왔어요. 자신의 더러워진 입김으로 말미암아 오랫동안 답답했다가 한참만에 신선한 공기를 마시는 것과 같습니다. 그럴 수밖에 없지 않습니까? 왜 불쌍한 죄인이, 우리가 흔히 말하듯이 살인자 같은 사람이 죽은 시체를 당장에 밖으로 밀어내지 않고 가슴 속에다 묻어 두어 세상이 처리하도록 둔단 말입니까?"

"그러나 어떤 사람들은 그들의 비밀을 그렇게 가슴속에다 묻

형언:사물의 어떠함을 말이나 글 또는 시늉을 통하여 드러냄

no good can be achieved by them; no evil of the past be redeemed by better service. So, to their own unutterable torment, they go about among their fellow-creatures, looking pure as new-fallen snow while their hearts are all speckled and spotted with iniquity of which they cannot rid themselves."

"These men deceive themselves," said Roger Chillingworth, with somewhat more emphasis than usual, and making a slight gesture with his forefinger. "They fear to take up the shame that rightfully belongs to them. Their love for man, their zeal for God's service,—these holy impulses may or may not coexist in their hearts with the evil inmates to which their guilt has unbarred the door, and which must needs propagate a hellish breed within them. But, if they seek to glorify God, let them not lift heavenward their unclean hands! If they would serve their fellowmen, let them do it by making manifest the power and reality of conscience, in constraining them to peniten-tial self-basement! Would you have me to believe, O wise and pious friend, that a false show can be better than God's own truth? Trust me, such men deceive themselves

"It may be so," said the young clergyman, indifferently, as waiving a discussion that he considered irrelevant or

---

torment:고통, 고뇌 speckled:~에 반점을 찍다 iniquity:부정, 사악 deceive themselves:잘못 생각하고 있다 take up:~을 자기것으로 만들다 coexist:공존하다 inmates:입원한 사람, 입소자, 수용자 unbar:~의 빗장을 벗기다 propagate:번식시키다 constrain:강요하다 penitential:회개하는 irrelevant:부적절한

어 두지요."라고 의사가 침착하게 말하였다.

"그렇지요. 그런 사람들이 있습니다"라고 딤즈데일 목사가 말했다. "그러나 더 명백한 이유 없이 그들은 타고난 성격에 의해 침묵을 유지하는 것이겠지요. 또는 이렇게 생각할 수는 없을까요? 비록 그들이 죄를 지었음에도 불구하고 하느님의 영광과 인간의 행복에 대한 열정을 계속 간직하면서 그들은 세상 사람들에게 검고 더러운 자신들의 모습을 드러내는 것을 거부합니다. 왜냐하면 드러내 봤자 좋아질 것도 없고, 과거의 어떤 죄도 더 나은 도움에 의해 구제받을 수 없기 때문입니다. 그래서 그들 자신은 형언할 수 없는 고통을 느끼면서 마치 흰 눈처럼 순결한 듯이 사람들 앞에 나서지만 그들의 마음에는 좀처럼 벗어날 수 없는 죄에 의해 찌들고 멍들어 있습니다."

"그 사람들은 그들 자신을 속이고 있습니다."라고 로저 칠링워드가 다소 보통 때보다 더 강조하면서 그의 집게손가락을 가볍게 움직이며 말했다. "그들은 자신들에게 속해 있는 부끄러움과 마주대하는 것을 두려워합니다. 사람에 대한 그들의 사랑과 하느님에 대한 봉사의 열정과 같은 성스러운 충동은 마음속에서 그들의 죄악의 씨앗과 뒤섞여 있는지도 모르겠습니다. 전혀 없는지도 모르지만, 그들의 죄가 문을 열고 맞아들인 것으로서 이윽고 마음속의 악마를 틀림없이 번식시킬 그런 죄악의

unreasonable. He had a ready faculty, indeed, of escaping from any topic that agitated his too sensitive and nervous temperament. "But, now, I would ask of my well-skilled physician, whether, in good truth, he deems me to have profited by his kindly care of this weak frame of mine?"

Before Roger Chillingworth could answer, they heard the clear, wild laughter of a young child's voice, proceeding from the adjacent burial-ground. Looking instinctively from the open window,—for it was summertime,—the minister beheld Hester Prynne and little Pearl passing along the footpath that traversed the enclosure. Pearl looked as beautiful as the day, but was in one of those moods of perverse merriment which, whenever they occurred, seemed to remove her entirely out of the sphere of sympathy or human contact. She now skipped irreverently from one grave to another; until, coming to the broad, flat, armorial tombstone of a departed worthy, she began to dance upon it. In reply to her mother's command and entreaty that she would behave more decorously, little Pearl paused to gather the prickly burrs from a tall burdock which grew beside the tomb. Taking a handful of these, she arranged them along the lines of the scarlet letter that decorated the maternal bosom, to which the burrs, as their nature was,

---

ready faculty of~ :즉시~할 수 있는 능력 in good truth = really truly   profited by:~이 도움이 되어서 adjacent:근접한, 인접한 traverse:가르치다, 통과하다 decorously:예의바르게, 품위있게 prickly:가시투성이의 as their nature was = as(=which) was their nature:그 성질 그대로

씨앗입니다. 그러나 만약 그들이 영광스런 하느님을 찾는다면 그들에게 더러운 손을 천국을 향해 쳐들게 해서는 안됩니다. 그들이 동포를 위하여 봉사한다면, 그들이 우선 후회하고 겸손해져서 양심과 힘과 존재를 명백히 나타내는 일부터 시작하라고 하시지요. 오, 현명하고 경건한 목사님, 당신은 저에게 잠시 속이는 것이 신의 진실을 드러내는 것보다 더 훌륭하다는 것을 믿으란 말입니까? 사실 그런 사람들은 그들 자신을 속이는 사람들입니다."

"그럴지도 모릅니다."라고 젊은 목사는 비이성적이고 적절하지 못하다고 생각되는 논쟁을 물리치기라도 하듯이 무관심하게 말했다. 그는 예민하고 신경질적인 그의 기질을 자극하는 그런 주제로부터 서슴지 않고 회피할 수 있는 재주가 있었다. "그런데 유능하신 선생님께 묻고 싶은 게 있는데요, 진실로 선생께서 나의 이 병약한 육체에 베푼 친절한 치료에 의해 내가 무슨 효험을 얻었는지를 알고 싶군요."

로저 칠링워드가 답을 하기 전에 이웃 묘지로부터 들려 오는 깨끗하고 씩씩하게 웃는 어린아이의 목소리를 들었다. 여름철이라 열어 놓은 창문을 통하여 본능적으로 보면서 목사는 울타리를 가로지르는 오솔길을 따라 걷는 헤스터 프린과 꼬마 펄을 바라보았다. 펄은 화창한 날씨만큼 아름다웠으나, 심술궂으면서

회피:책임을 지지 아니하고 피함

tenaciously adhered. Hester did not pluck them off.

Roger Chiltingworth had by this time approached the window, and smiled grimly down.

"There is no law, nor reverence for authority, no regard for human ordinances or opinions, right or wrong, mixed up with that child's composition," remarked he, as much to himself as to his companion. "I saw her, the other day, bespatter the Governor himself with water, at the cattle trough in Spring Lane. What, in Heaven's name, is she? Is the imp altogther evil? Hath she affections? Hath she any discoverable principle of being?"

"None,— save the freedom of a broken law," answered Mr. Dimmesdale, in a quiet way, as if he had been discussing the point within himself. "Whether capable of good, I know not."

The child probably overheard their voices; for, looking up to the window, with a bright, but naughty smile of mirth and intelligence, she threw one of the prickly burrs at the Reverend Mr. Dimmesdale. The sensitive clergyman shrunk, with nervous dread, from the light missile. Detecting his emotion, Pearl clapped her little hands in the most extravagant ecstasy. Hester Prynne, likewise, had involuntarily looked up; and all these four persons, old

---

tenacious:붙여서 떨어지지 않는 reverence:존경 ordinance:규칙, 율법
composition:기질, 성질 bespatter:(흙물 따위를) 튀기다 cattle trough:여물통
in Heaven's name:도대체 extravagant:터무니없는, 엄청난

도 쾌활한 기분에 넘쳐 있었는데, 이런 기분은 그녀로부터 다른 사람들과 공감하며 접촉하는 세계를 완전히 사라지게 하는 것 같았다. 그녀는 지금 무엄하게도 무덤에서 무덤으로 뛰어다녔고, 그러다가 저명한 인사의 무덤에 서 있는 크고 널따란 문장이 새겨진 묘비가 있으면 그 위에서 춤을 추기 시작했다. 더 단정하게 행동하라는 그 애 어머니의 명령과 간청에 그녀는 묘지 옆에서 자라는 큰 우엉 덩쿨에 가시가 있는 우엉 씨를 모으느라고 잠시 멈추었다. 이들 우엉 씨를 한 줌 손에 가득 쥐고서 그녀는 그것들을 어머니의 가슴을 수놓고 있는 주홍선을 따라 늘여 놓았다. 그 씨앗들은 본성 그대로 그 주홍선에 딱 달라붙었다. 헤스터는 그것들을 잡아뜯지 않고 내버려두었다.

로저 칠링워드는 바로 이 순간 창문 있는 곳으로 다가와서 침통한 미소를 지으며 아래를 내려다보았다.

"저 애는 돼먹지 않아서 법률도 없고 권위에 대한 존경도, 인간의 관습이나 의견에 대한 관심도 없고 나쁘거나 옳거나 한 것에 대한 어떤 마음도 가지고 있지 않아요."라고 혼자 말로 옆 사람에게 하듯이 말했다. "나는 전날 저 애가 스프링 레인에서 소 물 먹이는 물통에 있는 물을 총독에게 뿌리는 것을 보았어요. 도대체 무슨 애가 저렇습니까? 저 꼬마 도깨비는 악마일까요? 애정이 있는 애일까요? 그녀가 인간으로 생각될 수 있

무엄:버릇없이 함부로 굶

and young, regarded one another in silence, till the child laughed aloud; and shouted,—"Come away, mother! Come away, or yonder old Black Man will catch you! He has got hold of the minister already. Come away, mother, or he will catch you! But he cannot catch little Pearl!"

So she drew her mother away, skipping, dancing, and frisking fantastically, among the hillocks of the dead people, like a creature that had nothing in common with a bygone and buried generation, nor owned herself akin to it. It. was as if she had been made afresh, out of new elements, and must necessarily be permitted to live her own life, and be a law to herself, without her eccentricities being reckoned—to her for a crime.

"There goes a woman," resumed Roger Chillingworth, after a pause, "who, be her demerits what they may, has none of that mystery of hidden sinfulness which you deem so grievous to be borne. Is Hester Prynne the less miserable, think you, for that scarlet letter on her breast?"

"I do truly believe it," answered the clergyman. "Nevertheless I cannot answer for her. There was a look of pain in her face, which I would gladly have been spared the sight of. But still, it seems to me, it must needs be better for the sufferer to be free to show his pain, as this poor

---

yonder old Black Man:chillingworth hillock:작은 언덕, 흙더미   had nothing in common with:~과 아무런 공통점이 없었다   live her own life: 자기 나름대로 살아가다 be a law to herself: 자기 마음대로 해 나가다 eccentricity:엉뚱함, 이상함 reckon:~으로 간주하다, 판단하다

는 어떤 원칙이라도 가지고 있을까요?"

"없어요, 법을 파괴하고 얻는 자유 이외에는 어떤 것도."라고 조용하게 마치 그가 마음속에서 은밀하게 생각했던 것처럼 딤즈데일 목사는 대답했다. "그 애가 선을 행할 수 있을지는 모르겠군요."

그 아이는 아마 그들의 목소리를 엿들었던 것 같았다. 왜냐하면 총명하지만 명랑하고 지성의 장난기가 있는 미소를 띠고 창문을 올려다보면서, 딤즈데일 목사에게 가시투성이인 우엉 열매 하나를 던졌다. 예민한 목사는 신경질적으로 고통을 느끼며 몸을 움추렸다. 그의 감정을 알아차린 펄은 너무나 좋은 나머지 작은 두 손바닥을 쳤다. 헤스터 프린 역시 무의식적으로 올려다보았다. 그리고 그들 네 사람이 모두다 묵묵히 쳐다보았다. 아이가 크게 웃을 때까지 그렇게 있었다. 그리고 아이는 "이리 와요, 엄마." 라고 소리쳤다. "이리 와요, 그러지 않으면 저쪽에 있는 늙은 마귀가 엄마를 잡아 갈 거예요! 그가 목사님을 벌써 잡았는 걸요. 빨리 와요, 엄마 그렇지 않으면 그가 엄마를 잡을 거예요! 그러나 그는 작은 펄을 잡지 못할 거예요!"

그러면서 그녀는 죽은 사람들의 무덤 사이를 뛰면서 춤을 추고 까불며 엄마의 손을 잡아 끌고 가는 모습은 마치 세상을 떠나 땅에 묻힌 세대와는 전혀 상관이 없거나 인연이 없는 아이

woman Hester is, than to cover it all up in his heart."

There was another pause; and the physician began again to examine and arrange the plants which he had gathered.

"You inquired of me, a little time ago," said he, at length, "my judgment as touching your health."

"I did," answered the clergyman, "and would gladly learn it. Speak frankly, I pray you, be it for life or death."

"Freely, then, and plainly," said the physician, still busy with his plants, but keeping a wary eye on Mr. Dimmesdale, "the disorder is a strange one; not so much in itself, nor as outwardly manifested,—in so far, at least, as the symptoms have been laid open to my observation. Looking daily at you, my good Sir, and watching the tokens of your aspect, now for months gone by, I should deem you a man sore sick, it may be, yet not so sick but that an instructed and watchful physician might well hope to cure you. But—I don't know what to say—the disease is what I seem to know, yet don't know it."

"You speak in riddles learned Sir," said the pale mindister, glancing aside out of the window.

"Then to speak more plainly," continued the physician, "and I crave pardon, Sir,— should it seem to require pardon,— for this needful plainness of my speech. Let me

---

cover it all up: 그것을 완전히 감추어 버리다 s touching=concerning wary:신중한, 주의깊은 symptoms:증상 laid open = revealed, exposed not so sick but that: ~하지 않을 정도로 심하지는 않다 speak in riddles: 수수께끼 같은 말을 하다 crave :열망하다 under Providence:하늘의 뜻에 따라

같았다. 그것은 마치 보통 사람과는 다른 새로운 요소로 만들어진 아이여서 제멋대로 살아가도록 허용하지 않으면 안 되는 것이며, 자신이 스스로를 다스리는 법률이며, 그 특이한 성격도 죄악으로 여겨지지 않는 그런 아이 같았다.

"저기 저 여자가 가는군요."라고 로저 칠링워드가 잠시 끊었다가 말을 이었다. "저 여자의 과실이 무엇이든 그녀는 당신이 지금 가슴에 감추어 두고 매우 괴롭다고 말한 것 같은 숨은 죄악의 비밀은 하나도 가지고 있지 않아요. 헤스터 프린의 불행은 가슴에 주홍 글씨를 달고 있는 것으로 조금이나마 가벼워졌다고 생각지 않습니까?"

"나는 진실로 그렇다고 믿습니다."라고 목사는 대답했다. "그럼에도 불구하고 전 그녀에 대해 함부로 답을 할 수가 없군요. 그녀의 얼굴에는 제가 차라리 보지 않았으면 좋았을 괴로운 표정이 있습니다. 그러나 가슴속에 모든 고통을 감추고 있는 것보다 저 불쌍한 헤스터처럼 고통을 자유롭게 드러내 버리는 편이 고통을 받는 사람을 위해서 더 좋다는 생각이 드는군요."

다시금 말이 중단되었고, 의사는 그가 모아 둔 풀들을 다시 정리하고 실험하기 시작했다.

"조금 전에 목사님께서 목사님의 건강에 대한 나의 견해를 물었습니다."라고 의사가 마침내 말했다.

ask,—as your friend,-as one having charge, under Providence, of your life and physical well-being,-hath all the operation of this disorder been fairly laid open and recounted to me?"

"How can you question it?" asked the minister. "Surely, it were child's play to call in a physician, and then hide the sore!"

"You would tell me, then, that I know all?" said Roger Chillingworth, deliberately, and fixing an eye, bright with intense and concentrated intelligence, on the minister's face. "Be it so But, again He to whom only the outward and physical evil is laid open, knoweth, oftentimes, but half the evil which he is called upon to cure. A bodily disease, Which we look upon as whole and entire within itself, may, after all, be but a symptom of some ailment in the spiritual part. Your pardon, once again, good Sir, if my speech give the shadow of offence. You Sir, of all men whom I have known, are he whose body is the closest conjoined, and imbued, and identified, so to speak, with the spirit whereof it is the instrument."

"Then I need ask no further," said the clergyman, somewhat hastily rising from his chair, "You deal not, I take it, in medicine for the soul!"

---

operation:영향력 recount:~을 이야기하다 You would tell me: ~라고 말씀하실 생각이군요 deliberately:신중하게, 고의적으로 Be it so=Let it be so=So be it 그렇다면 그걸로 좋아요 but half = only half   called upon=required obliged ailment in:병   your pardon = I beg your pardon imbue:더럽히다

"네 그랬지요."라고 목사가 대답했다. "그리고 알고 싶군요. 제발 살든 죽든 상관없이 솔직히 말해 주십시오."

"허물없이 쉽게 말해서"라고 의사는 여전히 풀을 바삐 만지는 한편 딤즈데일 목사에게 주의 깊은 시선을 주며 말했다. "당신의 병은 이상해요. 적어도 내가 증세를 관찰한 대로는 병 자체보다도 표면상으로 드러난 것이 그래요. 당신을 매일 지켜보면서 그리고 당신의 병세를 관찰하면서 전 당신이 아주 심각한 병에 걸려 있다고 생각했습니다만, 그 병이 그렇게 심하지 않아서 잘 배우고 주의 깊은 의사라면 당신을 충분히 치료할 수 있는 그런 병입니다. 그러나 뭐라고 이야기해야 할지 모르겠군요. 그 병을 알 것 같으면서도 알 수 없는 병입니다."

"당신은 수수께끼 같은 말을 하는군요."라고 창백한 목사가 창문 밖을 내다보며 말했다.

"그럼 더 솔직히 말씀드리죠."의사는 말을 이었다. "아무래도 솔직히 말씀드려야 할 테니까 실례되는 점은 용서를 바랍니다. 당신의 친구로서 당신의 육체적 생명을 도맡기로 한 의사로서 솔직하게 묻겠습니다. 당신은 나에게 병의 증세를 하나도 숨김 없이 보여주셨다고 생각하십니까?"

"어떻게 그렇게 물으십니까?" 하고 목사는 말했다. "의사 앞

"Thus, a sickness," continued Roger Chillingworth, going on, in an unaltered tone, without heeding the interruption,—but standing up, and confronting the emaciated and white-cheeked minister, with his low, dark, and misshapen figure,—"a sickness, a sore place, if we may so call it, in your spirit, hath immediately its appropriate manifestation in your bodily frame. Would you, therefore, that your physician heal the bodily evil? How may this be, unless you first lay open to him the wound or trouble in your soul?"

"No!—not to thee!—not to an earthly physicians" cried Mr. Dimmesdale, passionately, and turning his eyes, full and bright, and with a kind of fierceness, on old Roger Chillingworth. "Not to thee! But, if it be the soul's disease, then do I commit myself to the one Physician of the soul! He, if it stand with His good pleasure, can cure;or He can kill! Let Him do with me as, in His justice and wisdom, He shall see good. But who are thou, that meddlest in this matter?—that dares thrust himself between the sufferer and his God?"

With a frantic gesture he rushed out of the room.

"It is as well to have made this step," said Roger Chillingworth to himself, looking after the minister with a

---

unaltered:변하지않는 Would you =Do you want~? commit~to:~에(몸을)맡기다 one Physician of the soul=God stand with=to be consistent with, agree or accord with:일치하다, 조화를 이루다 do with=deal, meddle with:다루다 frantic:미친듯한 It is as well to~:~하는 것은 괜찮다

에서 자기의 증세를 감추다니요. 마치 어린애 장난 같은 얘기이군요."

"그럼 내게 모두 보여 주셨다는 말씀이시군요?" 로저 칠링워드는 매우 총명한 눈빛으로 목사를 조심스럽게 바라보며 말했다. "그렇다면 한 번 더 실례하겠습니다." "육체에 나타난 증세밖에 모르는 수가 많습니다. 병이란 흔히 육체 자체의 병으로 그치지 않고 정신적인 것이 병의 원인이 되지요. 당신은 내가 다루어 온 모든 환자 중에서 정신과 육체가 가장 일치된 환자 중의 한 분입니다. 내 말이 비위에 거슬렸다면 다시 용서를 빌겠습니다."

"그렇다면 더 이상 부탁드리지 않겠습니다." 목사는 황급히 의자에서 일어나며 말했다. "당신이 영혼을 구제할 약을 갖고 있질 않으니까요."

로저 칠링워드는 목사의 말을 못 들은 듯이 불쑥 일어나 작은 키에 약간 기형적인 몸을 창백해진 목사 앞으로 다가세우며 말을 계속했다. "마음에 상처를 입게 되면 당장에 그것과 관련된 병이 육체에 나타나게 되지요. 그러니 당신이 육체의 병을 의사가 고쳐 주길 바라신다면 먼저 의사에게 마음의 상처나 괴로움을 밝혀 주셔야 합니다."

비위:사물에 대해 좋고 언짢음을 느끼는 기분

grave smile. "There is nothing lost. We shall be friends again anon. But see, now, how passion takes hold upon this man, and hurrieth him out of himself! As with one passion, so with another! He hath done a wild thing erenow, this pious Master Dimmesdale, in the hot passion of his heart!"

It proved not difficult to reestablish the intimacy of the two companions, on the same footing and in the same degree as heretofore. The young clergyman, after a few hours of privacy, was sensible that the disorder of his nerves had hurried him into an unseemly outbreak of temper, which there had been nothing in the physician's words to excuse or palliate. He marvelled, indeed, at the violence with which he had thrust back the kind old man, when merely proffering the advice which it was his duty to bestow, and which the minister himself had expressly sought. With these remorseful feelings, he lost no time in making the amplest apologies, and besought his friend still to continue the care, which, if not successful in restoring him to health, had, in all probability, been the means of prolonging his feeble existence to that hour. Roger Chillingworth readily assented, and went on with his medical supervision of the minister; doing his best for him, in

---

anon=at once take hold upon:강제적으로, 또는 끈질기게 영향력을 행사하다 reestablish:재건하다 intimacy:친밀한, 친교 privacy:비밀, 개인의 사유 palliate: 침착하다, 변명하다 proffer:~을 내놓다 remorseful:몹시 후회하고 있는 ample: 충분한 in all probability = most probably in all good faith = very sincerely

"안 됩니다. 속세의 의사에겐 안 될 말입니다." 목사는 눈빛을 빛내며 로저 칠링워드 노인을 쏘아보며 소리쳤다. "당신에겐 어림도 없습니다. 내 영혼에 병이 들었다면 오직 하나님께 내 몸을 맡기겠습니다. 하느님께서 고쳐 주시거나 아니면 죽여 주실 겁니다. 하느님이 옳다고 생각하는 대로 나를 처분해 주시겠지요. 그런데 도대체 당신은 누굽니까? 하느님과 환자 사이에 끼어드는 당신은 대관절 누구란 말입니까?"

목사는 미친 사람처럼 방을 뛰쳐나왔다.

기분 나쁜 미소를 띠고 목사의 뒷모습을 바라보며 로저 칠링워드는 혼잣말로 중얼거렸다. "곧 화해하게 될걸. 그런데 어찌 저렇게 미친 사람처럼 흥분한다지. 다른 일에도 마찬가지일 거야! 필경 무슨 짓을 저질렀어. 믿음이 깊으신 목사가 격정에 쉽게 휩싸이다니!"

두 사람이 전처럼 우정을 갖는 것이 그리 어렵지 않았다. 젊은 목사는 홀로 몇 시간을 보낸 뒤에 자기의 날카로운 신경 때문에 의사에게 화를 내었다는 걸 깨달은 것이다. 의사는 직책상 조언을 해 주려고 했었는데 노인을 쫓아 버린 자기의 난폭한 행위에 새삼 놀랐다. 목사는 크게 뉘우치고 곧 의사에게 진

all good faith, but always quitting the patient's apartment, at the close of a professional interview, with a mysterious and puzzled smile upon his lips. This expression was invisible in Mr. Dimmesdale's presence, but grew strongly evident as the physician crossed the threshold.

"A rare case!" he muttered. "I must needs look deeper into it. A strange sympathy betwixt soul and body! Were it only for the art's sake, I must search this matter to the bottom!

It came to pass, not long after the scene above recorded, that the Reverend Mr. Dimmesdale, at noonday, and entirely unawares, fell into a deep, deep slumber, sitting in his chair, with a large black-letter volume open before him on the table. It must have been a work of vast ability in the somniferous school of literature. The profound depth of the minister's repose was the more remarkable, inasmuch as he was one of those persons whose sleep, ordinarily, is as light, as fitful, and as easily scared away, as a small bird hopping on a twig. To such an unwonted remoteness, however, had his spirit now withdrawn into itself, that he stirred not in his chair when old Roger Chillingworth, without any extraordinary precaution, came into the room. The physician advanced directly in

---

evident:분명한, 명백한 for the art's sake:for the sake of medical art it came to pass(that) = it happened that~   black-letter = 고딕체 활자의(로 인쇄된) somniferous:최면의, 잠이 오게 하는 repose:수면(sleep) without any extraordinary precaution:특별히 조심하지도 않고

심으로 사과하고 치료를 계속해 달라고 부탁했다. 의사의 치료로 건강이 회복되지는 않았다 하더라도 이제까지 가냘픈 생명을 연장시켜 왔을지도 모른다. 로저 칠링워드는 기다리고 있다가 쾌히 승낙하고 목사의 건강을 계속 보살펴 주었다. 정말 목사를 위하여 의사로서 성의껏 봐주고 나올 때는 언제나 의미 깊은 미소를 짓곤 했다. 물론 딤즈데일 목사 앞에선 어떤 기색도 보이지 않았다.

"참 보기 드문 증세야. 영혼과 육체가 함께 병들었어. 좀 더 깊이 살펴볼 필요가 있군! 의학적인 목적으로만 보아도 이 병은 철저히 조사해야겠어."

앞에서의 사건이 있은 지 얼마 안 되어 딤즈데일 목사는 책상 앞 의자에 앉은 채 깊은 잠이 들어 있었다. 책상 위에는 책 한 권이 펼쳐져 놓였는데 무슨 문학 작품 같았다. 목사가 이렇게 깊이 잠이 들었다는 것은 참으로 놀라운 일이었다. 목사는 평소에 불안스럽게 잠을 자고 있는 겁쟁이처럼 잠자는 버릇이 있었기 때문이다. 로저 칠링워드가 자연스럽게 방으로 들어가도 목사는 의자에서 꼼짝하지 않았다. 의사는 환자에게 다가가서 이제까지 한 번도 보이지 않던 환자의 앞가슴을 풀어 보았

기색:안면에 나타난 감정의 변화

front of his patient, laid his hand upon his bosom, and thrust aside the vestment that, hitherto, had always covered it even from the professional eye.

Then, indeed, Mr. Dimmesdale shuddered, and slightly stirred.

After a brief pause, the physician turned away.

But with what a wild look of wonder, joy, and horror! With what a ghastly rapture, as it were, too mighty to be expressed only by the eye and features, and therefore bursting forth through the whole ugliness of his figure, and making itself even riotously manifest by the extravagant gestures with which he threw up his arms towards the ceiling, and stamped his foot upon the Boor! Had a man seen old Roger Chillingworth, at that moment of his ecstasy, he would have had no need to ask how Satan comports himself when a precious human soul is lost to heaven, and won into his kingdom.

But what distinguished the physician's ecstasy from Satan's was the trait of wonder in it!

---

vestment: 법의 rapture: 큰 기쁨, 환희 riotous: 폭동의, 떠들썩한 stamp:~을 짓밟다 boor: 버릇없는 사람, 거친 사람 comports himself = behaves himself is lost to heaven: 천국에서 버림받다 trait: 특색, 특징

다.

그때, 딤즈데일 목사는 몸을 조금 떨며 움직였다.

의사는 잠시 가만히 서 있다가 방을 나왔다.

그 순간 의사의 얼굴에는 놀라움과 두려움, 그리고 대단한 기쁨으로 거칠게 일그러진 표정이 나타났다. 표정만으로는 부족한 듯이 기형적인 몸을 흔들고 요란스럽게 마루바닥을 발로 구를 정도였다. 이러한 로저 칠링워드의 태도를 본 사람이 있다면 인간의 영혼이 천당에 가지 못하고 지옥에서 살아야 할 때 사탄이 취하는 태도가 어떤 것인가를 물어볼 필요도 없을 것이다.

그러나 의사의 광희 속에는 악마의 광희와 달리 기쁨속에 깃들인 한 가닥의 놀라움이 있었다.

광희:미치다시피 기뻐함

CHAPTER 11
The Interior of a Heart

After the incident last described, the intercourse between the clergyman and the physician, though externally the same, was really of another character than it had previously been. The intellect of Roger Chillingworth had now a sufficiently plain path before it. It was not, indeed, precisely that which he had laid out for himself to tread Calm, gentle, passionless, as he appeared, there was yet, we fear, a quiet depth of malice, hitherto latent, but active now, in this unfortunate old man, which led him to imagine a more intimate revenge than any mortal had ever wreaked upon an enemy. To make himself the one trusted friend, to whom should be confided all the fear, the remorse, the agony, the ineffectual repentance, the backward rush of sinful thoughts, expelled in vain! All that guilty sorrow, hidden from the world, whose great heart would have pitied and forgiven, to be revealed—to him, the Pitiless, to him, the Unforgiving! All that dark treasure to be lavished on the very man, to whom nothing else could so adequately pay the debt of vengeance!

---

laid out = make a plan for   latent:잠복한, 잠복성의   intimate = affecting one's inmost self:심각한   wreak(revenge) upon:~에게(원한을) 품다   confided:털어놓다, 터놓다   remorse:후회, 죄책감   ineffectual:헛된, 무익한   expelled in vain:떨쳐버릴 수 없는   the Pitiless:냉혹한 사나이   the Unforgiving:가차없는 사나이

제 11 장
내면의 세계

그 사건 이후 목사와 의사 사이의 교제는 외견상으로는 같았지만 실은 전과는 다른 성격의 것이었다. 로저 칠링워드의 지능이 뚜렷한 진로를 찾은 것이었다. 그러나 그것은 그가 계획하고자 했던 것은 아니었다. 아주 조용하고 온순한, 격정과는 먼 듯이 보이는 이 불쌍한 노인에게 지금까지 줄곧 잠재했던 악의가 이제 곧 활동을 개시해 어쩌면 과거의 어느 누구도 원수에게 그런 앙갚음을 한 적이 없을 정도로 강력한 복수를 생각하게 했는지도 모른다. 자신이 단 한 사람의 신뢰받는 친구가 되어 모든 공포, 마음의 가책, 무익한 후회, 그리고 물리쳐도 되돌아오는 죄책감, 그것들을 그가 고백하도록 하는 것이다. 세상으로부터 감추어진 죄의 비애가 동정심도 없고 용서할 수 없는 자기 앞에서 밝혀지기를 바랐다. 마음을 어둡게 하는 모든 보물을 자기 앞에서 철저히 쏟아 놓게 하는 것이다.

이 계획은 목사의 내성적이고 민감한 침묵 때문에 잘 진행되지 않았다. 그러나 로저 칠링워드는 하느님—복수자도 희생자도 다같이 자신의 목적을 위해 사용하시면서 벌해야만 할 때에 용서하시는 일도 있는 하느님— 자신의 사악한 수단 대신에 내

The clergyman's shy and sensitive reserve had balked
this scheme. Roger Chillingworth, however, was inclined
to be hardly, if at all, less satisfied with the aspect of
affairs, which-Providence using the avenger and his vic-
tim for its own purposes, and, perchance, pardoning
where it seemed most to punish—had substituted for his
black devices. A revelation, he could almost say, had been
granted to him. It mattered little, for his object, whether
celestial, or from what other region. By its aid, in all the
subsequent relations betwixt him and Mr. Dimmesdale,
not merely the external presence, but the very inmost soul,
of the latter, seemed to be brought out before his eyes, so
that he could see and comprehend its every movement. He
became, thenceforth, not a spectator only, but a chief
actor, in the poor minister's interior world. He could play
upon him as he chose, Would he arouse him with a throb
of agony? The victim was forever on the rack; it needed
only to know the spring that controlled the engine; and the
physician knew it well! Would he startle him with sudden
fear? As at the waving of a magician's wand, uprose a
grisly phantom,—uprose a thousand phantoms,—in many
shapes, of death, or more awful shame, all flocking round
about the clergyman, and pointing with their fingers at his

---

balk:방해하다 It mattered little, for his object:그의 목적과 관련해서는 별문제
가 되지 않았다 celestial:하늘의, 천국의 subsequent:그 이후의 brought out =
show clearly play upon = to make use of, or take advantage of would he = it he
would rack:고문대 phantoms:도깨비, 유령 flock:모이다

려주신 상황에 결코 만족하지 않는 것은 아니었다. 그런 계시
는 당연한 것이라고 생각했다. 그것이 하느님으로부터 온 것이
든 다른 어떤 세계에서부터 온 것이든 자신의 목적을 이루는
데에는 거의 문제가 되지 않았다. 그러한 계시의 도움으로 그
와 딤즈테일 목사와의 관계에서 단지 외견상의 문제뿐만 아니
라 영혼의 내부까지도 눈앞에 드러나게 되어, 그 결과 그의 모
든 움직임을 다 이해할 수 있을 것같이 생각된 것이다. 그 결
과 그는 단순히 구경꾼이었을 뿐만 아니라 가엾은 목사의 정신
세계에 있어서의 주역 배우도 되었다. 그는 목사에 대하여 마
음먹은 대로 할 수가 있었다. 목사에게 심한 고통을 주어서 흥
분시키고 싶으면, 희생자는 언제나 고문대 위에 자리잡고 있는
것이나 다름없었기 때문에 간단한 방법으로 고통을 줄 수도 있
었다. 이 장치의 손잡이가 어디에 있는지만 알고 있으면 되었
다. 그리고 의사는 그것을 잘 알고 있었다. 목사에게 갑자기 공
포감을 주어 놀려 주려고 생각하면 그것은 어렵지 않았다. 마
치 마법사가 마법의 지팡이를 휘두르기만 하면, 죽음이나 무서
운 치욕의 형태를 한 환상이 나타나서 목사 주위에 몰려와 그
가슴을 손가락으로 가리키도록 할 수도 있는 것이었다.

　이런 일은 모두 완전하고 미묘하게 행해졌기 때문에 목사는
시종 무언가 흉악한 힘을 가진 자가 자기를 감시하고 있다는

breast!

All this was accomplished with a subtlety so perfect that the minister, though he had constantly a dim perception of some evil influence watching over him, could never gain a knowledge of its actual nature. True, he looked doubtfully, fearfully,—even, at times, with horror and the bitterness of hatred,—at the deformed figure of the old physician. His gestures, his gait, his grizzled beard, his slightest and most indifferent acts, the very fashion of his garments, were odious in the clergyman's sight; a token implicitly to be relied on, of a deeper antipathy in the breast of the latter than he was willing to acknowledge to himself. For, as it was impossible to assign a reason for such distrust and abhorrence, so Mr. Dimmesdale, conscious that the poison of one morbid spot was infecting his heart's entire substance, attributed all his presentiments to no other cause. He took himself to task for his bad sympathies in reference to Roger Ghillingworth, disregarded the lesson that he should have drawn from them, and did his best to root them out. Unable to accomplish this, he nevertheless, as a matter of principle, continued his habits of social familiarity with the old man, and thus gave him constant opportunities for perfecting the purpose to which—poor, forlorn

---

subtlety:미묘, 신비 deformed:불구의, 혐오를 느끼게 하는 gait:걸음걸이 odious:싫은, 불쾌한 implicit:절대적인, 잠재해있는 abhorrence:혐오감, 몹시 싫어함 presentiment:(특히 나쁜)예감, 육감 took himself to task = blame (a person) of fault in reference to:~에 관하여 unable to = Though he was unable to

것을 희미하게나마 감지할 수 있었지만, 그것이 실지로 무엇인지 명백히 알 수는 없었다. 실제 그는 의심스럽고 두려운 모양으로 그 늙은 의사의 불구의 몸을 바라보았다. 그의 몸짓, 그의 걸음걸이, 그의 희끗희끗한 수염, 그의 극히 사소하고 아주 무관심한 행동까지, 또 그의 옷 매무새까지도 목사의 눈에는 밉살스럽게 생각되었다. 그가 스스로 인정하고 있는 것 이상으로 그 가슴 속에는 한층 더 깊은 반감이 있었다는 것은 이것으로 은근히 알 수 있다. 왜냐 하면, 이런 의혹과 증오는 그 이유를 찾을 수가 없기 때문에 딤즈테일은 자기 가슴의 모든 물질이 어떤 병적인 부분의 독물에 의해 침범되고 있다는 것을 감지하고, 그것에다 모든 예감을 결부시켜서 생각하고 있었기 때문이다. 그는 로저 칠링워드에 대하여 좋지 않은 기분을 가지게 된 것을 자책하고, 그러한 기분에서 이끌어 낸 생각을 무시하며, 될 수 있는 대로 그것들을 뿌리째 뽑아 버리려고 했다. 그것은 불가능한 일이었지만, 자신의 생활 원칙에 따라서 그 노인과 사교적 친밀을 꾀하기를 계속하고 있었던 것이다. 이렇게 하여 도리어 의사에게 그 목적을 완성할 기회를 항상 제공하고 있었던 것이다.

이처럼 몸은 병에 시달리고 영혼은 암담한 고뇌에 의해 좀먹히고 고문당하며 또한 흉악하기 짝없는 적의 흉계에 농락당

감지 : 직감적으로 느끼어 앎
예감 : 사전에 그 일을 암시적으로 느낌

creature that he was, and more wretched than his victim—
the avenger had devoted himself.

While thus suffering under bodily disease, and gnawed
and tortured by some black trouble of the soul, and given
over to the machinations of his deadliest enemy, the
Reverend Mr. Dimmesdale had achieved a brilliant popu-
larity in his sacred office. He won it, indeed, in great part,
by his sorrows. His intellectual gifts, his moral percep-
tions, his power of experiencing and communicating emo-
tion, were kept in a state of preternatural activity by the
prick and anguish of his daily life. His fame, though still
on its upward slope, already overshadowed the soberer
reputations of his fellow-clergymen, eminent as several of
them were. There were scholars among them, who had
spent more years in acquiring abstruse lore connected
with the divine profession, than Mr. Dimmesdale had
lived; and who might well, therefore, be more profoundly
versed in such solid and valuable attainments than their
youthful brother. There were men, too, of a sturdier tex-
ture of mind than his, and endowed with a far greater
share of shrewd, hard, iron, or granite understanding;
which, duly mingled with a fair proportion of doctrinal
ingredient, constitutes a highly respectable, efficacious,

---

gnaw:괴롭히다 given over to = abandon to evil courses machination:간계, 음모
preternatural:불가사의한, 초자연적인 prick :양심의 가책 who might well~be~
(~에 정통해 있어도) 당연하게 여겨졌다 versed:정통해있는, 숙련되어 있는
sturdy texture:억센(견고한),기질 ingredient:성분, 요인 efficacious:효능이 있는

하면서도, 목사 딤즈테일은 그 신성한 직무에 있어서는 빛나는 명성을 얻고 있었다. 아니, 그의 명성 대부분은 그의 슬픔에 의해서 얻어진 것이었다. 그의 지적 천성, 도덕적인 감수성, 정서를 경험하고 그것을 전달하는 능력, 그런 것들은 그의 일상 생활의 가책과 고뇌에 의해서 생겨난 초자연적인 활동 상태 속에 간직되어 있었다. 그의 명성은 또한 상승 일로에 있었는데, 이미 그의 명성으로 인해 동료 목사들의 평판은 완전히 빛을 잃게 되었다. 동료 중에는 딤즈테일 목사보다 더 많은 세월을 소비하여 이 신성한 직업에 관한 학술 연마를 했으므로, 이 젊은 형제보다는 그런 신성한 학문에 있어서는 당연히 한층 더 깊은 경지에까지 도달했다고 생각되는 학자도 있었다. 또 그보다도 한층 더 강인한 의지를 가지고, 한층 더 예리한 정신과, 무쇠나 화강암처럼 굳은 이해력을 지니고 있는 사람들도 있었으나, 그러한 이해력에 교리의 배합물을 적당히 가미하면, 매우 존경할 만하고 상당히 유능하긴 하지만 딱딱하고 틀에 박힌 목사가 되어 버리는 것이다. 또 진짜 성자와 같은 목사들도 있었으나, 그 재능은 책 속에 파묻혀 꾸준히 공부를 하고 끊임없는 사색에 의하여 단련된 것이었으나 이들이 갖추지 못한 재능은 성령 강림절에 선택된 사도들에게 내려진 불의 혀뿐이었다. 그것은 성경에 나오는 방언을 말하는 것이 아니라, 전 인류를 향해 마음

and unamiable variety of the clerical species. There were others, again, true saintly fathers, whose faculties had been elaborated by weary toil among their books, and by patient thought, and etherealized, moreover, by spiritual communications with the better world, into which their purity of life had almost introduced these holy personages, with their garments of mortality still clinging to them. All that they lacked was the gift that descended upon the chosen disciples at Pentecost, in tongues of flames; symbolizing, it would seem, not the power of speech in foreign and unknown languages, but that of addressing the whole human brotherhood in the heart's native language. These fathers, otherwise so apostolic, lacked Heaven's last and rarest attestation of their office, the Tongue of Flame. They would have vainly sought—had they ever dreamed of seeking—to express the highest truths through the humblest medium of familiar words and images. Their voices came down, afar and in distinctly, from the upper heights where they habitually dwelt.

Not improbably, it was to this latter class of men that Mr. Dimmesdale, by many of his traits of character, naturally belonged. To the high mountain-peaks of faith and sanctity he would have climbed, had not the tendency

---

unamiable:퉁명스러운, 불친절한　etherealize:영묘(훌륭하고 신비스러움)하게 하다　Pentecost:성령 강림제　apostolic:사도의, 사도다운　attestation:증명, 입증, 증거　upper heights = better world　not improbably:어쩌면

속에서 우러나온 말로 이야기할 수 있는 능력을 상징하는 것이었다. 앞서 말한 목사들은 다른 점에서는 사도라고 일컬을 만한 사람들이었지만, 그들의 직능으로서 하나님이 부여하는 최후의, 그리고 가장 두드러진 표시로써 불의 혀 만은 갖추지 못하였던 것이다. 그들이 아무리 찾아 헤매어도 가장 비근한 일상의 언어와 비유를 통하여 최고의 진리를 표현할 수는 없을 것이다. 그들의 목소리는 항상 그들이 살고 있는 높은 곳으로부터 불분명하게 들려올 뿐이다.

그의 여러 가지 성격적 특징으로 보아 딤즈데일은 당연히 이 후자의 부류에 속한다고 해도 될 것이다. 신앙과 신성의 높은 산꼭대기에 오르려는 마음이, 죄와 고민의 무거운 짐에 의해 방해를 받지 않았다면, 그는 아마 그 꼭대기에 도달해 있을 것이다. 이 무거운 짐을 지고 비틀거리는 것이 그의 운명이었다. 그 때문에 지금의 위치로 내려와서 가장 낮은 수준이 되고 만 것이다. 만일 그러한 일이 없었더라면, 그는 자신의 목소리에 천사들도 귀를 기울여 대답했을 정도로 훌륭하고 신비스러운 자질을 지닌 인물이었다. 그러나 그에게 이러한 무거운 짐이 있었으므로 죄 많은 인류 동포에 대하여 그처럼 친밀한 동정을 할 수가 있었던 것이다. 곧 그의 가슴은 그들의 가슴과 같이 떨렸고, 그들의 고통을 자신의 가슴에 받아들였다. 그리하여 자

비근한:흔하고 가까운

been thwarted by the burden, whatever it might be, of crime or anguish, beneath which it was his doom to totter. It kept him down, on a level with the lowest; him, the man of ethereal attributes, whose voice the angels might else have listened to and answered! But this very burden it was that gave him sympathies so intimate with the sinful brotherhood of mankind, so that his heart vibrated in unison with theirs, and received their pain into itself, and sent its own throb of pain through a thousand other hearts, in gushes of sad, persuasive eloquence. Oftenest persuasive, but sometimes terrible! The people knew not the power that moved them thus. They deemed the young clergyman a miracle of holiness. They fancied him the mouthpiece of Heaven's messages of wisdom, and rebuke, and love. In their eyes, the very ground on which he trod was sanctified. The virgins of his church grew pale around him, victims of a passion so imbued with religious sentiment that they imagined it to be all religion, and brought it openly, in their white bosoms, as their most acceptable sacrifice before the altar. The aged members of his flock, beholding Mr. Dimmesdale's frame so feeble, while they were themselves so rugged in their infirmity, believed that he would go heavenward before them, and enjoined it upon their

---

totter:흔들리다, 비틀거리다 on a level with: ~과 대등하게(~까지) ethereal:하늘의 영묘한 attributes:속성, 특질 in unison with theirs = in concert with their hearts:일치하여, 조화되어 gush:(감정의)분출, 쏟아져나옴 eloquence:웅변, 능변 oftenest persuasive mouthpiece:대변자 rebuke:책망, 비난 altar:제단

신의 가슴 속에 있는 고통의 울렁거림을, 샘 솟듯 하는 힘을 가진 슬프고 박진력 있는 웅변으로 사람들의 가슴 속에 전달했다. 그것은 사람을 설복시키지 않고는 못 배길 그런 힘을 지니고 있었는데, 때로는 무서울 정도였다. 사람들은 이와 같이 그를 움직인 힘의 유래를 알지 못했다. 그들은 이 젊은 목사를 신성함이 낳은 기적이라고 생각했다. 그들은 그를 하늘의 신이 내린 예지와 타이름, 그리고 애정을 전달하는 대행자라고 생각했다. 그들의 눈엔 그가 밟은 땅마저도 신성하게 되는 것처럼 보였다. 교회의 처녀들 얼굴빛은 그의 주위에 있을 때는 더욱 창백했다. 정열의 포로인 그녀들은 종교적 정서를 너무 많이 받아들여 그 정서가 종교의 전부이거니 생각하고, 그녀들의 순결한 가슴 속에 있는 정서를 가장 정성어린 제물처럼 제단 앞에 바치는 것이었다. 그의 교인 중에서 나이든 사람들은 딤즈테일 씨의 몸이 약한 것을 보고, 그들 자신도 마찬가지로 쇠약해 있음에도 불구하고 그가 먼저 천국에 갈 것이라고 믿고 있었다. 그리하여 그 자식들에게, 자신들의 늙은 뼈를 그들의 젊은 목사의 신성한 무덤 가까이에 묻어 달라고 당부하는 것이었다. 또한 이런 때에는 불쌍한 딤즈테일 씨도 아마 자기 무덤에 대하여 생각하고 있었을 것이다. 그리고 그 무덤 위에 풀이 날 것인가 하고 마음속으로 자신에게 물어볼 것이다. 왜냐 하면

설복:알아 듣도록 타일러 그리 믿게 함

children, that their old bones should be buried close to their young pastor's holy grave. And, all this time, perchance, when poor Mr. Dimmesdale was thinking of his grave, he questioned with himself whether the grass would ever grow on it, because an accursed thing must there be buried!

It is inconceivable, the agony with which this public veneration tortured him! It was his genuine impulse to adore the truth, and to reckon all things shadow-like, and utterly devoid of weight or value, that had not its divine essence as the life within their life. Then, what was he? a substance?— or the dimmest of all shadows? He longed to speak out, from his own pulpit, at the full height of his voice, and tell the people what he was. "I, whom you behold in these black garments of the priesthood,—I, who ascend the sacred desk, and turn my pale face heavenward, taking upon myself to hold communion, in your behalf, with the Most High Omniscience,—I, in whose daily life you discern the sanctity of Enoch— I, whose footsteps, as you suppose, leave a gleam along my earthly track, whereby the pilgrims that shall come after me may be guided to the regions of the blest,—I, who have laid the hand of baptism upon your children,—I, who have

---

inconceivable:상상도 못할 veneration:숭배 adore:숭배하다 at the full height of his voice:목청껏 what he was:그의 정체 hold communion with:~와 가까이 지내다 Most High Omniscience = God discern:구별하다 Enoch:(성서)창세기에 나오는 인물 blest:신성한 regions of the blest:천국 baptism:세례

그 무덤은 저주받은 자가 묻히지 않으면 안 되었기 때문이다.

일반 대중으로부터의 이러한 존경이 그를 얼마나 괴롭혔던 가? 그의 진정한 의도는 진실을 찬미하고, 무게와 가치가 완전 히 배제된 그림자와 같은 모든 것, 즉 생명으로서의 신적인 본 질을 갖지 않은 순수한 모든 것을 올바로 음미하려는 데에 있 었다. 그런데, 그는 무엇이었던가? 모든 그림자 중에서 가장 희 미한 것이었을까? 그는 자신의 설교 단상에서 한껏 큰 목소리 를 질러 사람들에게 그 자신이 무엇인가를 말해 버리고 싶어서 못 견딜 지경이었다. "여러분이 보시는 바와 같이, 이렇게 검은 목사복을 입고 있는 나, 신성한 교단에 올라가서 창백한 얼굴 로 하늘을 우러러 여러분 대리자로서 가장 높은 전지 전능하신 하느님과 마음을 교류시킬 책임을 지고 있는 나, 내가 이 땅위 를 걸으면 그 발자취에 빛을 남기고 내 뒤에서 오는 순례인들 이 그것에 의하여 축복의 나라로 인도된다고 여러분이 상상하 고 있는 나, 여러분의 자녀들에게 세례를 베풀었던 나, 여러분 의 죽어 가는 친구들에게 막 하직하고 온 세계로부터 희미하게 울려오는 아멘 소리를 들을 수 있도록 이별의 기도를 올린 일 도 있는 나는 철두철미한 위선과 허위에 가득찬 인간에 지나지 않습니다."

설교단을 오를 때 딤즈데일 씨는 이와 같은 말을 하지 않고

찬미:아름다운 덕을 기림
철두철미:사리가 밝고 확실하기가 처음부터 끝까지 철처함

breathed the parting prayer over your dying friends, to whom the Amen sounded faintly from a world which they had quitted,—it, your pastor, whom you so reverence and trust, am utterly a pollution and a lie!"

More than once, Mr. Dimmesdale had gone into the pulpit, with a purpose never to come down its steps until he should have spoken words like the above. More than once, he had cleared his throat, and drawn in the long, deep, and tremulous breath, which, when sent forth again, would come burdened with the black secret of his soul. More than once—nay, more than a hundred times — he had actually spoken! Spoken! But how? He had told his hearers that he was altogether vile, a viler companion of the vilest, the worst of sinners, an abomination, a thing of unimaginable iniquity; and that the only wonder was that they did not see his wretched body shrivelled up before their eyes, by the burning wrath of the Almighty! Could there be plainer speech than this? Would not the people start up in their seats, by a simultaneous impulse, and tear him down out of the pulpit, which he defiled? Not so, indeed! They heard it all, and did but reverence him the more. They little guessed what deadly purport lurked in those self-condemning words. "The godly youth!" said

---

abomination:증오, 혐오 wretched:가엾은, 비참한 wrath:분노 only wonder was:단지 이상한 것은 ~라는 것이었다 start up in their seats:자리에서 벌떡 일어나서   by a simultaneous impulse:순간적으로 일제히 defile:~을 더럽히다, 모독하다 lurk:잠재하다, 잠복하다 condemn:비난하다, 책망하다

는 절대로 단상에서 내려오지 않을 각오로 올라가는 일이 한두 번이 아니었다. 몇 번씩이나 그는 헛기침을 했고, 길고 깊게 떨리는 숨을 들이마셨다. 그리고 그것을 밖으로 내쉴 때에는 그의 영혼의 어두운 비밀의 무거운 짐이 호흡 속에 실려 있는 것이었다. 몇 번씩이나 그는 실지로 입밖에 내서 말했다. 그러나 그것은 어떠했는가? 그는 청중을 향해서 말했다. 자기는 정말 비열한 자이며 가장 비열한 자들 가운데서도 더욱 비열한 패거리이고 최악의 악인이며, 부정한 사나이고, 상상도 못할 악의 화신이여! 자기의 썩어 빠진 몸뚱이가 청중의 목전에서 전능하신 하느님의 불타오르는 노여움에 의하여 말라비틀어지고 있는 것을 보고 있으면서도 모르니 이상한 노릇이라고, 이것 이상으로 명백한 말이 있을 수 있을까? 사람들은 그 자리에서 받은 충동에 의하여 일제히 일어서서 그가 더럽힌 설교단에서 그를 끌어내려 찢어 죽이지 않을까? 그러나 그런 일은 결코 일어나지 않았다. 그들은 목사의 말을 다 듣고도 더욱더 그를 존경하게 되는 것이었다. 얼마나 치명적인 의미가 자기 스스로를 책망하는 말 속에 포함되어 있는가를 그들은 조금도 알아채지 못했던 것이다. "하느님과 같은 청년이다." 하고 그들은 서로 말했다. "지상의 성인이다. 아아, 스스로 자기의 결백한 영혼에서 저만큼 죄의 깊이를 찾아 낼 수 있다고 한다면, 저 분은 당

가식 : 말이나 행동을 거짓으로 꾸밈

they among themselves. "The saint on earth! Alas, if he discern such sinfulness in his own white soul, what horrid spectacle would he behold in thine or mine!" The minister well knew – subtle, but remorseful hypocrite that he was!— the light in which his vague confession would be viewed. He had striven to put a cheat upon himself by making the avowal of a guilty conscience, but had gained only one other sin, and a self-acknowledged shame, without the momentary relief of being self-deceived. He had spoken the very truth, and transformed it into the veriest false-hood. And yet, by the constitution of his nature, he loved the truth, and loathed the lie, as few men ever did. Therefore, above all things else, he loathed his miserable self!

His inward trouble drove him to practices more in accordance with the old, corrupted faith of Rome, than with the better light of the church in which he had been born and bred. In Mr. Dimmesdale's secret-closet, under lock and key, there was a bloody scourge. Oftentimes, this Protestant and Puritan divine had plied it on his own shoulders; laughing bitterly at himself the while, and smit-ing so much the more pitilessly because of that bitter laugh. It was his custom, too, as it has been that of many

---

white = innocent, unstained:결백한, 죄가 없는 hypocrite:위선자 put a cheat upon = to deceive avowal:고백, 인정 loathe:~을 몹시 싫어하다 under lock and key:엄중하게 자물쇠를 채운 scourge:회초리, 매 the while = at the same time

신이나 나 따위의 영혼 속에서는 얼마나 무서운 죄악을 발견하실까?" 목사는 후회는 하고 있지만 교묘한 위선자임에 틀림없었다. 그의 막연한 고백이 어떤 영향을 줄 것인가를 잘 알고 있었다. 그는 죄 많은 양심의 고백에 의하여 스스로를 기만하려고 노력했다. 그러나 그러한 짓은 하나의 죄와 스스로도 알 수 있는 수치만을 가중시켰을 뿐, 자기 기만이라는 일시적인 위안도 얻지 못했다. 그는 정말 진실을 말하고 있으면서도 그것을 거짓말로 바꾸었던 것이다. 그렇지만 그는 본래의 성품에 의해서, 이 세상에는 아무도 비견되지 않을 정도로 진실을 사랑하고 허위를 증오하였다. 그래서 모든 것 중에서 가장 비참한 그 자신을 증오했다.

그는 내심의 불안 때문에 그가 태어나고 자라난 교회의 훌륭한 가르침보다도 옛날의 로마의 부패한 신앙과 일치되는 행위를 하기에 이르렀다. 자물쇠를 엄중히 채운 딤즈테일 목사의 비밀 벽장 속에는 피 묻은 채찍이 있었다. 이 신교도며 청교도인 목사는 이따금 자신의 어깨를 매질하면서 쓰디쓴 웃음을 짓고, 그 쓰디쓴 웃음 때문에 한층 더 잔인하게 매질을 하는 것이었다. 당시의 믿음이 깊은 청교도들이 습관적으로 하고 있던 것처럼 그도 단식을 습관으로 하고 있었다. 그러나 그들처럼 육체를 깨끗이 하고 하늘의 빛을 한층 더 잘 받아들이기 위하여서가 아니고, 매우 혹독하게 무릎이 후들후들 떨리게 되기까

비견:우열 없이 서로 비슷함, 나란히 견줌

other pious Puritans, to fast,—not, however, like them, in order to purify the body and render it the fitter medium of celestial illumination, but rigorously, and until his knees trembled beneath him, as an act of penance. He kept vigils, likewise, night after night, sometimes in utter darkness; sometimes with a glimmering lamp; and sometimes, viewing his own face in a looking-glass, by the most powerful light which he could throw upon it. He thus typified the constant introspection wherewith he tortured, but could not purify, himself. In these lengthened vigils, his brain often reeled, and visions seemed to flit before him; perhaps seen doubtfully, and by a faint light of their own, in the remote dimness of the chamber, or more vividly, and close beside him, within the looking-glass. Now it was a herd of diabolic shapes, that grinned and mocked at the pale minister, and beckoned him away with them; now a group of shining angels, who flew upward heavily, as sorrow-laden, but grew more ethereal as they rose. Now came the dead friends of his youth, and his white-bearded father, with a saint-like frown, and his mother, turning her face away as she passed by. Ghost of a mother,–thinnest fantasy of a mother,— methinks she might yet have thrown a pitying glance towards her son! And now, through the

---

fast:단식하다 render=perform:행하다, 어떤 일을 하다 introspection:자기 반성, 내성 where with = with which vigils:철야의 기도 reeled = was in a swirl, was dizzy:현기증나다, 비틀거리다 flit :경쾌하게 날다 diabolic:악마의, 사악한 beckon:부르다 as sorrow-laden:슬픔으로 가득찬 것처럼

지 하나의 고행으로써 이를 행하고 있었던 것이다. 그는 또 계속 철야 기도를 했다. 어떤 때는 캄캄한 어둠 속에서, 어떤 때는 희미하게 비치는 등불 밑에서, 또 어떤 때는 강렬한 불빛 아래에서 자기의 얼굴을 들여다보며 끊임없는 자기 성찰이 그 일의 일과가 되었지만 육체를 괴롭힐 수 있었을지언정 자신을 깨끗하게 정화시킬 수는 없었다. 이렇게 오랫동안 잠을 자지 않고 밤샘을 하는 동안에 그의 정신은 이따금 몽롱해져서 그의 앞에 환상이 어른거리는 것처럼 생각되었다. 자기 눈을 의심도 했지만, 환상이 스스로 발하는 희미한 빛에 의하여 컴컴한 한 구석에서 나타나기도 했고, 또는 한층 더 또렷하게 가까이 있는 거울 속에 나타나 보일 때도 있었다. 그리하여 그것은 어떤 때에는 악마의 형상을 한 무리로, 이 창백해진 목사에게 이빨을 드러내어 비웃으면서 자기들과 함께 가자고 손짓을 했다. 또 어떤 때는 빛나는 천사의 한 무리로, 슬픔에 짓눌려 간신히 하늘 위에 날아가기도 했다. 어떤 때는 또 청년 시절의 죽은 친구가 찾아왔다. 그리고 흰 수염을 하고 성자처럼 얼굴을 찌푸린 아버지의 모습을 보이기도 하고 외면을 하고 지나가시는 어머니의 모습이 나타나기도 했다. 어머니의 유령은 아무리 그렇다고 하더라고 그녀의 아들에 대하여 연민의 눈길 정도는 던져 주어야 좋으련만! 그리고 어떤 때는 이들 유령 때문에 아주 황량해진 방 안에 헤스터 프린이 귀여운 펄의 손을 잡고 지

chamber which these spectral thoughts had made so ghast-ly, glided Hester Prynne, leading along little Pearl, in her scarlet garb, and pointing her forefinger, first at the scarlet letter on her bosom, and then at the clergyman's own breast.

None of these visions ever quite deluded him. At any moment, by an effort of his will, he could discern sub-stances through their misty lack of substance, and con-vince himself-that they were not solid in their nature, like yonder table of carved oak, or that big, square, leathern-bound and brazen-clasped volume of divinity. But, for all that, they were, in one sense, the truest and most substan-tial things which the poor minister now dealt with. It is the unspeakable misery of a life so false as his, that it steals the pith and substance out of whatever realities there are around us, and which were meant by Heaven to be the spirit's joy and nutriment. To the untrue man, the whole universe is false,—it is impalpable,—it shrinks to nothing within his grasp. And he himself, in so far as he shows himself in a false light, becomes a shadow, or, indeed, ceases to exist. The only truth that continued to give Mr. Dimmesdale a real existence on this earth was the anguish in his inmost soul, and the undissembled expression of it

---

spectral:유령의, 실체가 없는 discern substances:실체의 유무를 분간하다 misty:안개가 짙은, 희미한, 어렴풋한 divinity:신성, 권위, 신 for all that=in spite of that   pith and substance:정수 pith and marrow 라고도 함   nutriment: 영양분, 음식물 impalpable:쉽게 이해할 수 없는

나가는 것이었다. 펄은 주홍빛 옷을 입고 집게손가락으로 처음에는 어머니의 가슴에 있는 주홍 글씨를, 그리고 다음에는 목사의 가슴을 가리키는 것이다.

이들 환상도 전혀 그를 미혹시키지 못했다. 어떠한 때라도, 그는 의지의 힘으로 안개처럼 불투명한 환영의 정체의 그 실체를 볼 수가 있었다. 그리고 그는 이들 형태가 원래는 실체를 갖추고 있지 않은 것으로, 참나무에 조각을 한 탁자라든가, 커다랗고 네모진 가죽으로 장정이 된 놋쇠 장식이 붙은 신학 책과 같은 실직적인 물체가 아니라는 것을 확실히 의식할 수가 있었다. 그럼에도 불구하고 그들은 어떤 의미에 있어서, 가엾은 목사가 상대하고 있던 것 중에서 가장 진실한 실체를 갖춘 것이었다. 그와 같이 위선적인 생활을 하고 있는 자에게 있어서는 인생의 불행이 그들 주위에 있는 현실의 모든 것에서 가장 중요한 부분과 힘을 빼앗아 버린다는 것은 형언할 수 없을 정도로 불행이었다. 진실하지 못한 사람에게 있어서는 우선 전체가 허위이며, 손으로 잡으려고 하면 오므라들어서 없어져 버리고 마는 것이다. 그리고 그가 자신을 허위의 빛 속에 감추고 있는 한, 그림자가 되기도 하고 아니면 실지로 존재하지 않게 되기도 하는 것이다. 딤즈테일 씨를 이 세상에 존재케 하고 있었던 단 하나의 진실은 그의 영혼 밑바닥에 존재하는 고민과 그의 얼굴에 나타난 거짓 없는 표정이었다. 만일 그가 한 번이

미혹:마음이 흐려서 무엇에 홀림

in his aspect. Had he once found power to smile, and wear a face of gayety, there would have been no such man!

On one of those ugly nights, which we have faintly hinted at, but forborne to picture forth, the minister started from his chair. A new thought had struck him. There might be a moment's peace in it. Attiring himself with as much care as if it had been for public worship, and precisely in the same manner, he stole softly down the staircase, undid the door, and issued forth.

CHAPTER 12
The Minister's Vigil

Walking in the shadow of a dream, as it were, and perhaps actually under the influence of a species of somnambulism Mr. Dimmesdale reached the spot where, now so long since, Hester Prynne had lived through her first hours of public ignominy. The same platform or scaffold, black and weather-stained with the storm or sunshine of seven long years, and footworn, too, with the tread of many culprits who had since ascended it, remained standing

dissemble:(감정, 의도)숨기다, ~인 체하다 gayety:명랑, 유쾌   struck = occured to mind of   public worship = church worship:예배   staircase:계단 somnambulism:몽유병 lived through = experience and survive   weather-stained:비바람에 얼룩진 tread:밟기, 발소리, 걸음걸이

라도 미소를 짓거나 명랑한 표정을 지을 힘을 얻는다면 이미 그라는 사람은 없어지고 말 것이다.

그 불길한 환영들이 연달아 나타나면 어느 날 밤, 의자에 앉아 있던 목사는 벌떡 일어났다. 하나의 새로운 생각이 떠올랐던 것이다. 그렇게 하면 짧은 동안의 마음의 안정 정도는 얻을 수 있을지도 모른다. 마치 공적인 예배에 나갈 때처럼 정성껏 옷을 입고 준비를 하여 그는 발소리를 죽이며 계단을 내려가서 밖으로 나갔다.

제 12 장
목사의 철야 기도

꿈 속의 환영을 쫓아, 아마도 몽유병 환자와 다를 바 없는 상태로 딤즈테일 목사는 벌써 여러 해 전에 헤스터 프린이 처음으로 몇 시간 동안 세상에 수치를 폭로했던 그 장소에 찾아 왔다. 그 때의 그 처형대는 7년의 오랜 세월 풍우와 햇볕에 거무스름해졌고, 그 이후로도 거기에 오른 많은 죄인들의 발부리에 의해 닳기는 했지만 여전히 집회소 발코니 밑에 옛모습 그

beneath the balcony of the meeting-house. The minister went up the steps.

It was an obscure night of early May. An unvaried pall of cloud muffled the whole expanse of sky from zenith to horizon. If the same multiude which had stood as eyewitnesses while Hester Prynne sustained her punishment could now have been summoned forth, they would have discerned no face above the platform, nor hardly the outline of a human shape, in the dark gray of the midnight. But the town was all asleep. There was no peril of discovery. The minister might stand there, if it so pleased him,until morning should redden in the east, without other risk than that the dank and chill night-air would creep into his frame, and stiffen his joints with rheumatism, and clog his throat with catarrh and cough; thereby defrauding the expectant audience of to-morrow's prayer and sermon. No eye could see him, save that ever-wakeful one which had seen him in his closet, wielding the bloody scourge. Why, then, had he come hither? Was it but the mockery of penitence? A mockery, indeed, but in which his soul trifled with itself! A mockery at which angels blushed and wept, while fiends rejoiced, with jeering laughter! He had been driven hither by the impulse of that Remorse which

---

pall:덮개, 장막 muffle:~을 싸다, 덮다   zenith:정상, 천정 peril:위험 if it so pleased him:그가 그렇게 원한다면   clog:(관 따위)를 막다, 막히게 하다 catarrh:점막의 질환 defraud:속여서 빼앗다, 속이다 that ever-wakeful one:God wield:(무기)휘두르다 trifled with itself:스스로 장난치다 jeer:조소하다, 비웃다

대로 서 있었다. 목사는 그 계단을 올라갔다.

5월 초의 어두운 밤이었다. 검은 구름이 커튼처럼 하늘 끝에서 지평선까지 온 하늘을 휩싸고 있었다. 헤스터 프린이 벌을 받을 때 구경하러 왔던 사람들과 같은 수의 군중을 지금 이 자리에 불러 모은다고 하더라도, 처형대 위에 있는 사람의 얼굴은커녕 그 모습의 윤곽마저도 이 한밤중의 어두운 잿빛 속에서 분간할 수가 없었을 것이다. 목사는 거기에 서고 싶은 마음만 있다면 동이 틀 때까지 있더라도, 이 눅눅하고 차가운 밤 공기가 그의 몸속에 스며들어 류머티즘으로 관절이 굳어지고 카타르와 기침으로 목이 잠겨, 내일의 기도와 설교를 기다리고 있는 청중의 기대에 어긋나는 일 이외에는 아무런 위험에도 빠지지는 않았을 것이다. 아무도 그를 볼 수는 없었다. 보고 있는 자라고는 오직 벽장 속의 피 묻은 채찍을 휘두르던 그를 지켜본 하느님뿐이었다. 그렇다면 그는 무엇 때문에 여기에 온 것일까. 뉘우침의 흉내를 내기 위한 것에 불과했던 것일까. 과연 회개의 흉내에 지나지 않았다. 더욱이 그런 모습 속에서 그의 영혼은 자신을 희롱하고 있었고, 천사들은 그것을 보고 얼굴을

카타르:여러 기관의 점막 표면에 생기는 염증
회개:잘못을 뉘우치고 고침

dogged him everywhere, and whose own sister and close-
ly linked companion was that Cowardice which invariably
drew him back, with her tremulous gripe, just when the
other impulse had hurried him to the verge of a disclosure:
Poor, miserable man! what right had infirmity like his to
burden itself with crime? Crime is for the iron-nerved,
who have their choice either to endure it, or, if it press too
hard, to exert their fierce and savage strength for a good
purpose, and fling it off at once! This feeble and most sen-
sitive of spirits could do neither, yet continually did one
thing or another, which intertwined, in the same inextrica-
ble knot, the agony of heaven-defying guilt and vain
repentance.

And thus, while standing on the scaffold, in this vain
show of expiation, Mr. Dimmesdale was overcome with a
great horror of mind, as if the universe were gazing at a
scarlet token on his naked breast, right over his heart. On
that spot, in very truth, there was, and there had long
been, the gnawing and poisonous tooth of bodily pain.
Without any effort of his will, or power to restrain him-
self, he shrieked aloud; an outcry that went pealing
through the night, and was beaten back from one house to
another, and reverberated from the hills in the back-

Remorse:양심의 가책 verge = extreme edge, brink, border exert:(힘, 지식)쓰다.
intertwine:얽히다, 엉키다 inextricable:풀리지않는, 얽히고 얽힌 heaven-
defying :신에 거역하는 expiation:속죄, 보상 gnawing and poisonous tooth:마
음을 쪼아먹는 peal:울려퍼지다

붉히며 우는 반면에 악마들은 매우 기뻐서 깔깔거리고 비웃고 있었다. 그는 어디까지나 뒤쫓아오는 '뉘우침'의 충동에 몰려서 여기까지 왔다. 그런데 '뉘우침'의 동생이기도 한 친밀한 친구인 '비겁'은 시종 그 떨리는 손으로 그를 붙들고, '뉘우침'에 몰리어 당장에라도 고백을 하려고 하는 그를 뒤로 끌어내고 마는 것이었다. 얼마나 가엾고 비참한 인간인가? 그와 같은 약한 인간이 무슨 권리가 있어서 그런 죄의 무거운 짐을 짊어졌던가? 죄는 무쇠와 같은 신경을 가진 인간이 짊어져야 하는 것이다. 그런 사람이라면 자진해서 죄를 감당하든가, 아니면 죄가 너무 심하게 압박을 가해 오면 좋은 목적을 위해 그 맹렬한 야만적인 힘을 휘둘러서 쉽게 죄를 내던져 버릴 수도 있는 것이다.

그러나 이 마음이 약하고 유난히도 감수성이 예민한 사나이는 그 어느 한쪽도 행할 능력이 없으면서도 동시에 그 고통스러운 불경죄와 허무한 참회를 거듭하고 있었는데, 그 두 가지는 서로 풀릴 수 없는 매듭으로 뒤엉키고 있었다. 교수대 위에 선 딤즈테일 목사는 마치 온 우주가 자기 가슴 위에 있는 주홍 글씨를 집중하고 있는 듯이 극심한 공포에 사로잡혀 있었다.

불경죄:불경한 고행을 한 죄

ground; as if a company of devils, detecting so much misery and terror in it, had made a plaything of the sound, and were bandying it to and fro.

"It is done!" muttered the minister, covering his face with his hands. "The whole town will awake, and hurry forth, and find me here!"

But it was not so. The shriek had perhaps sounded with a far greater power, to his own startled ears, than it actually possessed. The town did not awake; or, if it did, the drowsy slumberers mistook the cry either for something frightful in a dream, or for the noise of witches; whose voices, at that period, were often heard to pass over the settlements or lonely cottages, as they rode with Satan through the air. The clergyman, therefore, hearing no symptoms of disturbance, uncovered his eyes and looked about him. At one of the chamber-windows of Governor Bellingham's mansion, which stood at some distance, on the line of another street, he beheld the appearance of the old magistrate himself, with a lamp in his hand, a white nightcap on his head, and a long white gown enveloping his figure. He looked like a ghost, evoked unseasonably from the grave. The cry had evidently startled him. At another window of the same house, moreover, appeared

---

raverberate:(소리가)반향하다, 울려퍼지다 made a plaything of:~을 장난감처럼 가지고 놀다 bandy:(공)치고 받다, 서로 치다(되던지다) It is done:이제 끝장이다 drowsy:졸리는 slumberer:잠자는 사람, 게으른 잠보 frightful:소름끼치는, 무서운 evoke:(영혼 따위를)불러내다 unseasonably:뜻하지 않는 때에

그리고 사실 오래 전부터 독이 서린 이빨에 찔리는 듯한 육체의 고통이 있었다. 그는 자기의 의지로는 억누를 수 없는 듯이 소리 높여 외쳤다. 그 외침은 밤 공기를 타고 사방으로 우렁차게 번져서 집집마다 부딪쳐 메아리가 되어 되돌아 왔다.

"나는 해냈다!" 목사는 두 손으로 얼굴을 감싸고 중얼거렸다. "온 도시가 들끓고 사람들이 뛰쳐나와 여기 있는 날 발견할 거야!"

그러나 실제로는 그렇지 않았다. 목사의 귀에는 실제보다 우렁차게 들렸는지 모르나 마을 사람들의 잠을 깨우진 못했다. 설사 잠이 깨었다 해도 선잠을 깬 그들은 꿈 속에서 본 무서운 어떤 것의 소리거나 마녀의 소리려니 했을 것이다. 그 당시는 이런 식민지나 쓸쓸한 시골 지붕 위를 마녀가 악마와 함께 날아다니며 중얼거리는 소리가 가끔 들려왔던 것으로 여겨지던 시대였다. 목사는 주위가 조금도 소란스러워지는 기척이 없자 고개를 들고 사방을 살펴보았다. 한길 저만치 벨링엄 총독 저택의 한 창문으로 총독의 모습이 보였다. 한 손에는 램프를 들고 머리에는 흰색의 잠 잘 때 쓰는 모자를 쓴 데다 희고 긴 잠

old Mistress Hibbins, the Governor's sister, also with a lamp, which, even thus far off, revealed the expression of her sour and discontented face. she thrust forth her head from the lattice, and looked anxiously upward. Beyond the shadow of a doubt, this venerable witch-lady had heard Mr. Dimmesdale's outcry, and interpreted it, with its multitudinous echoes and reverberations as the clamor of the fiends and night-hags, with whom she was well known to make excursions into the forest.

Detecting the gleam of Governor Bellingham's lamp, the old lady quickly extinguished her own, and vanished. Possibly, she went up among the clouds. The minister saw nothing further of her motions. The magistrate, after a wary observation of the darkness,— into which, neverthe-less, he could see but little further than he might into a mill-stone,—retired from the window.

The minister grew comparatively calm. His eyes, how-ever, were soon greeted by a little, glimmering light, which, at first a long way off, was approaching up the street. It threw a gleam of recognition on here a post, and there a garden-fence, and here a latticed window-pane, and there a pump, with its full trough of water, and here, again, an arched door of oak, with an iron knocker, and a

---

thrust:~을 밀어넣다, 밀어내다 Beyond the shadow of a doubt:조금도 의심할 여지없이   outcry:비명, 고함, 외치는 소리 multitudinous:다수의, 아주 많은 clamor:외침, 아우성, 소동 night-hags:밤의 마녀   excursion:여행, 소풍 mill-stone:맷돌 greeted by:(눈이 ~에)부딪쳤다 pump:양수기 trough:물통, 구유

옷을 입은 시장은 마치 무덤에서 나온 유령과도 같았다. 분명히 목사의 고함 소리에 놀라 일어난 모양이었다. 저택 다른 창문에도 역시 램프를 든 시장의 누이 동생 히빈즈 노파가 보였다. 이 늙은 마녀는 틀림없이 딤즈테일 목사의 고함 소리가 만들어낸 수많은 메아리를 듣고 마귀의 시끄러운 소리려니 생각했을 것이다. 이 노파가 마귀들과 숲속에서 노닌다는 이야기는 이미 잘 알려진 터였다.

노파는 벨링엄 총독의 램프 불빛을 보자 급히 자기 램프 불을 끄고 사라졌다. 어쩌면 구름 속으로 날아갔는지도 모른다. 목사의 눈에는 노파의 모습이 다시는 보이지 않았다. 시장도 역시 조심스레 어둠 속을 살펴본 뒤에 창가에서 자취를 감추었다.

목사는 마음이 진정되었다. 그런데 멀리서 희미한 불빛이 다가오는 것이 보였다. 그 등불은 이쪽의 기둥과 저쪽 뜰의 울타리, 그리고 격자가 달린 창유리, 물이 가득찬 물통이 달린 펌프, 쇠 노커가 달리고 발판용으로 통나무가 놓여 있는 아치형 대문 등을 차례로 비추고 있었다. 딤즈테일 목사는 이러한 사소한

rough log for the doorstep. The Reverend Mr. Dimmesdale noted all these minute particulars, even while firmly convinced that the doom of his existence was stealing onward, in the footsteps which he now heard; and that the gleam of the lantern would fall upon him, in a few minutes more, and reveal his long-hidden secret. As the light drew nearer, he beheld, within its illuminated circle, his-brother clergyman,—or, to speak more accurately, his professional father, as well as highly valued friend,—the Reverend Mr. Wilson; who, as Mr. Dimmesdale now conjectured, had been praying at the bedside of some dying man. And so he had. The good old minister came freshly from the death-chamber of Governor Winthrop, who had passed from earth to heaven within that very hour. And now, surrounded, like the saintlike personages of olden times, with a radiant halo, that glorified him amid this gloomy night of sin,—as if the departed Governor had left him an inheritance of his glory, or as if he had caught upon himself the distant shrine of the celestial city, while looking thitherward to see the triumphal pilgrim pass within its gates,—now, in short, good Father Wilson was moving homeward, aiding his footsteps with a lighted lantern! The glimmer of this luminary suggested the

---

arch:아치(활) 모양으로 되다 doom of his existence:그의 인생의 파멸 be stealing onward:몰래 다가오고 있다 fall upon:~을 비친다 conjectur:짐작하다 freshly:막 최근에 death-chamber:임종방 within that very hour:그가 그런 짓을 하고 있는 동안에 halo:영광, 광휘 the celestial city:천국

일까지도 모두 관찰하였다. 동시에 지금 들리기 시작한 발자국 소리는 이 세상에서 최후의 날이 다가오는 소리며 이윽고 램프 불빛이 자기 모습을 비치게 되면 오랫동안 숨겨온 비밀이 폭로될 것이라는 각오를 하고 있었다. 등불이 더 가까이 다가오자 그 환한 불빛 속에 동료 목사의 모습이─좀더 정확히 말하자면 직업상 아버지나 다름없이 마음속으로 존경하고 있는 친구, 윌슨 목사의 모습이 떠올랐다. 아마 누군가가 임종하는 자리에서 기도를 올리고 오는 것이라고 딤즈테일 씨는 상상했다. 그리고 사실은 그러했었다. 이 늙은 목사는 바로 이 시각에 천국으로 떠난 윈드로프 총독의 임종을 보고 오는 길이었다. 그 목사는 마치 옛날 성자들이 찬란한 후광에 휩싸인 것처럼 밤의 어둠 속에서 뚜렷이 돋보였다. 세상을 떠난 총독이 그에게 영광의 유산을 남겨 놓은 것인지 아니면 의기양양한 순례자인 총독이 천국의 문으로 들어가는 것을 지켜보다 목사 자신이 먼저 천국의 영광을 얻게 되었는지─간단히 말하자면, 늙은 목사 윌슨은 지금 등불로 발밑을 비추면서 집으로 돌아가는 길이었다. 이 등불의 빛이 방금 말한 것과 같은 생각을 딤즈테일 목사로 하

above conceits to Mr. Dimmesdale, who smiled,—nay, almost laughed at him,— and then wondered if he were going mad.

As the Reverend Mr. Wilson passed beside the scaffold, closely muffling his Geneva cloak about him with one arm, and holding the lantern before his breast with the other, the minister could hardly restrain himself from speaking.

"A good evening to you, venerable Father Wilson! Come up, hither, I pray you, and pass a pleasant hour with me!"

Good heavens! Had Mr. Dimmesdale actually spoken? For one instant, he believed that-these words had passed his lips. But they were uttered only within his imagination. The venerable Father Wilson continued to step slowly onward, looking carefully at the muddy pathway before his feet, and never once turning his head towards the guilty platform. When the light of the glimmering lantern had faded quite away, the minister discovered, by the faintness which came over him, that the last few moments had been a crisis of terrible anxiety; although his mind had made an involuntary effort to relieve itself by a kind of lurid playfulness.

---

luminary:발광체(태양, 달) conceit:자부심, 자만심, 상상, 착상 Geneva cloak: 그 당시 캘빈파 성직자들이 입던 검은 의상 restrain himself:자제하다 guilty platform: 처형대 involuntary:마음내키지않는, 무의식의

여금 들게 하였던 것이다.

윌슨 목사는 한 손으로 망토를 당겨 여미고 다른 한 손으로는 등불을 가슴 앞까지 쳐든 채 교수대 앞을 지나가려 하자 딤즈테일 목사는 잠자코 있을 수가 없었다.

"안녕하십니까, 윌슨 목사님! 이리 올라오십시오. 저와 함께 재미있는 시간을 보내시지 않으시렵니까!"

정말 딤즈테일 목사가 이런 말을 했을까? 그렇게 말했을 것이라고 믿을 뿐이다. 그러나 그것은 목사의 상상 속에서 지껄인 말일 뿐이었다. 윌슨 목사는 앞길만을 조심스럽게 살필 뿐 한 번도 교수대를 돌아보지 않은 채 천천히 걸어가고 있었다. 희미한 등불이 완전히 사라지자 전신에 맥이 빠진 젊은 목사는 그 순간이야말로 최악의 위기상태였다는 것을 깨달았다.

그러나 그는 또다시 엄숙한 환상 속으로 빠져들기 시작했다.

차가운 밤 공기에 익숙치 못한 때문인지 사지가 뻣뻣해져서 교수대의 층계를 혼자 내려갈 수 있을지 의심스러웠다. 날이 새면 여기 서 있는 내가 발견되겠지. 동네 사람들이 잠을 깨어 아침 여명 속에 교수대에 선 사람의 모습을 보게 되겠지. 그리

여명:동이 틀 무렵, 어둑 새벽

Shortly afterwards, the like grisly sense of the humorous again stole in among the solemn phantoms of his thought.

He felt his limbs growing stiff with the unaccustomed chilliness of the night, and doubted whether he should be able to descend the steps of the scaffold. Morning would break, and find him there. The neighborhood would begin to rouse itself. The earliest riser, coming forth in the dim twilight, would perceive a vaguely defined figure aloft on the place of shame; and, half crazed betwixt alarm and curiosity, would go, knocking from door to door, summoning all the people to behold the ghost—as he needs must think it— of some defunct transgressor. A dusky tumult would flap its wings from one house to another. Then—the morning light still waxing stronger-old patriarchs would rise up in great haste, each in his flannel gown, and matronly dames, without pausing to put off their night-gear. The whole tribe of decorous personages, who had never heretofore been seen with a single hair of their heads awry, would start into public view, with the disorder of a nightmare in their aspects. Old Governor Bellingham would come grimly forth, with his King James's ruff fastened askew; and Mistress Hibbins, with some twigs of the forest clinging to her skirts, and looking

---

rouse itself:정신차리다 perceive:~을 알아채다 defined:~의 윤곽을 뚜렷하게 하다
place of shame:처형대 defunct:죽은 transgressor:죄인, 위반자 tumult:큰 소동,
격정, 흥분 waxy:창백한 patriarchs:족장 matronly dames:품위있는 중년 부인들
decorous:예의바른, 품위있는 start into public view: 남들 앞에서 뛰쳐 나오다

고 놀라움과 호기심에 싸여 미친 듯이 집집마다 문을 두드리며 모두에게 소리칠 것이다. 교수대에서 죽은 죄인의 유령이 나타났으니 나와 보라고 소리칠 것이다. 그러면 많은 아낙네들은 허겁지겁 일어나 잠옷 바람으로 법석이겠지. 이제껏 머리카락 하나 흐트러진 모습을 남에게 보이지 않던 자들도 악몽에 시달린 표정으로 군중들 사이로 나올 것이다. 벨링엄 시장은 엄한 표정으로 주름 깃을 비딱하게 매고 나올 것이고, 히빈즈 노파는 밤이 새도록 숲속을 돌아다녔기 때문에 잠을 못 잔 시큰둥한 표정으로 스커트 자락에 나뭇잎을 매단 채로 나올 것이며, 윌슨 목사는 임종의 자리에서 밤을 세우고 겨우 눈을 붙이다가 일어나 언짢은 기분으로 나올 것이다. 또한 딤즈테일 목사네 교회 장로며 순결한 처녀들도 허둥대는 탓으로 하얗게 드러낸 가슴을 가리지도 못한 채 달려올 것이다. 다시 말해서 전 시민이 황급히 교수대 주위로 몰려들어 놀라움과 공포에 싸인 얼굴로 쳐다볼 것이다. 그리고 솟아오른 붉은 햇빛을 받으며 그곳에 홀로 선 사람이 도대체 누구일까? 일찍이 헤스터 프린이 올라섰던 자리에 치욕을 이기지 못한 채 사지가 꽁꽁 얼어 빈사

빈사:거의 죽게 됨, 죽음에 임박한

sourer than ever, as having hardly got a wink of sleep after her night ride; and good Father Wilson, too, after spending half the night at a death-bed, and liking ill to be disturbed, thus early, out of his dreams about the glorified saints. Hither, likewise, would come the elders and deacons of Mr. Dimmesdale's church, and the young virgins who so—idolized their minister, and had made a shrine for him in their white bosoms; which now, by the by, in their hurry and confusion, they would scantly have given themselves time to cover with their kerchiefs. All people, in a word, would come stumbling over their thresholds, and turning up their amazed and horror-stricken visages around the scaffold. Whom would they discern there, with the red eastern light upon his brow? Whom, but the Reverend Arthur Dimmesdale, half frozen to death, overwhelmed with shame, and standing where Hester Prynne had stood

Carried away by the grotesque horror of this picture, the minister, unawares, and to his own infinite alarm, burst into a great peal of laughter. It was immediately responded to by a light, airy, childish laugh, in which, with a thrill of the heart,—but he knew not whether of exquisite pain, or pleasure as acute,— he recognized the tones of little

---

disturbed:정신의 평온, 집중을 방해하다 scantly=scarcely, barely:부족한, 불충분한 kerchiefs:목도리, 손수건 overwhelmed with shame: 너무도 수치스러워서 carried:넋을 빼앗긴 grotesque:기괴한, 괴상한 peal:(웃음소리 따위의) 떠들썩한 소리 airy:(발걸음이)가벼운 exquisite:(아픔이)격심한, 날카로운

상태가 되어 서 있는 것은 아더 딤즈테일목사가 아니고 누구겠는가!

너무도 기괴하고도 무서운 장면이 눈앞에서 벌어져 넋을 잃고만 목사는 무심히 한바탕 웃어대다가 소스라치게 놀랐다. 그의 웃음 소리에 대답하는 듯이 새벽 공기 속에 경쾌한 어린아이의 웃음 소리가 들려왔다. 그 웃음소리가 귀여운 펄의 목소리임을 알아차린 목사는 고통인지 기쁨인지 알 수 없는 오싹한 전율을 가슴 속에서 느낄 수 있었다.

목사는 잠시 가만히 있다가 "펄! 귀여운 펄!" 하고 낮은 목소리로 다급히 불렀다.

"헤스터! 헤스터 프린! 당신도 왔소?"

"네, 저예요. 헤스터예요!" 그녀는 놀란 목소리로 대답했다. 이윽고 헤스터 프린이 한길 쪽에서 교수대 앞으로 나타났다. "저하고 펄이 왔어요."

"헤스터 어디서 오는 길이요?" 하고 목사는 물었다. "무슨 일로 여길 왔소?"

"돌아가신 분이 계셔서요. 윈스턴 총독이 운명하셔서 그분의

전율:두렵거나 무서워서 벌벌 떪

Pearl.

"Pearl! Little Pearl!" cried he after a moment's pause; then, suppressing his voice— "Hester Hester Prynne! Are you there?"

"Yes, it is Hester Prynne!" she replied, in a tone of surprise; and the minister heard her footsteps approaching from the sidewalk, along which she had been passing. "It is I, and my little Pearl."

"Whence come you, Hester?" asked the minister. "What sent you hither?"

"I have been watching at a death-bed," answered Hester Prynne,—"at Governor Winthrop's death-bed, and have taken his measure for a robe, and am now going homeward to my dwelling."

"Come up hither, Hester, thou and little Pearl," said the Reverend Mr. Dimmesdale. "Ye have both been here before, but I was not with you. Come up hither once again, and we will stand all three together!"

She silently ascended the steps, and stood on the platform, holding little Pearl by the hand. The minister felt for the child's other hand, and took it. The moment that he did so, there came what seemed a tumultuous rush of new life, other life than his own, pouring like a torrent into his

---

acute:날카로운, (통증, 감정 따위가)심한, 격렬한 suppression:억압하다, 억누르다 whence come you = where do you come from? tumultuous: 몹시 시끄러운, 대소동의

수의 치수를 재고 오는 길이예요. 이제 집으로 돌아가는 길이죠.”

“헤스터, 이리 올라와요. 펄도 같이.” 목사는 말을 이었다. “당신과 펄은 전에 올라왔던 적이 있었지. 그땐 내가 곁에 없었지만. 자, 한 번 더 이리 올라와 봐요. 그럼 우리 셋이 나란히 설 수 있지.”

헤스터는 말없이 펄의 손목을 잡고 층계를 올라와 교수대 위에 섰다. 목사는 펄의 손을 더듬어 잡았다. 손을 잡자마자 자기와 다른 새 생명의 전율이 힘차게 밀물처럼 전신에 퍼지는 기분을 느꼈다.

“목사님!” 하고 펄이 속삭였다.

“응, 왜 그러니?” 딤즈테일 목사가 되물었다.

“내일 낮에 엄마하고 나하고 셋이서 여기 서 주시겠어요?”

“그건 안 돼, 펄!” 목사는 대답했다. 그때까지 목사는 새롭게 용솟음치는 기운과 함께 군중들 앞에 자신의 비밀이 폭로된다는 두려움이 되살아나는 한편 세 사람의 연결에 야릇한 기쁨을 느끼며 떨고 있었다. “내일은 안 돼, 펄. 언젠가 다른 날에 엄마

heart, and hurrying through all his veins, as if the mother and the child were communicating their vital warmth to his half-torpid system. The three formed an electric chain.

"Minister!" whispered little Pearl.

"What wouldst thou say, child?" asked Mr. Dimmesdale.

"Wilt thou stand here with mother and me, tomorrow noontide?" inquired Pearl.

"Nay; not so, my little Pearl," answered the minister; for with the new energy of the moment, all the dread of public exposure, that had so long been the anguish of his life, had returned upon him;and he was already trembling at the conjunction in which—with a strange joy, nevertheless — he now found himself. "Not so, my child. I shall, indeed, stand with thy mother and thee, one other day, but not to-morrow."

Pearl laughed, and attempted to pull away her hand. But the minister held it fast.

"A moment longer, my child!" said he.

"But wilt thou promise," asked Pearl, "to take my hand and mother's hand, tomorrow noontide?"

"Not then, Pearl," said the minister, "but another time."

"And what other time?" persisted the child.

---

a torrent:급류, (감정)폭발, 분출 vital warmth: 체온 half-torpid system: 반쯤 마비된 몸 electric:전기의, 자극적인, 감동적인 What wouldst thou say = What do you wish to say? returned upon him: 그에게 되살아났다 conjunction:(사건, 상황의)연결, 동시발생, 합동, 연합 noontide:정오, 낮 (middy)

랑 셋이서 서게 될 거야."

펄은 웃으면서 목사에게 잡힌 손을 빼려했으나 목사는 놓칠
세라 꼭 잡았다.

"펄, 조금 더!" 목사는 말했다. "목사님 약속해 주시겠어요?"
펄이 물었다. "내일 낮에 엄마 손과 내 손을 잡아 주시겠다고
요."

"그래, 내일 말고 다른 날에."

"그러면 언제 말이예요?" 펄은 말했다.

"저 마지막 심판 날에 말이야!" 목사는 자기가 진리를 가르
치는 사람으로서 어린아이에게 이렇게 대답할 수밖에 없었다.
"그 날이 오면 너의 엄마와 나와 함께 셋이 서야겠지만 이 세
상에서는 셋이 함께 설 수는 없단다."

펄은 다시 웃었다.

그러나 딤즈데일 목사의 말이 끝나기도 전에 한 줄기 섬광이
구름에 뒤덮힌 하늘에서 번쩍거렸다. 그것은 우주의 공간에서
흔히 볼 수 있는 불타며 사라져 가는 유성일 것이다. 밤에 일
하는 사람들은 그러한 유성을 자주 보았을 것이다. 그 빛이 너

"At the great judgment day," whispered the minister,— and, strangely enough, the sense that he was a professional teacher of the truth impelled him to answer the child so. "Then, and there, before the judgment-seat, thy mother, and thou, and I must stand together. But the daylight of this world shall not see our meeting!"

Pearl laughed again.

But before Mr. Dimmesdale had done speaking, a light gleamed far and wide over all the muffled sky. It was doubtless caused by one of those meteors, which the nightwatcher may so often observe, burning out to waste, in the vacant regions of the atmosphere. So powerful was its radiance, that it thoroughly illuminated the dense medium of cloud betwixt the sky and earth. The great vault brightened, like the dome of an immense lamp. It showed the familiar scene of the street, with the distinctness of midday, but also with the awfulness that is always imparted to familiar objects by an unaccustomed light. The wooden houses, with their jutting stories and quaint gable-peaks; the doorsteps and thresholds, with the early grass springing up about them; the garden-plots, black with freshly-turned earth, the wheel-track, little worn, and, even in the marketplace, margined with green on either

---

great judgment day=day of judgment   judgment seat: 심판의 성좌   meteors: 유성
burning out to waste: 완전히 타서 없어져 버리는   great vault = the sky   immense:
거대한   imparted=tell, give   jut: 돌출하다   stories: floor(층)   gable: (건축)박공,
합각   peak: 절정   fleshly-turned earth: 막 갈아 엎은 땅   wheel-track: 차도

무나 강해서 하늘과 땅 사이에 자욱히 낀 구름을 환하게 비춰주었다. 하늘은 거대한 둥근 지붕같이 환해졌다. 그 강렬한 빛이 익숙한 마을 풍경을 대낮처럼 드러내고 있었다. 그러나 그 풍경들은 웬일인지 모두 묘한 빛으로 덮여 무시무시하게 보였다. 불룩하게 치솟은 이층 목조 건물이며, 둘레에 풀이 돋아난 계단과 문턱, 금방 파헤쳐 놓은 흙으로 검게 보이는 뜰, 조금 패어져서 시장의 광장 근처에까지 잡초들이 나 있는 마차길 등이 잘 보였다. 그러나 모두 기묘한 형상을 띠고 있어서, 이 세상의 사물에게 지금까지와는 다른 도덕적 해석을 내려주고 있는 것처럼 생각되었다. 목사는 가슴에 손을 얹고 있었다. 헤스터 프린은 가슴에 주홍 글씨를 단 채, 펄은 둘 사이를 이어주는 무슨 상징인 양 제각기 서 있었다. 그들은 대낮처럼 밝은 빛속에 서있었다. 마치 모든 비밀을 드러내는 빛이며, 서로 인연이 있는 자들을 서로 연결시켜주는 여명과도 같았다.

귀여운 펄의 두 눈에는 마력이 깃들여 있었다. 그녀의 얼굴이 목사 쪽을 올려다 보았을 때에, 이따금 어린 마녀 같은 표정의 장난기 어린 미소를 띠고 있었다. 그녀는 딤즈테일 목사

side,— all were visible, but with a singularity of aspect that seemed to give another moral interpretation to the things of this world than they had ever borne before. And there stood the minister, with his hand over his heart; and Hester Prynne, with the embroidered letter glimmering on her bosom; and little Pearl, herself a symbol, and the connecting link between those two. They stood in the noon of that strange and solemn splendor, as if it were the light that is to reveal all secrets, and the daybreak that shall unite all who belong to one another.

There was witchcraft in little Pearl's eyes, and her face, as she glanced upward at the minister, wore that naughty smile which made its expression frequently so elfish. She withdrew her hand from Mr. Dimmesdale's, and pointed across the street. But he clasped both his hands over his breast, and cast his eyes towards the zenith.

Nothing was more common, in those days, than to interpret all meteoric appearances, and other natural phenomena, that occurred with less regularity than the rise and set of sun and moon, as so many revelations from a supernatural source. Thus, a blazing spear, a sword of flame, a bow, or a sheaf of arrows, seen in the midnight sky, prefigured Indian warfare. Pestilence was known to have

---

singularity:단독, 비범, 기묘, 기이, 색다름 herself a symbol = She herself being a symbol of sin   zenith = part of the sky directly overhead   Nothing was more common ~ than to: ~하는 것이 가장 보편적인 일이다   phenomena:현상 phenomenon의 복수

가 쥐고 있는 손을 떼어놓고 거리 저쪽을 가리켰다. 그러나 그는 손으로 가슴을 움켜진 채 하늘을 바라보고 있었다.

당시에는 유성의 출현이나 해와 달의 출몰만큼 규칙적으로 일어나지 않는 기타 자연 현상에다 어떤 의미를 부여해서, 초자연적인 힘을 지니고 있는 것으로부터 오는 계시라는 식으로 생각하는 것은 흔히 있는 일이었다. 타오르는 창, 불꽃의 칼, 활, 화살 다발 따위의 모양이 밤하늘에 보이면 인디언과의 전쟁을 예언하는 것이었다. 전염병의 징조는 주홍 빛이 비처럼 내리는 모양에 의하여 예언되고 있었다. 좋은 일이든 나쁜 일이든, 식민시대에서 독립전쟁시대에 이르기까지 뉴잉글랜드에서 일어난 중요한 사건치고 그러한 자연 현상에 의하여 주민들이 미리 그 사건의 징조를 예고받지 않은 일은 거의 없었다고 생각된다. 그걸 많은 사람들이 보았다고 하는 일도 드물지 않았다. 그러나 대개는 오직 한 사람이 목격한 증언을 토대로 그것을 믿는 일이 많았다. 그리고 그러한 목격자는 자기의 상상이라는 빛깔로 채색된, 확대되고 왜곡된 매개물을 통하여 그 신기한 현상을 관찰하고, 또 다음에 머릿속에서 생각을 수정하

출몰:나타났다 사라졌다 함
왜곡:그릇되게 새김

been foreboded by a shower of crimson light. We doubt whether any marked event, for good or evil, ever befell New England, from its settlement down to Revolutionary times, of which the inhabitants had not been previously warned by some spectacle of this nature. Not seldom, it had been seen by multitudes. Oftener, however, its credibility rested on the faith of some lonely eye-witness, who beheld the wonder through the colored, magnifying, and distorting medium of his imagination, and shaped it more distinctly in his afterthought. It was, indeed, a majestic idea, that the destiny of nations should be revealed, in these awful hieroglyphics, on the cope of heaven. A scroll so wide might not be deemed too expansive for Providence to write a people's doom upon. The belief was a favorite one with our forefathers, as betokening that their infant commonwealth was under a celestial guardianship of peculiar intimacy and strictness. But what shall we say, when an individual discovers a revelation addressed to himself alone, on the same vast sheet of record! In such a case, it could only be the symptom of a highly disordered mental state, when a man, rendered morbidly self-contemplative by long, intense, and secret pain, had extended his egotism over the whole expanse of

---

pestilence:페스트 foreboded:예감이 들다 or good or evil: 좋건 나쁘건 befell = happened to credibility:진실성 distorting:비틀다, 왜곡하다 hieroglyphics:상형문자 표기법 scroll:두루마기 as betokening that : ~라는 것을 나타내는 것으로 on the same vast sheet of record:바로 그 커다란 기록 용지에 contemplative:숙고하는

여 한층 더 형태를 또렷이 하는 것이었다. 국민의 운명이 그러한 무서운 상형 문자의 모양을 하고 하늘에 나타난다는 것은 참으로 장엄한 생각이었다. 하늘이 두루마리 책장처럼 넓게 펼쳐져서 하느님의 섭리가 사람의 운명을 그 두루마리 위에 쓴다고 한다면 별로 넓다고도 할 수 없는 것이라고 우리의 조상들은 생각했다. 이런 믿음은 우리의 선조들이 즐겨 품었던 것으로서, 그러한 초자연적인 현상은 그들이 새로운 나라를 세웠을 때 하느님의 특수한 친밀과 엄격함으로 그들을 지켜주고 있었다는 증거라고 생각하고 있었다. 그러나 한 개인이 자신에게 내려진 계시를 그 드넓은 두루마리 위에서 발견했을 때 우리는 무어라고 말할 권리가 있을까? 이런 경우는 다만 어지러이 흐트러진 정신 상태의 한 징후에 지나지 않는지도 모른다. 실지로 어떤 사람이 오래되고 격렬하며 은밀한 고통 때문에 병적으로 자기 중심적이 되어, 자연 전체에 자기의 에고티즘을 넓혀서, 드디어는 하늘 전체가 그의 영혼의 역사와 운명을 위하여 적절히 사용되는 종이에 불과하다고 생각한다는 것은 있을 수 있는 일인 것이다.

nature, until the firmament itself should appear no more than a fitting page for his soul's history and fate!

We impute it, therefore, solely to the disease in his own eye and heart, that the minister, looking upward to the zenith, beheld there the appearance of an immense letter,— the letter A,—marked out in lines of dull red light. Not but the meteor may have shown itself at that point, burning duskily through a veil of cloud; but with no such shape as his guilty imagination gave it; or, at least, with so little definiteness, that another's guilt might have seen another symbol in it.

There was a singular circumstance that characterized Mr. Dimmesdale's psychological state at this moment. All the time that he gazed upward to the zenth, he was, never-theless, perfectly aware that little Pearl was pointing her finger towards old Roger Chillingworth, who stood at no great distance from the scaffold. The minister appeared to see him, with the same glance that discerned the miracu-lous letter. To his features, as to all other objects, the meteoric light imparted a new expression; or it might well be that the physician was not careful then, as at all other times, to hide the malevolence with which he looked upon his victim. Certainly, if the meteor kindled up the sky, and

---

egotism:이기적임, 자만, 자부 firmament=sky impute it (to): ~때문이라고 생각하다 mark out = to trace definiteness:명확한, 정확한, 확실한 it might well be: (-했다고) 보아도 상관 없었을 것이다 then, as at all other times: 여느 때와 마찬가지로 malevolence: ill-will

목사가 하늘을 우러러보다가 주홍빛으로 떨어진 커다란 A자를 본 것도 마찬가지였다. 마침 그때 구름 속에서 유성이 희미하게 불길을 뿜고 지나갔다고는 하지만, 죄책감에 시달리고 있는 목사의 상상력이 빚어 낸 그런 형태는 아니었다. 만약 다른 죄인이 보았다면 그 희미한 형태가 다른 상징으로 보였을 것이다.

이러한 순간에 또 하나의 기묘한 사정이 있었는데, 그것이 딤즈테일 목사의 심리 상태를 특징 짓는 것이었다. 목사는 하늘을 쳐다보다가 펄이 교수대에서 좀 떨어진 곳에 묵묵히 서 있는 로저 칠링워드 노인을 손가락질하고 있다는 것을 깨달았다. 기적적인 글자를 분간한 그 시선으로 노인이 눈에 비쳤다. 노인의 얼굴에도 다른 모든 사물에서와 마찬가지로 유성은 새로운 표정을 부여했다. 의사는 표정이 아주 뚜렷했다기보다는 목사의 눈이 어느 때보다 그 표정을 날카롭게 살폈던 것이다. 유성이 사라지고 거리와 그 밖의 모든 것들이 원상태로 돌아왔는데도 의사의 눈에는 여전히 어둠 속에 아로새겨진 채였다.

"헤스터, 저 사람이 누구요?" 딤즈테일 목사는 공포에 싸여

disclosed the earth, with an awfulness that Hester Prynne and the clergyman of the day of judgment, then might Roger Chillingworth have passed with them for the arch-fiend standing there with a smile and scowl to claim his own. So vivid was the expression, or so intense the minister's perception of it, that it seemed still to remain painted on the darkness, after the meteor had vanished, with an effect as if the street and all things else were at once annihilated.

"Who is that man, Hester?" gasped Mr. Dimmesdale, overcome with terror. "I shiver at him! Dost thou know the man? I hate him, Hester!"

She remembered her oath, and was silent.

"I tell thee, my soul shivers at him!" muttered the minister again. "Who is he? Who is he? Canst thou do nothing for me? I have a nameless horror of the man!"

"Minister," said little Pearl, "I can tell thee who he is!"
"Quickly, then, child!" said the minister, bending his ear close to her lips. "Quickly!—and as low as thou canst whisper."

Pearl mumbled something into his ear, that sounded, indeed, like human language, but was only such gibberish as children may be heard amusing themselves with, by the

---

arch-fiend = satan   scowl:찌푸린 상, 우거지상(frown) annihilate:파괴하다, 전멸시키다 mumble:입안에서 중얼중얼 말하다(murmur) gibberish: 허튼소리, 뭐가 뭔지 알아 들을 수 없는 말

숨가쁘게 물었다. "저 자를 보면 나는 치가 떨려요. 당신은 저 사람이 누군지 아오? 난 사람이 정말 싫어!"

헤스터는 자기의 맹세를 생각하고 잠자코 있었다.

"난 사람을 보면 내 영혼이 흔들린단 말이오." 목사는 다시 중얼거렸다. "저게 누구요? 저 사람이 누구냔 말이오? 당신은 날 도와 줄순 없소? 난 저 사람을 보면 두렵단 말이오!"

"목사님!" 펄이 입을 열었다. "저 사람이 누군지 제가 가르쳐 드릴게요."

"그래, 펄" 하고 목사는 펄의 입가에 귀를 갖다 대고 말했다. "어서 가르쳐 주렴! 낮은 소리로 말해 다오."

목사의 귀에 펄이 속삭인 말은 사람의 말이긴 했으나 어린 아이들이 즐겁게 종알거리며 놀 때처럼 무슨 말인지 알아들을 수가 없었다. 진정 로저 칠링워드 노인의 이름을 대었다 하여도 그 누구도 알 수 없는 말들이었으니 목사의 마음은 더 한층 갈피를 잡을 수 없게 되었다. 그때 꼬마 요정 같은 펄이 유쾌하게 웃음을 터트렸다.

"넌 날 놀릴 셈이냐?" 목사는 말했다.

hour together. At all events, if it involved any secret infor-
mation in regard to old Roger Chillingworth, it was in a
tongue unknown to the erudite clergyman, and did but
increase the bewilderment of his mind. The elfish child
then laughed aloud.

"Dost thou mock me now?" said the minister.

"Thou wast not bold!— thou wast not true!"—answered
the child. "Thou wouldst not promise to take my hand,
and mother's hand, to-morrow noontide!"

"Worthy Sir," answered the physician, who had now
advanced to the foot of the platform. "Pious Master
Dimmesdale, can this be you? Well, well, indeed! We men
of study, whose heads are in our books, have need to be
straitly looked after! We dream in our waking moments,
and walk in our sleep. Come, good Sir, and my dear
friend, I pray you, let me lead you home!"

"How knewest thou that I was here?" asked the minister,
fearfully.

"Verily, and in good faith," answered Roger
Chillingworth, "I knew nothing of the matter. I had spent
the better part of the night at the bedside of the worshipful
Governor Winhrop, doing what my poor skill might to
give him ease. He going home to a better world, I, like-

---

by the hour together: 몇 시간 씩이나 계속해서 erudite = scholarly bewilderment:
당황, 놀람 mock: 비웃다, 놀리다 Worthy Sir: 여보세요(정중한 표현) can this
be you: 설마 당신일 줄은(can은 강한 의혹) straitly: 엄하게 Verily, and in good
faith: 정말이지 (강조를 위한 동의어의 반복)

"아저씬 겁쟁이예요! 또 거짓말쟁이고요!" 펄은 대답했다.

"내일 낮에 내 손과 엄마 손을 잡아 주겠다는 약속을 안 하셨는 걸요." "목사님!"

그 사이 교수대 아래까지 다가온 늙은 의사가 목사를 불렀다.

"역시 딤즈테일 목사님이시군요. 정말 옳아요. 책 속에 머리를 박고 연구만 하는 사람들은 꼭 감시가 필요해요. 눈을 뜨고도 꿈을 꾸고, 잠을 자면서도 걸어다니니 말이오. 자, 목사님, 제가 댁으로 모셔다 드리지요."

"내가 여기 있는 걸 어떻게 아셨소?" 목사는 두려운 듯이 물었다.

"사실은 말씀이오." 로저 칠링워드는 대답했다.

"나는 아무것도 모르고 있었지요. 내 솜씨야 서투르지만 윈드로프 총독의 임종을 조금이라도 편하게 해 드리려고 늦게까지 있었지요. 총독께서는 결국 좋은 세상으로 가셨기에 나도 집으로 돌아가는 길이었는데 이상한 불빛이 비춰 찾아 왔지요. 자, 빨리 돌아가시죠. 내일 주일 예배를 못 치르겠소. 그거 보시

wise, was on my way homeward, when this strange light shone out. Come with me, I beseech you, Reverend Sir; else you will be poorly able to do Sabbath duty to-morrow. Aha! see now, how they trouble the brain,—these books!—these books! You should study less, good Sir, and take a little pastime; or these night whimseys will grow upon you."

"I will go home with you," said Mr. Dimmesdale.

With a chill despondency, like one awaking, all nerve less, from an ugly dream, he yielded himself to the physician, and was led away.

The next day, however, being the Sabbath, he preached a discourse which was held to be the richest and most powerful, and the most replete with heavenly influences, that had ever proceeded from his lips. Souls, it is said more souls than one, were brought to the truth by the efficacy of that sermon, and vowed within themselves to cherish a holy gratitude towards Mr. Dimmesdale throughout the long hereafter. But, as he came down the pulpit steps, the graybearded sexton met him, holding up a black glove, which the minister recognized as his own.

"It was found," said the sexton, "this morning, on the scaffold where evil-doers are set up to public shame.

---

ease:편안, 느긋함 shone out = suddenly began to shine whimseys:변덕, 일시적 기분, 기행(奇行) despondency:낙심, 실망 replete with:가득찬, 충만한 more souls than one: 한 사람뿐만이 아니라 보다 많은 사람들의 영혼 withinthemselves: 남 몰래 long hereafter = long future

오. 그놈의 책을 적당히 보셔야지요. 잘못하면 아주 고질병이 될지도 모르죠!"

"함께 돌아갑시다." 딤즈데일 목사는 말했다.

마치 흉악한 꿈에서 깨어나 맥이 빠진 사람처럼 싸늘한 절망에 사로잡힌 목사는 의사의 권유에 따라 나섰다.

그러나 그 다음 날이 되자, 주일이므로 그는 그의 입으로 말할 것 중에서 가장 훌륭하고 힘있고 천국의 감화력이 충만한 설교를 했다. 그리하여 영혼들이, 한 영혼이 아닌 뭇 영혼들이 설교로 말미암아 진리를 깨달았고, 딤즈데일 목사에게 오래도록 진정한 감사의 마음을 가지겠다고 맹세했다는 것이다. 그러나 그가 교단의 층계를 내려올 때 수염이 희끗희끗한 교회지기가 검은 장갑 한 짝을 내놓았고, 목사는 그것이 자신의 것임을 깨달았다.

"오늘 아침 죄 지은 자들이 대중 앞에서 치욕을 당하는 단두대 위에서 찾았습니다. 사탄이 목사님께 야비한 장난을 치려고 거기에 떨어뜨린 것을 제가 주웠지요. 그러나 사실 사탄은 예전에도 그랬고 지금도 그렇지만 눈이 멀고 어리석기 짝이 없습

감화:어떤 사람이나 물건을 통하여 마음에 감동하여 착하게 됨
교회지기: 교회를 지키는 사람

Satan dropped it there, I take it, intending a scurrilous jest against your reverence. But, indeed, he was blind and foolish, as he ever and always is. A pure hand needs no glove to cover it!"

"Thank you, my good friend," said the minister, gravely, but startled at heart; for so confused was his remembrance, that he had almost brought himself to look at the events of the past night as visionary. "Yes, it seems to be my glove, indeed!"

"And, since Satan saw fit to steal it, your reverence must needs handle him without gloves, henceforward," remarked the old sexton, grimly smiling. "But did your reverence hear of the portent that was seen last night?—a great red letter in the sky—the letter A, which we interpret to stand for Angel. For, as our good Governor Winthrop was made an angel this past night, it was doubtless held fit that there should be some notice thereof!"

"No," answered the minister, "I had not heard of it."

---

set up to public shame:세상 사람들에게 수치거리가 되다 scurrilous:무례한, 상스러운 jest:농담, 조롱 visionary:환영의, 공상에 잠기는, 비현실적인 handle without gloves:악마를 맨손으로 다루다   it was doubtless held fit that: (~하는 것이) 마땅하다고들 여겼지요

니다. 정결한 손은 그것을 감출 장갑이 필요 없는데 말입니다." 교회지기가 말했다.

"자네, 고맙네." 목사는 진지하게 말했으나 내심 놀랐다. 기억이 하도 희미해서 지난 밤의 사건을 마치 꿈 속에서 본 것 같았다. "그래, 이것은 정말 내 장갑 같군!"

"그리고 사탄이 목사님의 장갑을 훔치는 것이 적당하다고 생각하니, 앞으로는 장갑을 끼지 않고 그를 다루시는 것이 좋을 것 같습니다." 늙은 교회지기는 으시시하게 웃으며 말했다. "그런데 목사님은 어젯밤에 나타난 징조에 대해 들으셨나요? 하늘에 거대한 주홍 글씨가 나타났다는군요. 우리는 그 A자를 천사(Angel)의 머릿글로 이해했습니다. 우리의 착하신 윈드로프 총독께서 어젯밤 천사가 되셨으니까 말입니다. 하늘에 무슨 징조가 나타난 것은 의심할 여지가 없는 일 아니겠습니까!"

"아니, 난 그런 말을 듣지 못했네." 목사가 대답했다.

■ 지은이 : 너새니엘 호손(Nathaniel Hawthorn, 1804~1864)

미국 매사추세츠주 항구도시 세일럼에서 선장인 아버지와 상인의 딸인 어머니 사이에서
1남 2녀 중 둘째로 태어났다. 7세 때 부친이 항해중 황열병에 걸려 사망한 후, 외가인 매닝가로 이사했다.
외삼촌의 지원으로 보도인대학에서 공부했는데 이때 14대 미국 대통령 프랭클린 피어스와
교우관계를 맺게 되어 평생을 절친한 사이로 지낸다. 졸업 후 3년간의 습작생활을 거쳐 1828년에
처녀작 『팬쇼』를 발간하지만 후에 이를 부끄러이 여겨 수거해 파기한다. 1837년 12년간의 은둔생활 동안
쓴 단편들을 모은 우화적 단편집 『진부한 이야기들』을 출간해서 큰 호평을 받아 작가로 이름을 알린다.
1842년 소피아 피바 피바디와 결혼하고, 1846년에 두 번째 단편집인 『구 목사관의 이끼』를 출간했다.
1850년 그의 대표작인 『주홍글씨』를 출간했는데, 이 책은 17세기 엄격한 청교도들이 지배하는
뉴잉글랜드 지방을 배경으로 한 여인의 죄의 문제를 다루었다.
1853년 대통령으로 당선된 친구 피어스는 호손을 영국 리버풀의 총영사로 임명한다.
이를 계기로 유럽을 방문한 그는 미국과는 다른 유서 깊은 유럽문화를 접하면서 일종의 문화적 충격을 받는다.
1860년에 유럽의 경험을 바탕으로 한 『대리석 목양신』을 출간했는데,
이 책은 이탈리아라는 이국을 배경으로 죄를 통해 성숙해가는 인물의 모습을 그렸다.
호손은 청교도주의를 비판하면서도 그 전통을 계승하여 죄악에 빠진 사람들의 내면을
철학적 · 종교적 · 심리적 측면에서 엄밀하게 묘사했다. 따라서 그의 작품은 교훈적 경향과
상징주의적인 면이 강하며, 인간의 '죄'에 대한 깊이 있는 탐구가 이루어졌다.

■ 옮긴이 : 김종윤

전라북도 남원에서 태어나 한국외국어대학교 법학과를 졸업하였다.
1993년 『시와 비평』으로 등단하여 장편소설 〈어머니는 누구일까〉, 〈아버지는 누구일까〉,
〈날마다 이혼을 꿈꾸는 여자〉, 〈어머니의 일생〉 등이 있으며, 창작동화 〈가족이란 누구일까요?〉가 있다.
그리고 〈문장작법과 토론의 기술〉, 〈어린이 문장강화(전13권)〉 등이 있다.

어휘력·문해력·문장력 세계명작에 있고
영어공부 세계명작 직독직해에 있다

주홍글씨 ⑷

초판 1쇄 인쇄일 : 2024년 7월 25일
초판 1쇄 발행일 : 2024년 7월 30일

지은이 : 너새니엘 호손
옮긴이 : 김종윤
발행인 : 김종윤
발행처 : 주식회사 자유지성사
등록번호 : 제 2 - 1173호
등록일자 : 1991년 5월 18일

서울특별시 송파구 위례성대로 8길 58, 202호
전화 : 02) 333 - 9535 I 팩스 : 02) 6280 - 9535
E-mail : fibook@naver.com
ISBN : 978 - 89 - 7997- 558 - 1   (13840)
